STEPHEN
KING
CARRIE

STEPHEN KING

CARRIE

캐리

스티븐 킹

한기찬 옮김

황금가지

CARRIE
by Stephen King

처음 나를 그 속으로 끌어들였다가
다시 끄집어내 준 태비에게 이 책을 바친다.

차례

1부

피를 보는 스포츠

메인주 웨스트오버의 주간지 《엔터프라이즈》

1966년 8월 19일자에 실린 기사:

우박 사건

몇몇 사람들의 확실한 증언에 따르면, 8월 17일 챔벌레인 읍내 칼린가(街)에서 마른하늘에 우박이 쏟아지는 사건이 발생했다고 한다. 우박은 주로 마거릿 화이트 부인의 집에 집중되어 지붕을 크게 파손시키고 낙수 홈통 두 개와 세로 홈통 하나를 망가뜨렸는데 피해액은 25달러 정도로 추산되었다. 미망인인 화이트 부인은 세 살배기 딸 캐리에타와 함께 살고 있다.

연락이 닿지 않아서 화이트 부인의 의견은 듣지 못했다.

그 일이 발생했을 때 정말로, 다시 말해서 온갖 야만스러운 일이 자행되는 잠재의식의 차원에서 진심으로 놀란 사람은 아무도 없었다. 표면상 샤워실에 있던 여자애들은 모두 충격을 받거나 오싹하거나 수치심을 느꼈으며, 그저 그 화이트 계집애가 또다시 호된 꼴을 당했다는 데 기쁨을 느낀 애들도 있었다. 놀랐다고 주장하는 애들도 있을지 모르지만 물론 그것은 사실이 아니었다. 캐리는 1학년 이후로 그 애들 가운데 일부와 학교에 다니고 있었는데, 이 일은 그때 이후로, 서서히, 변함없이, 인간 본성을 지배하는 모든 법칙에 맞춰, 그리고 필요한 조건에 이를 때까지 연쇄 반응을 일으키며 꾸준하게 진행되어 왔다.

물론 그 애들 가운데 캐리 화이트가 염력의 소유자라는 사실을 아는 애는 아무도 없었다.

챔벌레인의 바커가(街) 초등학교의 책상에는 이런 낙서가 있다.
캐리 화이트는 왕따다.

로커 룸은 아이들이 떠드는 큰 소리와 반향음, 샤워 물줄기가 타일 바닥에 떨어지는 소리로 가득했다. 1교시에 배구를 한 아이들이 아침에 흘린 땀은 그렇게 많지 않은 대신 뜨거웠다.

여자애들은 비명을 지르고 물을 튀기고 손에서 손으로 하얀 비누를 던지면서 뜨거운 물줄기 아래 팔다리를 뻗고 몸을 비틀었다.

그런 아이들 사이에 멍하니 서 있는 캐리는 백조 무리에 섞여 있는 개구리처럼 보였다. 몸집이 통통한 캐리의 목덜미와 등과 엉덩이에는 뾰루지가 나 있었고 젖은 머리카락은 빛깔을 전혀 알아볼 수 없었다. 머리는 물에 흠씬 젖은 채 축 늘어져 있었다. 그녀는 고개를 약간 기울인 자세로 멍하니 서서 물줄기가 몸에 맞고 떨어지도록 내버려 두었다. 흡사 제사에 끌려 나온 제물, 영원한 조롱감, 불운의 신봉자, 영원한 멍청이처럼 보였고, 또 실제로도 그랬다. 그녀는 언제나 절망적인 심정으로, 유언 고등학교에도 웨스트 오버나 루이스턴의 다른 고등학교들처럼 개별적인, 따라서 사생활이 보장된 샤워실이 있으면 좋았을 것이라고 생각하곤 했다. 아이들이 쳐다보았던 것이다. 아이들은 언제나 '빤히 쳐다보았다'.

샤워기가 하나씩 꺼지면서 여자애들은 연한 색조의 수영모를 벗고 수건으로 몸을 닦고 방취용 화장품을 몸에 뿌리며 샤워실을 걸어 나와 문 위쪽에 걸린 시계를 확인했다. 아이들은 브래지어 훅을 채우고 팬티를 입었다. 공기 중에는 여전히 김이 서려 있었다. 구석에 있는 기포식 욕탕에서 끊임없이 들려오는 소음만 아니라면 이집트의 목욕탕이라고 해도 좋을 정도였다. 부르는 소리와 야유가 초구를 강하게 맞은 당구공처럼 여기저기서 딱딱거리며 튀어 올랐다.

"토미가 내 것이 마음에 들지 않는다는 거야. 그래서 내가……."

"언니와 형부하고 갈 거야. 형부는 코를 후비지만 그건 언니도 마찬가지야. 그러니 그 두 사람은 정말이지……."

"방과 후에 샤워를 하고……."

"너무 싸구려라 한 푼도 쓰고 싶지 않아서 신디와 내가⋯⋯."

홀쭉하고 가슴이 없는 체육 교사 데스자딘이 들어와 잠시 목을 빼고 주위를 살펴보고는 한 차례 힘껏 손뼉을 쳤다. "뭐 하는 거지, 캐리? 세상이 끝나기라도 기다리니? 5분 있으면 수업이 시작될 텐데." 눈부시도록 하얀 반바지 차림을 한 그녀는 굽지도 않고 근육이 눈에 띄지도 않는 멋진 다리의 소유자였다. 대학 때 양궁 시합에서 상으로 받은 은색 호루라기가 목에 걸려 있었다.

아이들은 킥킥댔고 캐리는 느릿느릿, 열기와 끊임없이 쏟아지는 물소리로 멍해진 눈을 들었다. "에?"

이상하리만큼 불만스러운 어조로, 그 상황과 기이하게도 잘 어울리는 목소리였다. 소녀들은 다시 킥킥댔다. 수 스넬이 멋진 묘기를 보여 주려는 마술사처럼 머리를 감았던 수건을 홱 잡아당기고는 재빨리 빗질을 하기 시작했다. 데스자딘 선생은 짜증스럽다는 듯 캐리를 향해 서두르라는 손짓을 해 보이고는 걸어 나갔다.

캐리는 샤워기를 껐다. 샤워기는 꼬르륵 소리를 내며 금세 멎었다.

그곳에 있던 아이들이 캐리의 다리 아래로 흘러내리는 피를 본 것은 바로 그녀가 샤워실에서·막 나오는 순간이었다.

데이비드 R. 컹그레스의 『폭발한 그림자: 캐리에타 화이트 사건에 대하여 기록된 사실과 몇 가지 결론들』(툴레인 대학 출판부, 1981년 간행), 34쪽에서 인용:

화이트라는 소녀가 어렸을 때 염력을 행한 구체적인 사례를 보

지 못했기 때문에, 화이트와 스턴스가 공동 논문 「염력: 난폭한 재능의 회귀」에서 의지의 힘만으로 물체를 옮기는 능력이 개인적으로 극도의 스트레스를 느낄 때만 발현된다는 식의 결론을 끌어냈을 것이라는 데는 의문의 여지가 없다. 실제로 그 재능은 꼭꼭 숨겨져 있게 마련이다. 그렇지 않다면 어떻게 그것이 사기 행각의 바다에 빙산의 표출부만 드러낸 채 수백 년 동안 가라앉아 있었겠는가?

이 경우 역시 빈약한 풍문밖에 없어서 근거로 삼기는 어렵지만, 이 일만 가지고도 엄청난 크기의 염력이 캐리 화이트에게 잠재되어 있었다고 보기에 충분하다. 무엇보다도 슬픈 일은 우리 모두가 이제 와서 뒷공론이나 하고 있다는 사실이다…….

"생리다!"

처음 야유를 터뜨린 것은 크리스 하겐슨이었다. 그 소리는 타일 벽에 부딪혀 튀어나왔다가 다시 울려 퍼졌다. 수 스넬은 코웃음을 터뜨리고 싶어졌다. 미움과 혐오감, 분노와 연민이 한데 섞인, 속이 타는 듯한 기묘한 감정이 들었다. 그 애는 무슨 일이 벌어지고 있는지 모른 채 너무나도 '멍청하게' 그 자리에 서 있었다. 맙소사, 설마…….

"생리야!"

그 소리는 노래가, 주문이 되었다. 뒤쪽에 있던 누군가가(아마 이번에도 하겐슨이었을 텐데, 그 소리가 울려 퍼지는 소리들에 섞였기에 수는 정말 그 애인지 단언할 수 없었다.) 쉰 목소리로 드러내 놓고 노골적으로 "틀어막아!" 하고 소리를 질러 댔다.

"생리, 생리, 생리!"

캐리는 물을 뚝뚝 흘리며 둥글게 에워싸는 아이들 속에 멍하니 서 있었다. 그 애는 참을성 많은 황소 같았다. (언제나 그랬던 것처럼) 이번에도 자신이 웃음거리가 됐다는 것을 알고는 멍하고 당황하면서도 놀라지는 않았다.

수는 동전 크기만 한 거뭇한 생리혈이 타일 바닥에 떨어지는 광경을 보고 치밀어 오르는 혐오감을 느꼈다. "맙소사, 캐리, 너 생리하잖아!" 수가 소리쳤다. "손을 좀 쓰라고!"

"어?"

캐리는 소처럼 느릿느릿 주위를 둘러보았다. 머리카락이 투구처럼 곡선을 그린 채 뺨에 달라붙어 있었다. 한쪽 어깨에는 여드름이 잔뜩 나 있었다. 열여섯 살 소녀인 그 애의 눈에는 희미한 상처의 흔적이 이미 또렷이 각인되어 있었다.

"저 애는 생리대가 립스틱 바르는 데 쓰는 것인 줄 알거든!" 루스 고건이 쾌감을 감춘 채 불쑥 소리치고는 날카로운 소리로 웃음을 터뜨렸다. 수는 나중에 그 말을 떠올려 보고 나서야 그것을 전체 상황과 맞춰 볼 수 있었지만, 지금 당장은 혼란스러운 상황에서 튀어나온 또 하나의 헛소리 정도로만 들렸다. 그녀는 생각했다. '이제 열여섯 살이면 무슨 일이 벌어지고 있는지 분명 알 텐데……'

핏방울이 좀 더 떨어졌다. 캐리는 여전히 무슨 일인지 파악하지 못하고 어리둥절한 채 눈을 껌벅이며 급우들을 둘러보기만 했다.

헬렌 샤이레스가 몸을 돌려 토하는 시늉을 하며 놀려 댔다.

"넌 지금 피를 흘리고 있어!" 수가 갑자기, 화가 나서 소리 질렀다. "넌 피를 흘리고 있다고, 이 바보 같은 계집애야!"

캐리가 자기 몸을 내려다보았다.

그러고는 비명을 질렀다.

그 소리는 습기 찬 로커 룸 안에서 아주 크게 들렸다.

갑자기 탐폰 하나가 날아와 캐리의 가슴에 맞고 발밑에 톡 떨어졌다. 붉은 꽃무늬가 흡수성 솜을 적시며 퍼져 나갔다.

다음 순간 욕지기와 경멸과 혐오감에 찬 웃음소리가 끽끽대는 귀에 거슬리는 소리로 바뀌면서 아이들이 캐리에게 탐폰과 생리대를 집어 던지기 시작했다. 손지갑이나 벽에 붙은 고장 난 자동판매기에서 꺼낸 것들이었다. 그것들은 눈송이처럼 날아왔으며 "틀어막아, 틀어막아, 틀어막아……." 하는 소리는 이제 노래처럼 울려 퍼졌다.

수 역시 자기가 무슨 짓을 하고 있는지도 모른 채 다른 아이들처럼 생리대를 던지며 노래를 불렀다. 주문 같은 문장이 머릿속에 떠올라 네온사인처럼 눈부시게 번쩍거렸다. '사실 이건 그렇게 나쁜 일은 아냐 그렇게 나쁜 일은 아냐.' 여전히 섬광처럼 번쩍이는 그 문장에 안도감을 느끼고 있던 순간, 갑자기 캐리가 비명을 지르면서 뒤로 물러섰다. 그 애는 두 팔을 도리깨질하듯 마구 휘두르며 끙끙거리고 헐떡였다.

아이들은 뭔가가 분열되던 것이 드디어 폭발했음을 깨닫고는 하던 짓을 멈추었다. 훗날 이 일을 돌이켜 보고 아이들 가운데 몇몇이 경악했다고 주장하는 것이 바로 이 시점이다. 하지만 이미 오랫동안 아이들은 기독교 청소년 캠프에서 일부러 캐리의 이불을 둘로 접어 골탕을 먹이고, 캐리가 '멋쟁이' 바비 피켓에게 보낸 편지를 찾아서 복사한 뒤 돌리고, 그 애의 팬티를 숨기고 신발 속에 징그러운 것을 넣기도 하고 머리를 수도 없이 물속에 처박았다. 고집스럽게 자전거 소풍에도 따라나선 캐리는 한 해는 '얼간이', 그다음 해는 '못난이'라는 별명으로 불렸으며, 언제나 땀 냄새를 잔뜩 풍기면서도 애들을 따라잡지 못하고 덤불 속에서 오줌을 누다가 옻이 오르는 바람에 그 사실이 모두에게 다 알려지기도 했다.(얘, 궁둥이가 가렵지?) 빌리 프레스턴은 자습실에서 잠든 캐리의 머리카락에다 땅콩버터를 발랐고, 아이들은 캐리를 꼬집거나 다리를 뻗어 걸어서 넘어뜨리거나 그 애의 책상에서 책을 떨어뜨리고 추잡한 엽서를 손지갑 속에 쑤셔 넣었다. 캐리는 교회 소풍 때 어설프게 무릎을 꿇고서 기도를 올리다가 낡은 무명 치마 솔기가 지퍼를 따라 바람에 꺾이는 나무 소리를 내면서 요란하게 찢어지기도 했다. 언제나 킥볼*에서조차 헛발질을 했고, 2학년 현대 무용 시간에는 앞으로 엎어져 이빨 하나가 나가기도 했고, 배구 시간에는 네트로 돌진했으며, 언제나 올이 풀렸거나 풀리고 있거나 풀릴 것 같은 스타킹을 신었고, 블라우스 겨드랑이에는 땀 자국이 나 있고, 심지어 방과 후 시내의 켈리 프루트에서 크리스 하겐슨이 캐리를 불러 세우고는 '캐리'라는 단어가 돼지 궁둥이라는 뜻이라는 것을 아느냐고 물어본 일까지 있었다. 갑자기 이 모든 것이 한꺼번에 몰려들어 더 이상 버틸 수 없는 상태가 되고 말았다. 오랫동안 기다려 온

---

* 야구와 비슷하지만 방망이 대신 발로 공을 차는 구기.

최후의 사건, 더 이상 참을 수 없는 일, 결정적인 일이 마침내 터지고 만 것이다. 그것은 핵분열이었다.

캐리는 잠잠해진 아이들 속에서 울부짖으며 통통한 두 팔로 얼굴을 가린 채 뒷걸음쳤다. 탐폰 하나가 그 애의 거웃 한가운데 박혀 있었다.

아이들은 엄숙한 얼굴로 눈을 반짝이며 그 애를 지켜보았다.

캐리는 네 개의 대형 샤워 칸 가운데 하나로 뒷걸음치더니 천천히 주저앉았다. 그 애의 입에서 절망에 찬 신음 소리가 느릿느릿 터져 나왔다. 눈은 도살장에 끌려간 돼지의 눈처럼 축축한 흰자위를 내보였다.

수가 망설이며 천천히 말했다. "어쩌면 쟤는 이번이 처음일지도 몰라……."

그 순간 쾅 하는 소리와 함께 문이 벌컥 열리면서 데스자딘 선생이 무슨 일인지 알아보려고 뛰어 들어왔다.

『폭발한 그림자』, 41쪽에서 인용:

이 문제에 관하여 의학 및 심리학 관련 연구자들은 모두 캐리 화이트가 그토록 뒤늦게 정신적인 상처를 입으면서 생리 주기를 시작한 사실이 잠복해 있던 재능을 발현시킨 계기가 되었으리라는 데 동의하고 있다.

캐리가 1979년까지도 여성의 생리 주기에 대해 아무것도 몰랐다는 것은 거짓말처럼 보인다. 그 소녀의 어머니가 자기 딸이 열일 곱 살이 돼 가도록 생리를 하지 않는데도 부인과 의사에게 상의하 지 않고 방치했다는 사실 역시 믿어지지 않는다.

하지만 사실은 부정할 수 없을 만큼 명백하다. 캐리 화이트는 자 신의 질에서 피가 나온다는 사실을 알고도 그것이 무슨 일인지 몰 랐다. 월경에 대해 전혀 몰랐던 것이다.

생존한 급우인 루스 고건은 우리가 관심을 품은 그 사건이 있 기 전 해에 유언 고등학교의 여학생 전용 로커 룸에 들어갔을 때 탐폰으로 립스틱을 문지르는 캐리를 본 적이 있다고 증언하고 있 다. 그때 고건 양은 "대체 뭘 하는 거니?" 하고 물었다. 화이트 양 은 "왜, 이게 잘못된 거니?" 하고 반문했다. 그 당시 고건 양은 "아 니, 맞아." 하고 대답했다. 루스 고건은 친구들도 이 방식을 따르도 록 했으며(그녀는 훗날 이 인터뷰를 하면서 자신은 그것을 '괜찮은 방법' 으로 생각했다고 말했다.), 누군가 나중에 캐리에게 그 애가 화장하 는 데 사용하던 물건의 진짜 용도를 알려 주었더라도 캐리는 그 말 을 자기를 놀리려는 짓으로 여기고 무시했을 것이라고 말했다. 그 동안 겪어 온 일들 때문에 캐리는 그런 일에 지나칠 정도로 경계심 을 품었다…….

아이들이 2교시 수업을 들으러 나가고 수업 시작을 알리는 종 소리가 잦아들자(몇몇 아이들은 데스자딘 선생이 이름 적을 틈을 주지 않 고 뒷문으로 살그머니 빠져나갔다.) 데스자딘 선생은 히스테리 발작에 흔히 쓰이는 방법을 동원했다. 캐리의 얼굴을 냅다 후려친 것이다. 선생은 그런 행위가 안겨 주는 쾌감을 시인하려 들지 않을 것이고, 자기가 캐리를 뚱보에다 짜증 나는 돼지로 여기고 있다는 사실을 완강하게 부인했을 것이다. 1년차 교사인 그녀는 아직도 자신이 모든 아이들을 선하게 여긴다고 굳게 믿었다.

캐리는 얼굴을 잔뜩 일그러뜨린 채 실룩대면서 멍한 표정으로 선생님을 쳐다보았다. "서……서……선생……님…….."

"일어나." 데스자딘 선생이 냉정하게 명령했다. "어서 일어나서 몸을 씻어."

"전 피가 많이 난다고요!" 캐리가 악을 썼다. 그 순간 손 하나가 더듬거리며 뭔가를 찾듯 앞으로 나오더니 데스자딘 선생의 하얀 반바지를 움켜쥐었다. 반바지에 피 묻은 손자국이 남았다.

"나는…… 네가…….." 체육 교사의 얼굴이 혐오감으로 어쩔 줄 모르고 일그러졌다. 다음 순간, 그녀는 캐리를 힘껏 떠밀었다. 캐리는 비틀거리다 일어섰다. "저리 가지 못해!"

캐리는 샤워기와 생리대 자동판매기가 붙은 벽 사이에서 비틀거리다가 가슴을 바닥 쪽으로 향하고 두 팔을 축 늘어뜨린 자세로 구부정하게 서 있었다. 흡사 원숭이처럼 보였다. 눈은 번들거리고 생기가 없었다.

데스자딘 선생이 잇새로 한마디한마디 힘주어 말했다. "자, 생리대를 하나 꺼내……. 동전은 신경 쓸 것 없어. 어차피 고장 났으니까……. 생리대를 하나 꺼내……. 어서 하지 못하겠니! 난생처음 생리해 보는 애처럼 굴지 말란 말이야."

"생리라고요?" 캐리가 반문했다.

믿어지지 않는다는 표정은 너무나 진짜 같았고 이루 말할 수 없는 공포감에 차 있어서, 그것을 못 본 척할 수도 거짓이라고 볼 수도 없었다. 그 순간 리타 데스자딘의 마음속에 한 가지 끔찍하고도 불길한 생각이 떠올랐다. 믿을 수 없는 일이었다. 아니, 있을 수 없는 일이었다. 열한 살 생일 직후에 월경을 시작한 그녀는 층계 꼭대기로 뛰어가 "엄마, 나 생리대 찼어!" 하고 소리를 질렀더랬다.

"캐리!" 데스자딘이 소녀 쪽으로 다가섰다. "캐리?"

캐리는 움찔하며 뒤로 물러섰다. 바로 그때 한쪽 구석에 있던 소프트볼 방망이 선반이 콰당 하는 요란한 소리를 내며 쓰러졌다. 방망이들이 사방으로 구르는 소리에 데스자딘은 소스라치게 놀랐다.

"캐리, 이번이 첫 번째 생리니?"

그러나 한번 그 생각이 머릿속에 떠오르자 더 이상 물어볼 필요가 없었다. 피는 어두운 빛깔을 띤 채 아주 느릿느릿 흐르고 있었다. 캐리의 양쪽 다리는 피의 강물을 건너오기라도 한 것처럼 온통 피로 얼룩져 있었다.

"배가 아파……." 캐리가 신음했다.

"곧 괜찮아질 거야." 연민과 부끄러움이 마음속에서 교차하면서 데스자딘은 기분이 언짢아졌다. "우선, 어…… 피를 막아야 해. 네가……."

그 순간 머리 위에 있던 밝은 섬광 전구가 카메라 플래시가 터질 때처럼 픽 하는 소리와 함께 지글거리다 꺼졌다. 데스자딘 선생은 놀라서 비명을 질렀다. 문득 이런 생각이 머릿속에 떠올랐다.

(이 건물이 무너지기라도 하는 모양이군)

마치 불운이 졸졸 따라다니기라도 하듯 캐리가 혼란스러워할 때면 이런 일이 일어나는 듯이 보였다. 그 생각 역시 처음 머릿속에 떠올랐던 것만큼이나 순식간에 사라져 버렸다. 데스자딘은 고장 난 자동판매기에서 생리대를 하나 집어 들고 포장을 벗겼다.

"자, 이렇게 하는 거야……."

『폭발한 그림자』, 54쪽에서 인용:

캐리 화이트의 어머니인 마거릿 화이트는 1963년 9월 21일 기이하다고 할 수밖에 없는 상황에서 딸을 낳았다. 실제로 캐리 화이트의 사례를 검토해 본 주의 깊은 연구자라면 다른 모든 것을 능가하는 한 가지 생각에 사로잡힐 텐데, 그것은 캐리가 역사상 대중의 관심을 끌었던 다른 어떤 집안만큼이나 이상한 집안의 외동딸이라는 사실이다.

앞에서 기록한 대로 랠프 화이트는 1963년 2월, 포틀랜드의 공영 주택 단지를 조성하는 공사를 하던 중에 운반기에서 빠져나온 강철 들보에 맞아 사망했다. 그 사건이 일어난 후에도 화이트 부인은 교외 챔벌레인에 있는 단층집에서 홀로 살았다.

화이트 집안이 거의 광적인 원리주의 종교를 믿었던 까닭에 남편을 사별한 뒤에도 부인을 돌봐 줄 친구가 없었다. 일곱 달 뒤에 산통이 시작됐을 때에도 부인은 혼자였다.

9월 21일 오후 1시 30분경, 칼린가에 사는 이웃들의 귀에 화이트네 집안에서 나는 비명 소리가 들리기 시작했다. 그러나 경찰이 현장에 출동한 것은 오후 6시가 지나서였다. 이렇게 시간이 지체된 데 대한 설명으로는 별로 마뜩잖지만 다음 두 가지 가운데 하나가 있을 텐데, 하나는 그 거리에 살던 화이트 부인의 이웃들이 경찰 조사에 말려들고 싶어 하지 않았거나, 아니면 부인을 너무나 싫어했던 나머지 고의적으로 관망하는 자세를 취하기로 했거나이다. 당시 그 거리 주민 가운데 생존한 세 사람 중 한 사람인 조지아 맥러플린 부인은 훗날 필자와 대화하면서, 자신이 경찰에 신고하지 않은 이유는 그 비명 소리가 '종교 활동'의 일부인 줄 알았기 때문이라고 말했다.

오후 6시 22분 경찰이 도착했을 때에는 비명 소리가 고르지 않았다. 화이트 부인은 2층 침실에서 발견되었으며, 조사관 토머스 G. 머턴은 처음에 그녀가 폭행이라도 당한 줄 알았다. 침대는 피에 흠뻑 젖어 있었고 바닥에는 식칼이 놓여 있었다. 그제야 조사관의 눈에 아직 일부가 양막에 싸인 채로 화이트 부인의 가슴에 놓여 있는 갓난애가 보였다. 부인 자신이 직접 식칼로 탯줄을 자른 것이 분명했다.

마거릿 화이트 부인이 자신의 임신 사실을 몰랐다거나, 임신이라는 단어의 의미를 제대로 이해하지조차 못했다고 가정한다는 것은 순전한 상상일 수도 있고 아닐 수도 있다. J. W. 뱅크슨과 조지 필딩 같은 근래의 연구자들은 임신이라는 개념이 마음속에서 성행위의 '죄'와 밀접하게 연결되었을 경우 그 개념 자체가 아예 머리에 떠오르지 않았을 가능성이 있다는, 좀 더 합리적인 가설을 설정했다. 어쩌면 부인은 그저 이런 일이 자기에게 일어난다는 사실 자체를 믿지 않았을지도 모른다.

화이트 부인은 임신 5개월째부터 자신이 '성기에 관련된 모종의 암'에 걸렸으며 이제 곧 천당에 있을 남편 곁으로 돌아갈 것이라고 굳게 믿고 있었음을 결정적으로 입증하는 듯한 세 통의 편지를 위스콘신주 케노샤에 사는 친구에게 보낸 사실이 있다······.

15분 후 데스자딘 선생이 캐리를 교무실로 데려갔을 때는 다행스럽게도 복도가 비어 있었다. 닫힌 교실 문들 안쪽에서 수업을 진행하는 단조로운 소리가 들려왔다.

캐리는 더 이상 울부짖지 않았지만 훌쩍임은 멈추지 않았다. 데스자딘은 마침내 자신이 직접 생리대를 채워 주고 젖은 종이타월로 학생의 몸을 닦아 준 다음 아무 무늬도 없는 면 속옷을 입혔다.

선생은 두 번이나 월경에 대한 일반적인 사항을 설명해 주려고 해 보았지만, 그때마다 캐리는 양손으로 귀를 꼭 막고 울음을 터뜨렸다.

두 사람이 들어서자마자 교감인 모턴 선생이 집무실 밖으로 나왔다. 프랑스어1 수업을 빼먹어서 훈계를 들으러 대기하던 두 남학생, 빌리 들로이스와 헨리 트레넌트가 의자에서 눈을 희번덕거렸다.

"들어와요." 모턴 교감이 쾌활한 어조로 말했다. "어서 들어와요."

교감은 데스자딘의 어깨 너머로, 그녀의 반바지에 묻은 핏빛 손자
국을 빤히 쳐다보는 남학생들을 노려보았다. "뭘 보는 거냐?"

"피요." 헨리가 이렇게 말하고는 멍청함과 놀라움이 섞인 미소를
지어 보였다.

"두 교시 동안 벌서라." 모턴이 딱딱한 소리로 말했다. 그 역시
눈을 깜박이며 핏빛 손자국을 내려다보았다.

교감은 문을 닫고 서류함에서 맨 위 서랍의 사고 일지 양식을 뒤
적이기 시작했다.

"괜찮니? 넌, 어······."

"캐리예요." 데스자딘이 대신해서 학생의 이름을 말해 주었다.
"캐리 화이트." 모턴 교감이 마침내 사고 일지를 찾아냈다. 그 용지
에는 큼직한 커피 얼룩이 나 있었다. "일지는 필요 없을 것 같은데
요, 모턴 선생님."

"도약대 때문에 사고가 났나 보군. 우린······ 아닌가?"

"아뇨. 하지만 캐리는 오늘 조퇴를 해야 할 것 같습니다. 좀 무
서운 일을 겪었거든요." 그러면서 데스자딘이 재빨리 눈짓을 보냈
는데, 교감은 눈짓을 알아차리긴 했지만 그것이 무슨 뜻인지는 몰
랐다.

"그래, 좋아요. 선생님 말씀이 그렇다면. 좋습니다." 모턴은 용지
를 서류함 속에 구겨 넣고는 엄지로 탁 소리가 나게 서랍을 닫고
끙 하는 소리를 냈다. 그는 품위 있게 몸을 돌려 문을 벌컥 열고 빌
리와 헨리 쪽을 노려보면서 소리쳤다. "피시 양, 조퇴서 좀 갖다 주
겠습니까? 캐리 라이트 양 앞으로요."

"화이트인데요." 데스자딘 선생이 말했다.

"아, 화이트." 모턴이 말했다.

빌리 들로이스가 킬킬거렸다.

"넌 일주일 근신이다!" 모턴이 고함을 쳤다. 그의 엄지손톱 아래로 핏멍울이 져 있었는데 지독하게 아팠다. 캐리는 단조로운 소리로 끊임없이 훌쩍이고 있었다.

피시 양이 노란 조퇴서를 가져오자 모턴은 휴대용 은색 볼펜으로 자신의 머리글자를 갈겨쓰다가 다친 엄지가 눌리는 느낌에 움찔했다.

"차로 태워다 줄까, 캐시? 필요하면 택시를 불러 줄 수 있어." 모턴이 말했다.

소녀가 고개를 저었다. 모턴은 그 애의 한쪽 콧구멍에서 녹색의 큼직한 점액질 기포를 보고는 혐오감을 느꼈다. 그는 그 애의 머리 너머로 데스자딘 선생 쪽을 쳐다보았다.

"제 생각엔 괜찮을 것 같습니다. 캐리는 칼린가까지만 가면 되니까요. 바람을 쐬는 것도 좋을 거예요."

모턴이 소녀에게 노란 조퇴서를 내주면서 너그러운 어조로 말했다. "이제 가도 좋다, 캐시."

"내 이름은 그게 아네요!" 캐리가 버럭 악을 썼다.

그 소리에 모턴은 내밀던 손을 주춤했으며 데스자딘 선생은 등 뒤에서 얻어맞기라도 한 것처럼 기겁을 했다. 모턴의 책상에 놓여 있던 묵직한 자기 재떨이(로댕의 '생각하는 사람' 조각상에서 머리 부분을 꽁초받이로 개조한 것이었다.)가 마치 그 애의 비명 앞에서 숨기라도 하듯 갑자기 양탄자 위로 굴러떨어졌다. 담배꽁초와 모턴의 파이프에서 털어 낸 담뱃재가 연녹색 나일론 양탄자 위에 쏟아졌다.

모턴이 애써 엄숙한 어조로 말했다. "애야, 네가 혼란스러워하고 있다는 건 알지만, 내 말뜻은 말이다……."

"교감 선생님." 데스자던 선생이 나직하게 말했다.

모턴은 눈을 깜박이며 그녀를 쳐다보다가 짤막하게 고개를 끄덕였다. 그는 매력적인 배우 존 웨인의 이미지를 투사시키는 한편으로 교감의 본분인 훈계의 임무를 수행하려 해 보았지만 제대로 되지 않았다. (대개의 경우 청년 상공회의소 만찬이라든가 사친회 회의, 미국 재향 군인회 상 수여식 석상에서 교장 헨리 그레일이 대표하는) 학교 당국에서는 그를 '매력남 모트'라고 불렀다. 학생들은 좀 더 적절하게 교감인 그를 '교무실의 정신 나간 수다쟁이'라고 불렀다. 그러나 빌리 들로이스와 헨리 트레넌트 같은 학생들이 사친회 회의나 주민 회의에서 발언권을 얻어 연설하는 일은 거의 없었기 때문에 학교 당국의 관점이 승리를 거두는 경향이 있었다.

이제 '매력남 모트'가 눈에 띄지 않게 다친 엄지를 주무르면서 캐리에게 미소 지었다. "그럼 원한다면 가도 좋아, 라이트 양. 아니면 여기 잠시 앉아서 마음을 좀 가라앉히든가."

"가겠어요." 캐리가 중얼거리며 머리를 힘껏 흔들었다. 그러고는 자리에서 일어나더니 데스자던 선생 쪽을 바라보았다. 아이는 알 건 다 안다는 듯 동그란 눈에 침울한 눈빛을 하고 있었다. "애들이 나를 놀렸어요. 물건을 집어 던지기도 했죠. 애들은 '언제나' 나를 조롱했다고요."

데스자딘은 난감한 표정으로 쳐다볼 수밖에 없었다.

캐리가 방을 나갔다.

한순간 침묵이 찾아왔다. 모턴과 데스자딘은 그 애가 나가는 것을 지켜보고 있었다. 이윽고 모턴 교감이 어색하게 헛기침을 하면서 조심스럽게 쭈그리고 앉더니 재떨이에서 쏟아져 나온 부스러기를 쓸어 모으기 시작했다.

"이게 도대체 어떻게 된 일입니까?"

데스자딘은 한숨을 짓고는 자신의 반바지에 적갈색으로 말라붙은 손자국을 혐오스럽다는 듯이 쳐다보았다. "저 애가 생리를 했어요. 첫 번째 생리 말이에요. 샤워실에서요."

모턴은 다시 한번 헛기침을 했다. 교감의 뺨이 붉게 물들었다. 그는 쓰레기를 모으는 데 쓰던 종이를 더욱 빨리 움직였다. "그 애는, 어……."

"초경을 하기엔 너무 늦은 나이란 말씀이죠? 그래요. 바로 그 때문에 정신적으로 충격을 받은 거예요. 단지 제가 이해할 수 없는 것은 어째서 저 애 어머니가……." 그 생각은 잠시 잊힌 채 그녀의 뇌리에서 점차 사라져 갔다. "교감 선생님, 제가 그 일을 제대로 처리한 것 같지는 않지만, 그건 사태를 몰랐기 때문이에요. 그 애는 자기가 심한 출혈이 있는 줄로만 알았으니까요."

그 말에 모턴이 날카로운 눈길로 올려다보았다.

"그 애는 30분 전까지도 월경 같은 것이 있다는 것을 까맣게 몰랐던 것 같아요."

"저기 있는 조그만 솔을 좀 건네주겠습니까, 데스자딘 선생? 그

래요, 그거." 그녀가 손잡이에 '챔벌레인 철물 목재사는 직원을 털
어 내지 않는다.'라는 문장이 새겨진 조그만 솔을 교감에게 건네주
었다. "아무래도 나머지는 진공청소기로 해야 할 것 같군요. 이 잿
더미는 보기에도 흉하니 말입니다. 재떨이를 좀 더 책상 안쪽으로
놓을 생각이었는데. 물건이 이런 식으로 떨어지다니 이상한 일입
니다." 그는 책상에 머리를 찧고는 무뚝뚝하게 자리에서 일어났다.
"이 학교든 다른 고등학교든, 여학생이 월경에 무지한 상태로 3년
을 보냈다는 사실이 믿어지지 않아요, 데스자딘 선생."

"저는 더더욱 믿어지지 않는답니다. 하지만 아이의 반응을 보면
그렇게밖에 생각할 수 없어요. 게다가 그 애는 언제나 따돌림당하
는 존재였거든요."

"음." 교감은 종이를 깔때기 삼아서 재와 담배꽁초를 휴지통에
쏟아붓고는 손을 털었다. "아, 기억났습니다. 화이트. 마거릿 화이
트의 딸이겠군요. 틀림없어요. 그렇다면 좀 더 믿기는 얘기지만."
그는 책상으로 가서 앉아 변명하듯 미소를 지어 보였다. "아이들이
너무 많아요. 5년 정도 지나면 그 애들의 얼굴이 한 덩어리로 녹아
버리기 시작하지요. 누가 형이고 누가 아우인지 모르게 된다니까.
그런 일이 빈번히 일어나죠. 힘든 일입니다."

"물론 힘든 일일 거예요."

"선생도 나처럼 교육계에서 20년을 보내 봐요." 교감이 피 맺힌
물집을 내려다보며 침울한 어조로 말했다. "낯익은 얼굴을 봤다 싶
으면 교직에 처음 발을 들여놓던 해에 그 애의 아버지를 가르쳤
던 일이 떠오르는 겁니다. 정말이지 다행스럽게도 마거릿 화이트

는 내가 이 학교에 들어오기 전에 졸업했어요. 바이센트 여사에게 (그분에게 하느님의 안식을), 주께서 그녀를 위해 지옥에 불타는 의자를 특별히 예비해 두셨다는 말을 했다는데, 여사가 학생들에게 다윈 선생의 진화론을 설명했다는 이유 때문이었어요. 마거릿은 이 학교에서 두 차례 정학을 당했습니다. 한 번은 손지갑으로 급우를 구타했기 때문이고요. 전하는 말에 의하면 마거릿이 그 급우가 담배를 피우는 광경을 보았다는군요. 특이한 종교관의 소유자였습니다. 아주 특이했죠." 그의 얼굴에 갑자기 저 근엄한 존 웨인의 표정이 자리 잡았다. "그런데 다른 학생들은? 그 애들이 정말 저 애를 조롱했습니까?"

"그 이상이었죠. 제가 들어가 보니 아이들이 캐리한테 소리를 지르며 생리대를 집어 던지고 있었어요. 마치…… 땅콩을 던지듯이 말예요."

"오, 저런. 맙소사." 존 웨인의 표정이 사라졌다. 모턴 교감은 얼굴을 붉혔다. "그 애들 이름을 적어 두었습니까?"

"네. 전부 다는 아니지만, 그 가운데 몇몇이 나머지 이름들을 불거예요. 크리스틴 하겐슨이 주모자였던 것 같아요…… 늘 그랬던 것처럼요."

"크리스와 그 패거리들 말이로군." 모턴이 중얼거렸다.

"네. 티나 블레이크, 레이철 스파이스, 헬렌 샤이레스, 도나 티보두, 그리고 그 애의 동생 메리 라일라 그레이스, 제시카 업쇼예요. 그리고 수 스넬도 있었고요." 데스자딘은 얼굴을 찡그렸다. "수는 그런 장난을 칠 아이가 아닌데. 그 애는 절대로 이런…… 못된 짓을 할 타입이 아니에요."

"여기에 관련된 아이들과 이야기를 해 보았습니까?"

데스자딘은 어색한 웃음을 터뜨렸다. "제가 그 애들을 모두 쫓아냈죠. 저도 당황했거든요. 게다가 캐리는 히스테리 발작 상태였고요."

"음." 교감이 손끝을 뾰족하게 세웠다. "그 애들과 얘기해 볼 생각입니까?"

"네." 하지만 그녀는 그 일이 별로 내키지 않는 듯이 보였다.

"내가 나중에 기록을 좀 볼 수 있겠습니까……?"

"아마도요." 그녀가 뚱하게 대답했다. "알다시피 전 지금 온실에 사는 셈이에요. 전 아이들이 뭘 느끼는지 알아요. 그런 것들 때문에 제가 그 애를 붙잡아 '흔들어 놓고' 싶어졌던 것 같아요. 어쩌면 월경에는 본능적으로 여자들을 혼란스럽게 하는 뭔가가 있을지도 모르죠. 수 스넬이 한 짓과 그 애가 지었던 표정이 떠오르네요."

"음." 모턴 교감은 현명하게도 다시 한번 그 소리를 냈다. 여자들을 이해할 수 없던 그는 월경에 대해 토의할 마음이 전혀 없었다.

"내일 아이들과 얘기해 보겠어요." 선생이 자리에서 일어서며 말했다. "그 애들을 혼내고 타일러 줘야죠."

"좋아요. 지은 죄에 상응하는 벌을 줘요. 그리고 혹시…… 어떤 애를 내게 보낼 필요가 있다는 생각이 들면 얼마든지……."

"그러죠." 그녀가 상냥한 어조로 말했다. "그런데 그 애를 진정시키고 있는데 전등이 나갔어요. 결국은 그 일이 사태를 더 악화시킨 셈이죠."

"관리인을 내려 보내죠. 최선을 다해 줘서 고마워요, 데스자딘 선생. 피시 양에게 빌리와 헨리를 안으로 들여보내라고 해 주겠습니까?"

"네." 그녀는 방을 나갔다.

교감은 등받이에 몸을 기댄 채 머릿속에서 이 일을 지웠다. '비범한' 문제아 빌리 들로이스와 헨리 트레넌트가 살그머니 집무실 안으로 들어섰을 무렵에는 이미 기분 좋게, 그 애들을 무서운 얼굴로 노려보며 한껏 다그칠 준비가 되어 있었다.

교장인 행크 그레일에게 말하곤 했듯 그는 문제아를 간식거리로 먹고 살았던 것이다.

챔벌레인 중학교의 책상에는 이런 낙서가 있다.

장미꽃은 빨갛다. 제비꽃은 파랗다. 설탕은 달다. 그리고 캐리 화이트는 왕따다.

그녀는 유언 대로를 따라 걸어간 다음 신호등이 있는 길모퉁이에서 칼린가 쪽으로 건너갔다. 그녀는 고개를 숙이고 되도록이면 아무 생각도 하지 않으려고 애썼다. 복통이 큰 파도를 이루며 급격히 밀려왔다 밀려가면서 마치 기화기가 고장 난 자동차같이 걸음걸이가 느려지거나 빨라졌다. 그녀는 인도 쪽을 바라보았다. 시멘트 속에서 석영 조각 하나가 반짝였다. 돌차기 놀이를 하려고 분필로 그어 놓은 금이 빗물에 씻겨 희미해져 있었다. 납작하게 들러

붙은 껌 조각도 있었다. 은박 포장지, 싸구려 사탕 껍질. '아이들 모두가 나를 미워하고 절대로 괴롭힘을 멈추지 않을 거야. 질리지 않을 테니까.' 틈새에 1센트짜리 동전 하나가 박혀 있었다. 그녀는 그것을 긁어챘다. '크리스 하겐슨이 피투성이가 되어 용서해 달라고 악을 쓰는 거야. 얼굴에는 온통 생쥐들이 바글대고. 좋지, 좋아. 그럼 좋겠어.' 한가운데 발자국이 찍힌 개똥이 보였다. 누군가 돌멩이로 내리쳐서 터뜨린 까맣게 된 종이 딱총도 있었다. 담배꽁초들. '큼직한 돌멩이로 그 애의 머리통을 박살 내는 거야. 아이들의 머리통을 모조리 박살 내는 거야. 좋지, 좋아.'

(구세주 예수는 온화하시다)

엄마에게는 좋은 말일 테지. 엄마는 그것으로 충분할 거야. 엄마는 1년 사시사철 이리 떼 속으로 들어갈 필요가 없으니까. 웃음과 조롱, 손가락질, 쑥덕거림의 광란이 뭔지 모를 테니까. 엄마도 심판의 날이 있을 거라고 말하지 않았던가.

(별의 이름이 쑥이 되고, 전갈이 저들을 징벌하리라)

검을 든 천사가 올 거라고 하지 않았나?

그날이 오늘이었으면 좋겠다. 그리고 예수님도 새끼 양과 목자의 지팡이가 아니라 손에 돌멩이를 들고 비웃고 조롱하는 자들을 쳐부수고 사악한 자를 뿌리 뽑고 부수어, 피와 정의를 지닌 무서운 예수님 앞에서 비명을 지르게 했으면.

그녀 자신이 그분의 검이 되고 그분의 팔뚝이 될 수만 있다면 좋겠는데.

그녀도 적응하려고 해 보았다. 그녀는 조그만 일들에서 엄마에게 수없이 반항했고, 칼린가에 있는 잘 통제된 작은 집을 떠나 겨드랑이에 성경을 끼고 바커가 초등학교로 들어간 첫날 자신의 주위에 둘러쳐진 붉은 원의 금지선을 지우려고 애썼다. 아직도 그날 일을 생생하게 기억할 수 있었다. 학교 구내식당에서 점심을 먹기 전에 무릎을 꿇었을 때 자신을 바라보던 아이들의 시선과 갑작스럽게 찾아든 침묵. 그날 시작된 웃음소리는 해를 넘기면서도 계속 울려 퍼졌다.

금지선은 그 자체가 피와 같아서 아무리 문지르고 또 문질러도 깨끗이 지워지지 않고 남아 있을 터였다. 그 뒤로 그녀는 두 번 다시 공공장소에서 무릎을 꿇지 않았지만 엄마에게는 말하지 않았다. 그래도 처음에 있었던 그 일은 그녀도, '아이들'도 잊지 않았다. 그녀는 기독교 청소년 캠프 건으로 엄마와 필사적으로 싸웠고, 자신이 직접 바느질을 해서 비용을 벌었다. 엄마는 험악한 어조로 그 일이 감리교도와 침례교도와 조합 교회주의자들 집단이 범하는 죄이며 배교의 죄를 범하는 것이라고 말했다. 그러고는 캐리에게 캠프에서 수영하는 것을 금지시켰다. 하지만 그녀는 수영을 했고 아이들이 물속에 머리를 밀어 넣었을 때 웃음을 터뜨렸으며(더 이상 숨을 쉴 수 없는데도 아이들이 머리를 놓아주지 않자 공포에 질려 비명을 지를 때까지) 캠프 활동에 끼어들려고 애썼지만, 아이들은 '기도쟁이' 캐리를 놀려 대기만 했다. 결국 그녀는 우느라 충혈되고 쑥 들어간 눈을 하고 일주일 먼저 버스를 타고 돌아왔다. 정류장에서 딸을 기다린 엄마는 무서운 어조로 말했다. 안전과 구원의 유일한 희망은 붉은 원 안에 있는 것임을 자신은 알고 있었고 엄마의 말이 옳았다는 증거로 고통 받은 경험의 기억을 소중히 여겨야 한다고. "곤경은 곧 들어가는 문이니까." 택시 안에서 엄마는 엄한 어조로 그렇게 말했다. 그리고 집에 오자 캐리를 여섯 시간 동안 벽장에 넣어 두었다.

엄마는 물론 딸이 다른 여자애들과 함께 씻지 못하게 했다. 캐리는 샤워 도구를 학교 사물함에 감춰 놓고 씻었으며, 자신을 둘러친 금지선이 조금이라도 희미해지기를 바라는 심정에서 부끄럽고도 당혹스러운 나체의 의식에 참여했다…….

(하지만 오늘, 아, 오늘은)

다섯 살배기인 토미 어브터가 거리 저편에서 자전거를 타고 오고 있었다. 그 애는 진지한 표정의 꼬마로 새빨간 연습용 바퀴를 단 50센티미터짜리 슈윈 자전거를 타고 있었다. 그 애는 「스쿠비두, 어디 있니?」를 콧노래로 웅얼거렸다. 그러더니 캐리를 보자 눈을 빛내면서 혀를 쑥 내밀었다.

"어이, 등신 같은 캐리, 기도쟁이 캐리!"

캐리는 갑작스럽게 치미는 분노로 눈을 이글대며 그 애를 노려보았다. 그 순간 연습용 바퀴를 단 자전거가 뒤뚱거리더니 그대로 쓰러졌다. 토미는 비명을 질렀다. 그 애는 자전거 밑에 깔렸다. 캐리는 미소를 지으며 가던 길을 계속 걸었다. 악을 쓰는 토미의 울음소리가 그녀의 귀에는 딸랑거리는 감미로운 음악처럼 들렸다.

언제든 그러고 싶을 때 저런 일이 일어나게 할 수만 있다면 좋겠어.

(방금 그랬던 것처럼)

자기 집에서 일곱 집 떨어진 곳에서 갑자기 걸음을 멈춘 그녀의 눈에는 아무것도 보이지 않았다. 등 뒤에서는 훌쩍거리는 토미가 까진 무릎을 어루만지며 다시 자전거에 올라타고 있었다. 그 애가 무슨 말인가 소리쳤지만 그녀는 무시했다. 이미 누군가 자기에게 소리를 지르는 일에는 도가 터 있었던 것이다.

그녀는 좀 전에 이런 생각을 하고 있었다.

(자전거를 넘어뜨려 네 그 못된 머리통이 깨졌으면 좋겠어)

그런데 정말로 어떤 일인가가 '일어났던' 것이다.

그녀는 머릿속으로…… 적당한 표현을…… 찾고 있었다. 뭔가를 '구부렸다'. 정확한 표현은 아니지만 아주 비슷했다. 아령을 들 때 팔꿈치를 구부리는 것처럼 기묘한 방식으로 마음을 구부렸다. 그것 역시 정확한 표현은 아니었지만, 지금 떠오르는 것은 그것뿐이었다. 힘없는 팔꿈치. 아기 근육처럼 허약한 것.

'구부려.'

그녀는 문득 요래티 부인네의 큼직한 전망창을 뚫어져라 응시했다. 그러면서 이렇게 생각했다.

(바보 같고 심술궂은 노파 유리창을 깨뜨려라)

아무 일도 일어나지 않았다. 요래티 부인네 전망창은 아침 9시의 햇살을 받아 평화롭게 반짝이고 있었다. 또다시 복통이 엄습하자 캐리는 길을 계속 걸어갔다.

그런데…….

전등은? 재떨이는 어떻게 된 거지? 재떨이를 잊어선 안 돼.

그녀는 어깨 너머로 뒤를 돌아보았다.

(저 노파는 엄마를 미워해)

이번에도 뭔가가 구부러지는 느낌이 들었지만…… 아주 약했다. 마음속 깊은 곳에 있는 샘물에서 갑작스럽게 기포가 일어나기라도 한 것처럼 생각의 흐름이 진동한 정도였다.

전망창이 파르르 떨린 듯이 보였다. 그 이상은 아니었다. 어쩌면 착시였을지도 모른다. 그 이상은 아니었을 것이다.

머리가 피로하고 멍해지면서 두통으로 욱신거리기 시작했다. 마치 이제껏 자리에 앉아 「요한계시록」을 내리 읽기라도 한 것처럼 눈에서는 열이 났다.

그녀는 계속해서 파란 덧창이 달린 작고 하얀 집을 향해 걸어갔다. 미움과 사랑과 두려움이 한데 섞인 낯익은 감정이 일어나고 있었다. 담쟁이덩굴이 단층집의 서쪽 측면을 타고 올라가고 있었다. (엄마와 그녀는 그 집을 그냥 방갈로라고 불렀는데, '화이트 하우스'라고 부르면 정치적인 농담을 하는 것처럼 들렸기 때문이다. 엄마는 정치가는 모두 사기꾼이며 죄인이고 결국엔 예수님을 믿고 따르는 모든 사람, 심지어는 가톨릭 교도들까지 궁지에 몰아넣을 저 불경한 빨갱이의 손에 이 나라를 넘겨주고 말 것이라고 했다.) 그건 보기에 아름다웠고 그녀 자신도 그렇다는 것을 '알고' 있었지만 때로는 꼴도 보기 싫었다. 이따금, 지금 같은 때 담쟁이덩굴은 땅속에서 기어 나와 건물을 움켜쥐려는, 정맥이 불끈불끈 돋아난 거대하고 기괴한 손처럼 보였다. 그녀는 느릿느릿 집 쪽으로 다가갔다.

물론 돌멩이 사건도 있었다.

그녀는 다시 걸음을 멈추고 눈을 껌벅이며 나른하게 그날 일을 생각했다. 돌멩이들. 엄마는 그 일을 얘기한 적이 없었고, 엄마가 아직도 돌멩이가 쏟아졌던 그날을 기억하는지도 알지 못했다. 그녀 자신이 그 일을 아직도 기억하고 있다는 게 놀라울 정도였다. 그 당시 그녀는 아주 어렸다. 몇 살이었지? 세 살? 네 살? 하얀 수영복 차림의 어린 여자애가 있었는데, 돌멩이가 날아들었다. 그리고 집 안에 있던 물건들이 날아다녔다. 이 지점에서 기억은 갑자기 또렷하고 선명해졌다. 마치 그것이 그동안 내내 표면 밑에 숨어서 정신적 사춘기를 기다리기라도 했던 것처럼.

어쩌면 오늘이 되기만 기다렸을지도 모른다.

잭 게이버, 「캐리: 염력의 어두운 새벽」(《에스콰이어》, 1980년 9월 12일)에서 인용:

에스텔 호란은 12년 동안 샌디에이고의 깔끔한 패리시 교외에서 살았으며, 겉보기에는 전형적인 캘리포니아 여성이다. 밝은색의 날염한 박스형 원피스에다 갈색 선글라스를 착용하고 있다. 머리는 검은 줄무늬가 든 금발이다. 주유구 덮개에 스마일 딱지를 붙이고 뒤창에 녹색의 생태 환경 깃발 스티커를 붙인 아담한 폭스바겐 포뮬라 비*를 몰고 다닌다. 그녀의 남편은 뱅크 오브 아메리카의 패리시 지점 중역이며, 아들과 딸은 남부 캘리포니아 태양족의 공인 멤버로서 광택 나는 구릿빛 피부를 자랑한다. 작지만 아름다운 뒤뜰에는 철제 화로가 놓여 있고 초인종은 「헤이, 주드」의 후렴에 나오는 소리를 종소리처럼 울려 준다.

---

* 원래는 경주용 자동차로서 스포츠 세단.

그러나 호란 부인은 여전히 어딘가 모르게 뉴잉글랜드 지방의 나른하고 까다로운 분위기를 풍긴다. 캐리 화이트에 대해 이야기할 때 그녀의 얼굴에 떠오른 기묘하고 위축된 표정은 남부 캘리포니아의 케루악*보다는 아컴**의 러브크래프트 쪽에 가까워 보인다.

"물론 그 여자는 이상했어요." 에스텔 호란이 담배를 눌러 끄고 나서 얼마 후 두 번째 버지니아 슬림에 불을 붙이며 말한다. "그 집 가족이 전부 이상했죠. 랠프는 건축 공사장에서 일했는데, 동네 사람들 말로 매일 성경과 38구경 권총을 가지고 출근했대요. 휴식 시간과 점심시간에는 성경을 읽었다는군요. 38구경은 직장에서 그리스도의 적을 만났을 때를 대비한 거라고 했고요. 그 성경책은 나도 본 기억이 나요. 권총은…… 그거야 모르죠. 그 사람은 체구가 크고 피부가 황갈빛이었으며 머리는 언제나 해군처럼 바짝 깎았어요. 늘 기분이 언짢아 보였어요. 사람들은 그 사람과 눈을 똑바로 마주치지 않았죠. 절대로 말이에요. 눈빛이 아주 강해서 정말로 이글거리는 것 같았어요. 혹시 그 사람과 길에서 마주치더라도 등 뒤에서 혀를 내민다거나 하는 짓은 못 했죠. 절대로요. 정말이지 섬뜩한 사람이었어요."

그녀는 말을 멈추고는 천장을 가로지른 모조 삼나무 들보를 향해 담배 연기를 뿜는다. 에스텔 호란은 스무 살 때까지 칼린가에 살면서 모턴에 있는 루윈 실업학교 주간반에 통학했다. 그러나 돌멩이 사건이 벌어진 날 일은 아주 또렷하게 기억한다.

---

* 20세기 중반 비트 세대 작가.
** 공포 소설 작가 러브크래프트가 만들어 낸 가상 도시.

"가끔 어쩌면 내가 그 일의 원인이었을지 모른다는 생각이 들곤 해요. 우리 집과 그 집은 뒤뜰이 붙어 있었죠. 화이트 부인이 산울타리를 심어 놓았지만 그때는 아직 제대로 자라지 않았어요. 그 여자는 몇 번인가 엄마에게, 내가 뒤뜰에서 벌이는 '쇼'에 대해 말했어요. 내가 입던 수영복은 아주 점잖은 거였어요. 오늘날의 기준으로 보면 지나칠 정도로 얌전해 보이는 것이었죠. 아무 무늬도 없는 구식 원피스 타입의 잔챈 제품이었거든요. 화이트 부인은 그것이 '자기 아기'에게 얼마나 나쁜 영향을 주는지 끊임없이 늘어놓곤 했어요. 엄마는…… 예의 바른 분이지만 때론 정말 성미가 급하죠. 마거릿 화이트가 무슨 말로 엄마를 돌게 했는지는 모르지만…… 아마 나를 바빌론의 창녀라고 한 정도였을 거예요……. 엄마는 그 여자에게 이건 우리 뜰이며, 따라서 엄마와 내가 원한다면 홀딱 벗고 춤을 출 수도 있다고 했어요. 그러고는 그 여자에게 마음속에 구더기를 키우는 추잡한 늙은이라고도 했지요. 그러고도 큰소리가 몇 마디 더 오가긴 했지만 그 일은 거기서 끝났어요.

난 그 말에 일광욕을 멈추고 싶었어요. 말썽은 싫거든요. 말썽이 생기면 속이 편치 않죠. 하지만 엄마는…… 일단 열을 받으면 아주 골칫거리로 돌변해요. 엄마는 조던 마시 백화점에서 흰색 비키니를 사 가지고 왔어요. 그러고는 되도록 햇빛을 최대한 쬐는 게 좋을 거라고 했죠. '아무튼 우리 집 뒤뜰에선 뭘 하든 자유니까.' 하고 말하면서 말이에요."

에스텔 호란은 그때의 기억에 희미하게 미소를 지으며 담배를 눌러 끈다.

"난 엄마와 말싸움을 하면서 더 이상 말썽을 원치 않는다, 이웃 간의 싸움에 볼모가 될 생각은 없다고 말했어요. 그래서 좋을 일이 없다고 하면서요. 난 엄마를 막으려고 했죠. 엄마는 일단 머리가 돌면 브레이크 없이 언덕을 질주해 내려가는 대형 트럭처럼 되거든요. 사실은 그것만이 이유는 아니었어요. 난 화이트네 사람들이 무서웠어요. 진짜 광신자들과는 어울릴 게 아니잖아요. 랠프 화이트는 죽었지만 마거릿이 아직도 그 38구경 권총을 갖고 있으면 어떡해요?

그러다 토요일 오후에 뒤뜰에서 모포를 깔고 일광욕을 했죠. 선탠로션을 바르고는 라디오로 톱 포티 프로그램을 듣고 있었어요. 엄마는 그 프로를 싫어해서 보통 때 같으면 적어도 두 차례는 라디오를 끄라고 소리 지르다가 그래도 끄지 않으면 돌아 버리곤 했어요. 그런데 그날은 엄마가 직접 두 번이나 소리를 높이더라고요. 난 진짜 바빌론의 창녀가 된 기분이 들기 시작했죠.

하지만 화이트네 집에서는 아무도 나오지 않았어요. 빨래를 널러 나오지도 않았지요. 그건 또 다른 얘기지만 부인은 바깥 빨랫줄에 속옷은 일절 걸지 않았죠. 반드시 집 안에다 널었어요.

난 슬슬 긴장이 풀어지기 시작했어요. 마거릿이 캐리를 데리고 자연 속에서 하느님을 예배하러 공원에라도 간 모양이라고 생각했죠. 아무튼 얼마 후에 나는 뒤로 누워 팔로 눈을 가리고 겉잠이 들었어요.

그런데 잠을 깨 보니 캐리가 곁에 서서 내 몸 아래쪽을 바라보고 있었죠."

그녀는 말을 끊고 얼굴을 찡그린 채 허공으로 시선을 돌린다. 밖에서는 자동차의 웅웅대는 엔진음이 끊임없이 들려오고 있다. 내가 걸어 놓은 녹음기에서도 테이프가 돌아가는 나지막한 소리가 들린다. 하지만 그 모든 것이 내게는 지나치게 덧없고 너무나 번들거리는 듯하다. 저 어두운 세계, 악몽이 벌어지곤 하는 실제 세계에 비하면 싸구려 청동 접시처럼 여겨진다.

에스텔 호란이 또 다른 담배에 불을 붙이며 입을 연다.

"아주 귀여운 아이였어요. 난 그 애의 고등학교 때 사진도 보았고 《뉴스위크》 표지에 실린 저 무시무시하고 흐릿한 흑백 사진도 보았어요. 그런 사진들을 보면 '맙소사, 예전의 그 귀엽던 아이가 어떻게 된 거지?' 하는 생각이 든다니까요. 그 여자가 아이에게 대체 무슨 짓을 한 것일까? 그런 생각을 하면 속이 상하고 안됐다는 마음이 들어요. 뺨이 발그레하고 연한 갈색 눈을 한 그 애는 정말 예뻤어요. 머리털은 점점 짙어지면서 쥐색을 띠게 될 금발이었고 말이에요. 그런 애한테는 귀엽다는 표현이 딱 맞아요. 귀엽고 밝고 천진한 아이 말이에요. 그 애 엄마가 앓던 병이 그 애를 그렇게까지 침범하지는 못했던 것 같아요. 적어도 그때까지는 말이죠.

나는 서서히 잠에서 깨며 미소를 지어 주려고 했어요. 뭘 어떻게 해야 할까 하는 생각은 하기가 어려웠죠. 햇빛 때문에 멍해 있었고 후텁지근하고 나른한 기분이었거든요. 난 그 애한테 '안녕.' 하고 말을 걸었어요. 그 애는 작고 노란 드레스를 입고 있었는데, 예쁘기는 했지만 여름철에 그런 꼬마한테는 너무 자락이 길었어요. 자락이 정강이뼈가 있는 데까지 내려온 거였거든요.

그 애는 마주 미소를 짓지 않았어요. 그저 손가락을 들어 가리키면서 '그건 뭐야?' 하고 말했죠.

그 애의 시선을 따라 눈을 돌린 나는 잠결에 브래지어가 흘러내린 것을 보았어요. 나는 브래지어를 끌어올리고는 '응, 내 가슴이란다, 캐리.' 하고 대꾸해 주었죠.

그랬더니 그 애가 아주 진지한 어조로 '나도 그런 게 있었으면 좋겠네.' 하고 말했어요.

'넌 좀 있어야 해, 캐리. 어…… 앞으로 8, 9년쯤은 있어야 할 거야.'

'아니, 싫어. 엄마 말이 착한 여자는 그런 게 없대.' 그 애는 그렇게 어린아이치고는 이상한 표정을 지어 보였어요. 반쯤은 슬프고 반쯤은 독선적인 표정 말이에요.

그 말이 도저히 믿어지지 않았던 나는 머릿속에 떠오른 대로 그냥 말해 버렸죠. '글쎄, 나도 착한 여잔데. 그런데 네 엄마에겐 가슴이 없니?'

그 애는 고개를 숙이고 뭐라고 말했지만 소리가 너무 작아서 들리지 않았어요. 내가 다시 한번 말해 보라고 하자 그 애는 도전적인 눈길로 나를 쳐다보더니, 엄마가 자기를 가졌을 때는 행실이 나빴고, 그 때문에 가슴이 있는 거라고 말했어요. 그러면서 마치 가슴을 일컫는 유일한 말이나 되는 것처럼 '더러운 베개'라고 했지요.

나는 도저히 믿어지지 않았어요. 어이가 없어서 말문이 딱 막혔죠. 그다음에 무슨 말을 하면 좋을지 떠오르지가 않았어요. 우린 그저 그렇게 서로 멀뚱히 쳐다보고 있었어요. 그때 내가 하고 싶었던 일은 이 가엾은 꼬마의 손을 잡고 함께 어디로든 달아나는 거였어요.

바로 그때 마거릿 화이트가 뒷문을 열고 나오다가 우리를 발견했죠.

한순간 그 여자는 믿을 수 없다는 듯이 눈을 희번덕거렸어요. 다음 순간 입을 벌리더니 '우욱' 하는 소리를 냈죠. 내 생전에 그렇게 기분 나쁜 소리는 처음 들어 봤어요. 늪 속의 악어 수컷이라면 그런 소리를 낼지도 모르죠. 그 여자는 그렇게 '우욱' 하는 소리만 냈어요. 격분해서 말이죠. 완전히, 미칠 것 같은 분노 말이에요. 꼭 소방차처럼 얼굴을 붉히더니 양손을 주먹 쥐고서는 하늘에 대고 '우욱' 하고 소리를 지르는 거예요. 그러고는 온몸을 와들와들 떨기 시작했어요. 난 그 여자가 뇌졸중이라도 일으키는 줄 알았어요. 얼굴이 온통 일그러졌는데, 흡사 가고일 같은 괴물의 얼굴이 되는 거였어요.

난 캐리가 기절하는 줄 알았죠. 아니면 그 자리에서 숨이 넘어가거나 말이에요. 숨을 몰아쉬더니 얼굴이 누레지는 거예요.

그 애의 엄마가 '캐리이!' 하고 고함을 질렀어요.

나도 그 자리에서 벌떡 일어나 맞고함을 질렀죠. '아이한테 그렇게 소리 지르지 마요. 부끄러운 줄 알아야죠!' 아무튼 그런 멍청한 소리를 했어요. 잘 기억은 나지 않지만. 캐리는 집 쪽으로 걸음을 옮겨 놓다가 멈춰 섰어요. 그러고는 다시 걷기 시작했죠. 그 애는 우리 뜰에서 자기네 뜰로 건너가려다 말고는 고개를 돌려 나를 쳐다보았어요. 그때 그 애의 얼굴을 보았는데…… 정말이지 너무 무서웠어요. 도저히 형언할 수 없을 정도예요. 그건 뭔가를 간절히 원하고 미워하면서도 두려워하는…… 그리고 정말 '비참한' 표정이었죠. 마치 인생 자체가 돌덩어리처럼 그 애에게 떨어지기라도 했다는 듯이 말이에요. 겨우 세 살짜리인데.

우리 엄마가 뒷문 계단으로 나왔는데 아이를 보고는 표정이 일그러졌죠. 그리고 마거릿은…… 암캐며 매춘부, 일곱 세대에 이르기까지 고통을 준다는 아버지들의 죄악에 대해 소리치고 있었어요. 내 혓바닥은 말라붙은 풀처럼 바싹 탔죠.

한순간 캐리는 두 집의 뜰 사이에 비틀거리며 서 있었어요. 다음 순간 마거릿 화이트가 하늘을 올려다보았는데, 맹세컨대 그 여자는 하늘에 대고 짐승처럼 '짖어 댔어요'. 그런 다음 이번에는…… 자해하기 시작했어요. 자신을 응징하는 것 말이에요. 손톱으로 목이며 뺨을 후벼 파서 붉은 반점과 상처가 났어요. 그러고는 입고 있던 옷을 찢었죠.

캐리가 '엄마!' 하고 외치며 자기 엄마에게로 뛰어갔어요.

화이트 부인은…… 개구리처럼 웅크리고 앉더니 덮치듯이 두 팔을 좍 벌렸죠. 난 그 여자가 자기 딸을 짓뭉갤 줄 알고 비명을 질렀어요. 그런데 그 여자는 이를 드러내고 웃고 있었어요. 턱 아래로 침을 흘리면서 말이에요. 난 속이 느글거렸어요. 맙소사, 정말이지 토할 것 같았죠.

그 여자는 아이를 안아 올리더니 집 안으로 들어갔어요. 난 라디오를 껐어요. 귀에 그 여자의 목소리가 들렸죠. 모두 다는 아니지만 몇 마디는 들렸어요. 상황을 짐작하기 위해서 모든 말을 다 들을 필요는 없으니까요. 기도와 흐느낌과 날카로운 목소리. 미친 듯한 어조. 마거릿은 꼬마 애한테 벽장에 들어가서 기도하라고 말하고 있었어요. 꼬마 애는 울면서 잘못했다고, 깜빡 잊었노라고 소리쳤어요. 그러고는 아무 소리도 나지 않았죠. 엄마와 나는 서로 얼굴만 바라보았어요. 나는 엄마가 그렇게 괴로워하는 표정을 본 적이 없었어요. 아빠가 돌아가셨을 때도 그러지 않았거든요. 엄마가 '저 어린애는……' 하고 말하다 말았어요. 우린 집으로 들어왔죠."

에스텔 호란이 자리에서 일어나 창가로 다가간다. 등이 팬 노란 여름용 드레스를 입은 예쁜 여자다. "이렇게 얘기하니 마치 그때 일을 다시 겪는 것 같아요." 그녀가 고개도 돌리지 않은 채 말한다. "다시 그때처럼 화가 나는군요." 그러면서 짤막하게 웃으며 손바닥으로 팔꿈치를 어루만진다.

"캐리는 정말 예쁜 아이였어요. 그런 사진들만 가지고는 상상도 못 할 거예요."

밖에서는 차들이 지나다니고, 나는 자리에 앉은 채 그녀가 말을 계속하기를 기다리고 있다. 그녀는 너무 높지는 않은지 생각하며 가로대를 주시하고 있는 장대높이뛰기 선수를 연상시킨다.

"엄마는 우리 두 사람을 위해 우유를 넣은 독한 스카치 티를 끓였어요. 엄마는 내가 말괄량이 시절 누군가 나를 쐐기풀밭으로 밀거나 내가 자전거에서 떨어졌을 때 곧잘 그 차를 끓여 주곤 했죠. 맛은 형편없었지만 우리는 부엌 한쪽 구석에 앉아 마주 보며 잠자코 차를 마셨어요. 엄마는 뒤쪽 자락이 해어진 낡은 실내복 차림이었고 나는 예의 바빌론의 창녀처럼 투피스짜리 수영복을 입고 있었죠. 나는 울고 싶은 기분이었지만 영화와 달리 너무나 현실적이어서 도저히 올 수 없었어요. 전에 뉴욕에서 늙은 주정꾼이 청색 드레스 차림의 어린 여자애를 손잡고 가는 것을 본 적이 있어요. 여자애는 아마 호되게 울었던 끝인지 코피가 났어요. 종기가 난 주정꾼의 목은 자전거 튜브 같았죠. 이마 한복판에는 붉은 혹이 있고 입고 있던 청색 서지 재킷에는 길고 하얀 줄이 나 있었어요. 모두가 끊임없이 오가고 있었어요. 그러면 곧 자기들의 모습이 더 이상 보이지 않게 될 테니까요. 그것도 더할 나위 없이 현실적인 광경이었어요.

나는 엄마에게 그 말을 하고 싶었어요. 그래서 막 입을 열려는데 다른 일이 벌어졌어요……. 아마, 지금 선생님도 그 얘기를 들으러 여기 오셨을 테지만요. 밖에서 뭔가 쿵 하는 큰 소리가 났어요. 그 바람에 자기장에 넣어 둔 유리잔들이 덜걱거렸을 정도였어요. 그것은 소리이면서도 느낌이었어요. 누군가 지붕 위에 철제 금고를 떨어뜨리기라도 한 것처럼 강하고도 딱딱한 느낌 말이에요."

그녀는 새 담배에 불을 붙이고는 황급히 빨아들인다.

"창가로 가서 밖을 내다보았지만 아무것도 보이지 않았죠. 다음 순간, 막 몸을 돌리려는데 뭔가 다른 것이 떨어졌어요. 햇살이 거기에 부딪혀 반짝였죠. 한순간 그것이 커다란 유리공인 줄 알았어요. 그것은 화이트네 지붕 모서리에 부딪혀 산산이 부서졌는데 유리가 아니었어요. 큼직한 얼음 덩어리였죠. 내가 고개를 돌리고 엄마에게 말하려는 순간, 이번에는 그것들이 소나기처럼 한꺼번에 쏟아지기 시작했어요.

그것들은 화이트네 지붕과 앞뜰과 뒤뜰, 지하실로 통하는 바깥

쪽 문 앞에 떨어졌어요. 지하실 출입구 문짝은 얇은 금속판으로 되어 있었는데, 첫 번째 덩어리가 부딪히자 교회종처럼 땡 하는 요란한 소리가 났어요. 엄마와 나는 동시에 비명을 질렀죠. 우리는 폭풍우를 맞은 두 여자애처럼 서로 부둥켜안았어요.

다음 순간 그것이 그쳤어요. 그쪽 집에서는 아무 소리도 나지 않았죠. 햇살에 슬레이트 지붕널에서 녹은 얼음이 방울지며 떨어지는 것이 보였어요. 지붕 모서리와 조그만 굴뚝 사이에는 큼직한 얼음덩이가 박혀 있었어요. 거기에 반사된 햇살이 너무 눈부셔서 제대로 볼 수 없을 정도였죠.

엄마가 끝났냐고 묻는 순간 마거릿이 비명을 질렀어요. 그 소리는 아주 똑똑하게 들렸어요. 어떤 면에선 이번이 더 나빴는데, 이번 비명 소리에는 공포가 묻어 있었거든요. 다음 순간 마치 그녀가 집 안에 있는 모든 냄비며 프라이팬을 딸에게 집어 던지고 있기라도 하듯 요란하게 쨍그렁 하는 소리들이 나기 시작했어요.

뒷문이 벌컥 열렸다가 쾅 하는 소리와 함께 닫혔죠. 아무도 나오지는 않았어요. 비명 소리는 계속 들렸고요. 엄마가 경찰에 전화하라고 했지만 움직일 수가 없었어요. 그 자리에 못 박힌 듯 꼼짝도 할 수 없었죠. 커크 씨와 부인 버지니아가 무슨 일인지 보려고 앞마당으로 나왔어요. 스미스네 부부도 나와 있었죠. 얼마 지나지 않아서 그 거리에 사는 온 동네 사람들이 밖으로 나왔어요. 동네 저 위쪽에 사는 워윅 노파까지 나왔는데, 그 할머니는 한쪽 귀가 들리지 않았죠.

물건들이 부딪치고 쨍그랑거리고 부서지기 시작했어요. 뭔지는 몰라도 병들이며 유리잔들이 말이에요. 옆 창이 부서지면서 식탁이 창문을 반쯤 뚫고 나왔죠. 내가 증인이라는 건 하느님도 아실 거예요. 커다란 마호가니 식탁이었는데 방충망까지 뚫고 나온 거예요. 아무리 안 돼도 무게가 150킬로그램은 됐을 텐데 말이죠. 어떻게 여자가…… 설혹 덩치가 큰 여자라고 해도…… 그런 물건을 집어 던질 수 있었을까요?"

나는 그녀에게, 그 말이 혹시 뭔가 다른 것이 그랬다는 암시냐고 묻는다.

"난 그저 있었던 일을 선생님에게 말하는 것뿐이에요." 그녀가 갑자기 혼란스러운 어조로 우기듯이 말한다. "믿어 달라고 하는 얘기가 아니라고요……."

그녀는 숨이 찬 듯이 보인다. 다음 순간 건조한 어조로 말을 잇는다.

"아마 5분밖에 되지 않았을 거예요. 낙수 홈통으로 물이 떨어지고 있었어요. 화이트네 잔디밭은 온통 얼음 조각으로 덮였는데, 그것이 빠르게 녹고 있었죠."

그녀는 짤막하게 끊는 듯한 웃음소리를 내며 담배를 눌러 끈다.

"당연하죠. 8월이었으니까요."

그녀는 멍하니 소파 쪽으로 걸어가다가 다시 방향을 바꾼다.

"그런 다음 돌멩이가 쏟아졌어요. 그야말로 청천벽력처럼 말이에요. 그것들은 폭탄처럼 씨잉 하는 날카로운 소리를 내며 날아들었어요. 엄마는 '대체 이게 무슨 일이냐!' 하고 소리치고는 손으로 머리를 감쌌어요. 하지만 난 꼼짝도 하지 못했죠. 그 모든 광경을 보면서도 꼼짝하지 못했어요. 어쨌든 아무려나 상관없는 일이긴 했어요. 그것들은 화이트네 집에만 떨어졌으니까요.

그 가운데 하나가 세로 홈통을 쳐서 잔디밭으로 떨어뜨렸죠. 다른 것들은 곧장 지붕을 뚫고 더그매 속까지 들어갔어요. 얼음덩이가 떨어질 때마다 지붕에서는 요란하게 부서지는 소리가 나고 흙먼지가 피어올랐죠. 땅에 떨어진 덩어리들은 주위를 진동시키곤 했어요. 발로 그것을 느낄 수 있었죠.

우리 집 자기들이 덜컥거리고 웨일스제 찬장이 흔들거리며 엄마가 아끼는 찻잔이 바닥에 떨어져 박살이 났죠.

그 돌들은 화이트네 집 뒤뜰에 떨어지면서 큰 구멍을 냈어요. 무슨 분화구처럼 말이에요. 화이트 부인은 읍내에서 폐품업자를 구해서 돌을 실어 가도록 했어요. 그리고 그 업자에게서 윗동네에 사는 제리 스미스가 1달러를 주고 돌 한 조각을 사기도 했죠. 그 사람은 그것을 보스턴 대학에 가져갔는데, 관계자들은 그 돌조각을 조사해 보고는 평범한 화강암이라고 했어요.

마지막에 날아온 돌멩이 하나가 그 집 뒤뜰에 내놓은 조그만 탁자를 쳐서 박살을 냈어요.

하지만 캐리네 집터에 있지 않은 것은 무엇 하나 건드리지 않았죠.”

그녀는 말을 멈추고 창가에서 나를 돌아본다. 그 모든 일을 기억에 떠올리던 그녀의 눈빛은 어딘지 산만해 보인다. 그녀는 한 손으로 멍하니, 캐주얼 스타일로 가다듬은 멋진 모양의 머리카락을 만지작거린다.

“그 사건은 지방 신문에 자세히 실리지는 않았어요. 챔벌레인

뉴스를 취재하는 빌리 해리스가 왔을 무렵엔 이미 그 여자가 사람을 시켜 지붕을 수리했을 때니까요. 사람들은 그에게 돌멩이들이 지붕을 뚫고 들어갔노라고 말했죠. 내가 보기에 그는 우리들이 자기를 놀린다고 여겼던 것 같아요.

그런 일을 믿고 싶어 하는 사람은 아무도 없어요. 지금까지도 말이에요. 선생님도 그럴 테고 그 인터뷰 기사를 읽을 사람들도 모두 그냥 웃어넘기거나, 나를 볕에 너무 오래 나가 있어서 머리가 돈 사람 정도로 여길 테죠. 하지만 그 일은 정말로 일어났다니까요. 그 블록에 사는 사람들 대부분이 그 일을 목격했어요. 그 사건은 코피가 난 소녀를 데려가던 저 주정꾼만큼이나 현실적인 거라고요. 그리고 이제 또 다른 것도 있어요. 그것도 웃어넘기기는 어려울 거예요. 너무나 많은 사람이 죽었죠.

그리고 그 일은 더 이상 화이트네 집에만 해당하는 얘기도 아니고요."

그녀는 미소를 짓지만 그것은 웃음기가 들어 있지 않은 미소다. "랠프 화이트가 보험을 들어 두었기 때문에 마거릿은 남편이 죽자 꽤 많은 돈을 받았어요……. 이중으로 보상을 받은 거죠. 그는 집도 보험에 들어 두었지만 부인은 거기에서는 한 푼도 받지 못했어요. 그 손실은 신의 행위에 의한 것이었으니까요. 꽤나 낭만적인 정의 아네요, 그렇죠?"

그녀는 다시 희미하게 웃는다. 그러나 이번에도 웃음기가 전혀 느껴지지 않는다…….

유언 연합 고등학교 시절, 캐리 화이트 소유의 공책 1쪽에 반복해서 씌어진 글로 확인된 것:

사람들 모두가 그렇게 여겼지/그 애가 다른 아이들과 비슷하다는 사실을 알 때까지는/그 갓난애를 축복해 줄 수 없다고······.[*]

캐리는 집 안으로 들어가서 문을 닫았다. 밝았던 빛은 사라지고 대신 희뿌연 어둠과 서늘함, 탤컴 파우더에서 풍기는 답답한 향내가 자리 잡았다. 유일하게 들리는 소리라고는 거실에 있는 블랙 포리스트제 뻐꾸기시계의 똑딱거리는 소리뿐이었다. 엄마는 슈퍼마켓 쿠폰으로 그 시계를 얻었다. 6학년 때 캐리는 엄마에게 슈퍼마켓 쿠폰은 죄스러운 물건이 아니냐고 물어보려다가 엄두가 나지 않아 그만둔 적이 있었다.

그녀는 복도를 걸어가 벽장에 외투를 걸었다. 옷걸이 바로 위, 야광 도료로 그린 그것은 식탁에 앉은 가족의 머리 위에 유령처럼 떠 있는 예수 그림이었다. 그림 아래는 (역시 야광 도료로) '보이지 않는 손님'이라는 설명이 붙어 있었다.

그녀는 거실로 들어가, 올이 풀리기 시작한 빛바랜 깔개 복판에 섰다. 그리고 눈을 감고는 어둠 속에 명멸하며 나타나는 작은 점들을 바라보았다. 두통이 불쾌하게도 관자놀이 안쪽에서 욱신거렸다.

'혼자다.'

엄마는 챔벌레인 중심가에 있는 블루 리본 고속 세탁소에서 다

---

[*] 밥 딜런, 「여자처럼」에 나오는 가사.

림질을 하고 개키는 일을 하고 있었다. 그녀는 캐리가 다섯 살 무렵, 아이 아버지가 당한 사고로 받은 보상금과 보험금이 바닥나기 시작할 때부터 그곳에서 일해 왔다. 그녀가 일하는 시간은 아침 7시 30분에서 오후 4시까지였다. 세탁소는 불경한 곳이었다. 엄마는 꽤 여러 번 그렇게 말하곤 했다. 반장인 엘턴 모트 씨가 특히 불경스러웠다. 엄마는 사탄이 엘트(블루 리본에서는 모두들 그를 그렇게 불렀다.)를 위해 지옥에서도 아주 지독한 한쪽 자리를 특별히 예비해 두었다고 했다.

'나 혼자야.'

그녀는 눈을 떴다. 거실에는 등받이가 직각인 의자 두 개가 있었다. 밤이면 엄마가 장식용 냅킨을 뜨면서 그리스도 재림에 대해 이야기하는 동안 캐리가 드레스를 만들곤 하는 스탠드가 설치된 재봉틀도 있었다. 뻐꾸기시계는 맞은편 벽에 걸려 있었다.

거실에는 종교화가 여러 장 걸려 있었지만, 캐리가 가장 좋아한 것은 자신이 앉는 의자 위쪽에 걸린 것이었다. 그것은 양 떼를 리버사이드 골프장만큼 푸르고 매끄러운 언덕으로 인도하는 예수 그림이었다. 다른 그림은 그렇게 평화롭지 않았다. 신전에서 환전상들을 쫓아내는 예수, 황금 송아지의 숭배자들에게 십계명이 적힌 판을 집어 던지는 모세, 예수의 다친 옆구리에 손을 갖다 대는 의심 많은 도마(그 그림의 섬뜩한 매력과 어린 여자애에게 안겨 준 악몽들!), 물에 빠져 괴로워하는 죄인들의 머리 위에 떠 있는 노아의 방주, 불타는 소돔과 고모라에서 달아나는 롯과 그의 가족.

조그만 탁자에는 스탠드와 한 무더기 종교 책자가 얹혀 있었다.

맨 위에 놓인 책자의 표지에는 커다란 바윗돌 밑으로 기어 들어가려고 애쓰는(고통스러워하는 얼굴 표정만 봐도 영적인 지위가 명확한) 죄인의 모습이 나와 있었다. 거기에는 '그날이 오면 바위라도 숨겨 주지 못하리라!'라는 제목이 번쩍거리는 색채로 붙어 있었다.

그러나 실제로 그 방을 장악하고 있는 것은 맞은편 벽에 걸린, 1미터는 족히 넘는 거대한 석고 십자가였다. 엄마가 세인트루이스에서 우편으로 특별히 주문한 십자가였다. 십자가에 못 박힌 예수는 보기만 해도 근육이 오그라드는, 고통으로 입을 딱 벌린(고통 때문에 입매가 아래쪽으로 휜) 괴기스러운 표정으로 얼어붙어 있었다. 가시 면류관에서는 관자놀이와 이마를 따라 진홍색 피가 줄줄 흘러내리고 있었다. 시선은 중세 때 예의 고통을 표현하는 전형적인 스타일로 비스듬하게 위를 향하고 있었다. 두 손도 피에 젖었고 양쪽 발은 조그만 석고 받침대에 못으로 박혀 있었다. 이 시신 역시 캐리에게 끝없는 악몽을 꾸게 해 주었다. 그것은 사지를 절단한 그리스도가 나무망치와 못을 들고 꿈속에서 복도를 따라 쫓아오며, 십자가를 들고 자기를 따르라고 애원하는 꿈이었다. 아주 최근에 와서 이 꿈은 전보다 이해하기 어렵고 더 불길한 꿈으로 바뀌었다. 이 꿈들의 목적은 살인보다 더 끔찍한 어떤 일인 것 같았다.

'난 혼자 있어.'

이제 다리와 복부와 사타구니의 통증은 어느 정도 물러갔다. 이제는 죽을 것처럼 피를 흘린다는 생각은 들지 않았다. '월경'이라는 말을 듣는 순간 갑자기 그 일이 필연적이고 피할 수 없는 일처럼 여겨졌다. 그녀에게도 '그때'가 찾아온 것이다. 캐리는 거실의 엄숙한 정적에 눌려 이상한 소리로 킥킥댔다. 그 단어는 퀴즈 쇼 같은 느낌을 주었다. '그때'가 되면 버뮤다행 무료 여행권을 타실 수 있습니다. 돌멩이 사건의 기억과 마찬가지로 월경에 대한 지식도 언제나 머릿속에 있었던 것 같다. 봉쇄되기는 했지만 언젠가 나타날 때를 기다리면서.

그녀는 몸을 돌려 무거운 걸음으로 층계를 올라갔다. 욕실은 거의 하얀 빛이 날 정도로 박박 문지른 나무 바닥이었고(청결은 신앙 다음이므로) 그 위에 발 달린 욕조가 있었다. 크롬으로 도금한 수도꼭지 아래 자기 위로 녹물이 얼룩져 있었고 샤워기는 없었다. 엄마는 샤워가 죄 받을 일이라고 말했다.

캐리는 욕실로 들어가 수건장을 열고 단호하면서도, 물건을 흐트러뜨리지 않기 위해 조심스러운 손길로 뒤적이기 시작했다. 엄마의 눈길은 빈틈이 없었다.

청색 상자는 맨 안쪽, 더 이상 쓰지 않는 낡은 수건 뒤쪽에 있었다. 상자 옆면에는 자락이 길고 얇은 가운을 입은 여자의 흐릿한 실루엣이 그려져 있었다.

캐리는 생리대를 하나 꺼내 호기심 어린 눈으로 들여다보았다. 그녀는 공공연하게 이것들을 손지갑에 넣고 다니며 바르는 립스틱을 지우는 데 쓰곤 했는데, 한번은 길모퉁이에서도 그런 적이 있었다. 이제야 아이들의 야릇하고 놀란 것 같은 표정이 떠올랐다.(어쩌면 그녀의 상상이었는지도 모르지만.) 캐리는 얼굴이 달아올랐다. '그들'이 말해 준 적이 있었던 것이다. 홍조가 사라지면서 이번에는 분노가 우윳빛으로 떠올랐다.

캐리는 자신이 쓰는 작은 침실로 들어갔다. 여기에도 종교화가 잔뜩 붙어 있었지만, 정의의 분노를 표현한 것은 적은 대신 양 떼 그림은 더 많았다. 화장대에는 유언 고등학교의 응원기를 압정으로 붙여 놓았다. 화장대 위에는 성경책 한 권과 어둠 속에서 빛나는 석고 예수상이 놓여 있었다.

그녀는 옷을 벗었다. 먼저 블라우스를, 그다음으로 무릎까지 오는 보기 싫은 스커트, 슬립, 거들, 페티팬츠, 양말 대님, 스타킹을 벗었다. 그녀는 한심스럽다는 표정으로 단추와 고무줄이 달린 묵직한 옷가지 더미를 바라보았다. 학교 도서관에 《세븐틴》 지난 호가 잔뜩 쌓여 있는데, 캐리는 가끔씩 백치같이 무관심한 표정으로 그것들을 들춰 보곤 했다. 짧고 자극적인 스커트, 팬티스타킹, 주름 장식이 붙고 무늬가 있는 속옷 차림을 한 모델들은 저속하면서도 세련되어 보였다. 물론 '저속하다'는 말은 엄마가 '그들'을 표현할 때 쓰는 말이다.(엄마가 그것을 보면 뭐라고 할지는 물어볼 필요도 없었다.) 그녀는 그것이 자신이 처한 형편을 뼛속 깊이 느끼게 해 주리라는 것을 알고 있었다. 벌거벗고 사악하며 노출의 죄라는 오물을 뒤집어쓴 채 일부러 치맛자락을 바람에 들어올려 허벅지를 드러내며 욕망을 자극하는 짓이. 그리고 그녀는 그녀 자신이 어떻게 느낄지 '그들'이 알고 있으리라는 사실도 알고 있었다. 그들은 늘 그랬다. 어떻게 해서든 그녀를 당황하게 하고 잔인하게도 그녀를 어릿광대로 만들어 버리곤 했다. 그것이 그들의 방식이었다.

그녀는 될 수 있었다. 자신이 될 수 있다는 것을 알았다.

(무엇을)

다른 존재가 되는 것. 그녀의 허리가 굵어진 이유는, 너무나 비참하고 공허하고 따분한 느낌이 들 때마다 바람 소리가 나는 그 텅 빈 구멍을 채우려면 끊임없이 먹고 또 먹는 방법밖에 없었기 때문이다. 하지만 몸통 자체는 그렇게까지 굵지 않았다. 그녀의 생체 화학 작용이 일정 수준을 넘지 않도록 유지해 주었던 것이다. 게다가 그녀의 다리는 사실이지 아주 예뻤다. 거의 수 스넬이라든가 비키 핸스컴 같은 애들의 다리만큼 예뻤다. 그건 가능할 것이다.

(뭐가 뭐가 뭐가)

초콜릿을 끊을 수 있을 것이다. 여드름은 저절로 가라앉을 것이다. 그건 언제나 저절로 가라앉곤 하니까. 머리를 좀 매만질 수도 있었다. 팬티스타킹과 청록색 타이츠도 사면 된다. 《버터릭》과 《심플리시티》에 나오는 스타일로 본을 떠서 짧은 치마라든가 드레스를 만들면 된다. 버스표, 기차표 값을 마련하는 거야. 그건 가능할 거야, 가능할 거야, 그건⋯⋯.

'살아남는 것.'

그녀는 묵직한 면 브래지어의 훅을 풀어서 바닥에 떨구었다. 그녀의 가슴은 우윳빛이고 늘어지지도 않았으며 매끄러웠다. 젖꼭지는 연한 커피색을 띠고 있었다. 손으로 쓰다듬자 희미한 전율이 몸속을 관통했다. 아, 이건 사악하고 나쁜 짓이야. 엄마가 '그것'에 대해 말해 준 적이 있었다. '그것'은 위험하고 케케묵은 것이며 이루 말할 수 없을 정도로 사악하다. '그것'은 너를 나약하게 만든다. '그러니 조심해.' 하고 엄마가 말했다. '그것'은 한밤중에 찾아온단다. 그래서 주차장이나 너절한 술집에서 벌어지는 못된 짓을 생각하게 만드는 거야.

그러나 오전 9시 20분밖에 되지 않았는데도 캐리는 '그것'이 이미 자기에게 왔다고 생각했다. 그녀는 다시 한번 손으로 가슴을 쓸었다.

(더러운 베개를)

피부는 서늘했지만 젖꼭지는 뜨겁고 단단해졌다. 젖꼭지 하나를 비틀자 맥이 풀리면서 녹아드는 느낌이 들었다. 그래, 이것이 바로 '그것'이로군.

팬티에는 피가 묻어 있었다.

문득 울음을 터뜨리거나 비명을 지르거나 해서 몸 전체에서 '그것'을 떼어 내야 할 것 같은 기분이 들었다. 그것을 때리고 뭉개고 없애야 했다.

데스자딘 선생이 채워 준 생리대는 벌써 푹 젖어서 조심스럽게 갈아 주었다. 그녀는 자신이 얼마나 나쁜지, '그들'이 얼마나 나쁜지, 그들과 자신이 얼마나 미운지를 깨달았다. 엄마만이 선했다. 엄마는 예전에 '검은 인간'과 싸워 승리를 거두었다. 캐리는 꿈속에서 그 일을 목격했다. 엄마가 빗자루로 그자를 현관 밖으로 몰아냈으며 '검은 인간'은 칼린가의 어둠 속으로 사라졌다. 그자의 발굽이 시멘트에 부딪힐 때마다 빨간 불꽃이 일어났다.

자기 몸에서 '그것'을 떼어 낸 엄마는 순결한 사람이었다.

캐리는 자신이 미웠다.

그녀는 문 뒤쪽에 걸어 놓은 조그만 거울에 비친 자신의 얼굴을 흘끗 바라보았다. 녹색 플라스틱 테두리가 붙은 싸구려 거울은 머리를 빗을 때나 쓸모가 있었다.

그녀는 멍청하고 바보 같고 소처럼 둔하게 생긴 자신의 얼굴, 생기 없는 눈, 빨갛게 반들거리며 뽀얗게 핀 여드름이 싫었다. 자신의 얼굴은 대부분 보기도 싫었다.

그 순간 거울에 비친 영상에 은색 금이 가면서 쪼개졌다. 거울의 유리가 발치에 떨어지면서 박살 나고, 장님의 눈처럼 속이 빈 플라스틱 테두리만 그녀를 빤히 쳐다보고 있었다.

『오길비의 영적 현상 사전』에서 인용:

'염력'은 정신력으로 물체를 이동하거나 물체의 상태를 변화시키는 능력을 말한다. 그러한 현상은 자동차가 움직이지 못하는 몸뚱이 위로 뜨거나 무너진 건물에서 파편 더미가 떠오르는 것처럼, 위기가 닥치거나 스트레스가 가해진 상황에서 가장 확실하게 발현되는 것으로 보고되어 왔다.

그 현상은 종종 심술궂은 정령들, 즉 '악귀'가 벌인 짓과 혼동되고 있다. 악귀는 그 존재가 의심스러운 천상의 존재인 반면 염력은 정신의 경험적 작용이며 자연의 전기 화학 작용일 수도 있다고 간주되고 있음은 명기될 필요가 있다······.

성행위를 끝냈을 때 수 스넬은 토미 로스의 1963년형 포드 뒷좌석에서 천천히 옷을 추슬러 입으며 자신도 모르게 캐리 화이트를 생각하고 있었다.

금요일 밤이었고, 토미는 볼링을 하자고 수를 데려갔더랬다.(토미는 뭔가 생각하듯 팬티를 발목에 걸쳐 놓은 채로 뒤쪽 차창 밖을 내다보고 있었는데, 그 모양새가 우스꽝스러우면서도 어딘지 귀여워 보였다.) 물론 볼링은 두 아이 모두가 서로 묵인한 핑계일 뿐이었다. 그들은 처음부터 간음을 염두에 두고 있었다.

그녀는 지난 10월 이후로 비교적 꾸준히 토미와 데이트를 해 왔는데(지금은 5월이었다.) 두 사람이 연인이 된 것은 이제 2주밖에 되지 않았다. '아니, 일곱 번이지.' 하고 그녀는 속으로 정정했다. 오늘 밤이 일곱 번째였다. 아직까지 불꽃놀이나 「성조기여 영원하라」를 연주하는 밴드는 없었지만 그래도 얼마간 진척을 보인 것만은 사실이었다.

처음에는 지독하게 아팠다. '그 짓'을 한 경험이 있는 친구 헬렌 샤이레스와 진 골트는 페니실린 주사를 맞을 때처럼 잠깐 아플 뿐 금방 황홀해진다고 단언했다. 그러나 수에게는 첫 번째 경험이 괭이 자루로 구멍을 넓히는 작업이라도 하는 기분이었다. 일이 끝나고 나자 토미가 씩 웃으며 잘못해서 콘돔을 뒤집어씌웠노라고 고백했다.

오늘 밤은 그녀가 쾌감 비슷한 뭔가를 느끼기 시작한 것으로 치면 두 번째였지만 그 일은 그대로 끝나 버리고 말았다. 토미는 참을 수 있는 데까지 참았지만 그 일은 그냥…… 끝나 버렸다. 마치 약간의 온기를 얻으려고 두 손을 죽어라 비벼 댄 것 같은 기분이었다.

그래서 저조하고 침울해졌는데, 아마 그런 기분 때문에 캐리 생각이 들었을 것이다. 그녀는 갑자기 밀려드는 후회 때문에 감정을 억제할 수 없었다. 토미가 브릭야드 힐을 내다보다 고개를 돌려 보니 수가 울고 있었다.

"어. 야, 왜 그래." 토미가 놀라면서 어설프게 그녀를 안아 주었다.

"괜찮아." 그녀가 여전히 훌쩍이며 말했다. "너 때문이 아냐. 오늘 내가 안 좋은 짓을 했어. 그 생각을 하고 있었어."

"뭔데?" 그가 그녀의 목덜미를 부드럽게 토닥였다.

이렇게 해서 그녀는 자신도 모르게 그날 아침에 있었던 사건을 말하게 되었는데, 그것이 정말 그녀 자신의 이야기인지 믿어지지 않았다. 냉정하게 보자면, 그녀가 토미에게 몸을 허락한 주된 이유는 그에게

(사랑? 아니면 열중? 어느 쪽이든 결과가 같았을 테니까 상관없지만)

그런 감정을 느꼈기 때문인데, 지금처럼 샤워실의 저 비열한 장난에 끼었다는 식으로 자신을 표현하는 것은 분명 남자를 호리는 방법으로 좋은 것이 아니었다. 토미는 물론 킹카였다. 지금껏 언제나 퀸카의 자리를 놓친 적이 없던 여자라면 으레 그렇듯이 수가 자기와 비슷한 킹카를 만나서 사랑에 빠지는 것이 당연했다. 두 사람은 봄 무도회 때 왕과 여왕으로 뽑힐 것이 거의 확실했고, 졸업반에서는 이미 그들을 졸업 앨범에 교내 커플로 선출해 놓은 상태였다. 두 사람은 흔히 수없이 상대가 바뀌는 고등학교 시절에도 확고부동한 스타이자 공인된 로미오와 줄리엣이었다. 그리고 백인이

주로 거주하는 교외지에 소재한 모든 고등학교에는 자기들과 같은 커플이 하나씩은 있게 마련이라는 사실이 떠오르자 문득 스스로가 가증스럽게 여겨졌다.

그리고 자신이 늘 원하던 것을, 다시 말해 모종의 신분과 안전과 지위를 갖는 데는 마치 못난이 자매 같은 불안감도 섞여 있다는 것을 깨달았다. 그렇다고 그녀가 애초에 그런 식으로 생각한 것은 아니었다. 따뜻한 빛 주위에는 언제나 어둠이 도사리고 있게 마련이었다. 이를테면 토미가 자기에게 그 짓을 하도록

(그 일을 꼭 그런 식으로 표현할 필요는 없지만 이번만은 놔두도록 하자)

허락한 것은 단지 그 애가 킹카였기 때문이라는 생각이 그렇다. 그들이 함께 걷기에 어울린다는 사실, 또는 상점 유리창에 비친 그들의 모습을 보고 '정말 멋진 커플이군.' 하고 생각할 수 있다는 사실도 그런 식이다. 그녀는 자신이 그렇게까지 나약하지 않다고, 부모와 친구들과 심지어는 자기 자신의 기대치를 고분고분 만족시켜 주는 타입은 아니라고 확신했다.

(그저 희망 사항에 지나지 않을 수도 있는 일이지만 말이다)

그런데 이제 자신이 그 격렬하고 잔인한 쾌감 속에 흔쾌히 뛰어들었던 그 샤워 사건이 터진 것이다. 그녀가 차마 입 밖에 꺼내지 못하고 피했던 말은 저 부정형(不定形)의 '순응하기'라는 단어였다. 그 단어는 남편이 어딘지 모를 사무실에서 잡무에 시달리고 있는 동안 머리에는 파마용 롤러를 꽂은 채 연속극을 보며 다림질하는 지루한 오후 나절을, 그리고 처음에는 사친회에, 그러다 수입이 다섯 자리가 되면서 컨트리클럽 회원이 되는 삶을 연상시켰다. 꼭 필

요해지기 전까지 늘씬한 몸매를 유지하도록 해 주는 동시에 팬티에 똥을 싸고 새벽 2시에 악을 써서 도움을 청할 역겨운 꼬마 이방인들의 침범도 피할 수 있게 해 주는, 둥글고 노란 갑 속에 든 헤아릴 수 없을 만큼 많은 알약도 연상시켰다. 또한 그 단어는 (1975년도 미스 감자꽃) 테리 스미스와 (여성 협회 부회장) 비키 존스와 어깨를 나란히 하고 선 채 피켓과 진정서와 점잖으면서도 약간은 절망적인 미소로 무장하고 클린 코너스에서 검둥이를 몰아내려는 필사적인 관습과 싸우는 일도 연상케 했다.

이것 모두 저 빌어먹을 캐리 때문이었다. 그 애 잘못이었다. 아마 전에도 자신들의 불 밝힌 집 주변을 선회하는 먼 발소리를 들은 적이 있었을 테지만, 오늘 밤 자신의 야비하고 지저분한 이야기를 털어놓고 있던 그녀의 눈에는 비로소 그 모든 일의 진짜 그림자가, 어둠 속에서 손전등처럼 번쩍이는 노란 눈빛이 보였다.

그녀는 이미 무도회 때 쓸 드레스를 사 놓았다. 아름다운 청색 드레스였다.

그녀의 말이 끝나자 토미가 말했다. "네 말이 맞아. 나쁜 얘기네. 너답지 않은 얘기야." 그의 엄한 얼굴을 본 그녀는 한순간 서늘한 공포감을 느꼈다. 다음 순간 그가 특유의 매력적인 미소를 보이자 그 어둠이 어느 정도 물러나는 듯했다.

"난 뻗어서 기절해 버린 놈의 갈빗대를 걷어찬 일이 있어. 너한테 그 얘기를 해 줬던가?"

그녀가 고개를 저었다.

"그래." 토미는 그때 일을 떠올리듯 코를 문질렀다. 그의 뺨에 처음 같이 잤을 때 콘돔을 뒤집어 끼웠다고 고백했을 때 보였던 조 그만 경련이 일었다. "대니 패트릭이라는 애였지. 6학년 때 그놈이 날 한번 호되게 걷어찬 적이 있거든. 난 그놈이 미웠지만 한편으로 는 겁도 났지. 난 그 일을 갚아 줄 때가 되기만 기다렸어. 무슨 말 인지 알겠어?"

그녀는 무슨 말인지 몰랐지만 아무튼 고개를 끄덕였다.

"어쨌든 그놈은 1년쯤 후에 엉뚱한 녀석을 잡았지. 피트 태버라 는 애였어. 키가 작았지만 근육질이었지. 대니가 그 애의 불알인 지 뭔지를 걷어찼는데, 막판에 피트가 벌떡 일어나 그 자식을 걷 어찬 거야. 케네디 중학교 운동장에서의 일이었지. 대니는 쓰러지 면서 머리를 부딪히고는 그대로 뻗어 버렸어. 모두 달아났지. 우린 그 자식이 죽었을 거라고 생각했거든. 나도 달아났는데, 그전에 그 자식의 갈비뼈를 냅다 걷어찼어. 아무튼 그 일이 있고 나서 기분이 되게 언짢았지. 그런데 너, 그 애한테 사과할 거야?"

그 질문은 수를 기습한 셈이었다. 그녀로서는 약하게나마 반박 하는 것 말고 달리 할 수 있는 일이 없었다. "너는 했어?"

"응? 천만에! 난 골절을 치료하는 것 말고도 할 일이 많았으니 까. 하지만 그건 전혀 달라, 수."

"그래?"

"이건 중학교 1학년 얘기가 아니잖아. 게다가 내겐 비록 형편없 긴 해도 그럴 만한 이유가 있었다고. 그 멍청한 애가 너한테 무슨 짓을 한 적 있어?"

수는 아무 대답도 하지 못했다. 대답할 말이 없었던 것이다. 그녀는 평생 통틀어 캐리와는 백 마디 이상을 해 보지 않았고, 그 가운데 서른 마디 정도를 오늘 나누었다. 챔벌레인 중학교를 졸업한 뒤로 그들이 함께 듣는 과목은 체육 수업밖에 없었다. 캐리는 상업반에 들어 있었고 수는 물론 대학 진학반이었다.

그녀는 문득 자신이 지긋지긋해졌다.

더 이상 견딜 수 없었던 그녀는 그 질문을 꼬아서 상대에게 쏘아붙였다. "언제부터 그렇게 대단한 도덕적인 심판을 하기 시작한 거지? 나랑 그 짓을 하고 나서부터야?"

토미의 낯빛이 달라지는 것을 보고 그녀는 자신이 한 말을 후회했다.

"입을 다물고 있을 걸 그랬군." 그는 이렇게 말하고 팬티를 끌어올렸다.

"너 때문이 아냐. 나 때문에 그런 거야." 그녀가 그의 팔에 한 손을 얹었다. "난 그 일이 부끄러운 거야, 알겠어?"

"알아. 하지만 충고 따위는 하지 말았어야 했어. 난 충고하는 데 서투르거든."

"토미, 혹시 그게 마음에 들지 않은 적이 있니……? 킹카가 되는 일 말이야."

"나?" 그 질문이 그에게는 뜻밖인 모양이었다. "축구부 주장이나 반장 같은 일을 말하는 거야?"

"응."

"아니. 그건 별로 중요하지 않아. 고등학교는 그렇게 대단한 곳이 아냐. 고등학생이 되면 그게 큰일이라고 생각하지만 일단 학교를 졸업하면 술에 취하지 않고는 진심으로 그렇게 생각하는 사람은 없어. 아무튼 내 형이나 형 친구들은 그렇더라고."

그 말은 위로가 되지 않았을 뿐 아니라 그녀의 두려움을 한층 가중시키기만 했다. 유언 고등학교와 제대로 어울리지 못하는 꼬마 수, 케이크 군단 속의 왕 케이크. 먼지막이 비닐에 싸인 채 영원히 벽장 속에 들어 있는 무도회 드레스.

밤이 희미하게 김이 서린 차창에 어둠을 밀어붙였다.

"난 아마도 아버지의 정비소에서 일하게 될 것 같아. 금요일과 토요일 밤에는 빌 삼촌네서 지내거나, 카발리에에서 술을 마시며 손더스의 홈런 볼을 받아 내고 도체스터 팀을 이겼던 토요일 오후 얘기나 하며 보낼 테지. 바가지를 긁는 여자와 결혼해서 언제나 구형 모델만 타고 다니며 민주당에 투표를……."

"그만해." 문득 수의 입가에 어둡고도 달콤한 공포가 가득 서렸다. 그녀는 그를 끌어당겼다. "날 사랑해 줘. 오늘 밤은 기분이 너무 나빠. 날 사랑해. 사랑해 달라고."

그래서 그는 그녀를 사랑해 주었는데 이번은 딴판이었다. 이번에는 마침내 여유가 생긴 듯했다. 성가신 마찰이 아니라 점점 상승하는 감미로운 접촉이 이어졌다. 그는 두 차례나 헐떡이며 움직임을 멈추고 억제했다가 다시 시작했으며

(그는 나를 만나기 전에는 동정이었고 그렇다고 시인했어 난 그게 거짓말이었더라도 믿었을 거야)

또다시 거칠게 움직였다. 그녀는 숨이 차서 헐떡이다가 소리를 지르기 시작하면서 도저히 멈출 수 없는 나머지 땀을 흘리며 그

의 등을 움켜잡았다. 나빴던 기분은 깨끗이 씻겨 나가고 세포란 세포는 모두 절정에 이른 것 같고 몸은 햇살로, 머릿속은 음표로 가득 채워진 기분이 들었다. 머릿속 두개골 뒤에서 나비들이 날아 다녔다.

나중에 집으로 가는 길에 토미가 그녀에게 정식으로 봄 무도회에 함께 가 줄 것을 신청했다. 그녀는 그러겠다고 했다. 그는 또 캐리 일에 대해서 마음을 정했느냐고 물었다. 그녀는 마음을 정하지 못했다고 대답했다. 그는 마음을 정하든, 정하지 않든 별 차이가 없는 일이라고 했지만, 그녀는 차이가 있다고 생각했다. 갑자기 엄청난 차이가 있는 듯이 여겨지기 시작한 것이다.

D. L. 맥거핀 학장의 「염력: 분석과 영향」(《과학 연감》, 1981년)에서 인용:

당연한 말이겠지만 오늘날에도 여전히 캐리 화이트 사건의 저 근원적이고도 무서운 암시를 받아들일 줄 모르는 과학자들이 있는데, 유감스럽게도 듀크 대학 사람들이 그런 과학자들의 선두에 서 있다. 플랫랜드 협회나 장미십자회원, 또는 원자폭탄이 효과가 없을 것이라고 확신하는 애리조나의 콜리스처럼 이 불운한 사람들은 논리 따위는 아랑곳하지 않고 현실을 회피하면서 혼란스러운 은유에 대해 용서를 비는 것이다.

물론 당황하는 태도라든가 잔뜩 올라간 목청, 분노에 가득 찬 편지, 과학 집회에서의 입씨름은 충분히 이해할 수 있는 일이다.

염력이라는 생각 자체가 과학계에서는 삼키기 어려운 쓴 약이었다. 거기에는 점판이라든가 영매, 탁자 두드리는 소리, 공중에 뜬 화관 같은 공포 영화적인 장치가 따라다닌다. 하지만 이해한다고 해도 여전히 과학의 무책임성에 대한 변명이 되지는 못할 것이다.

화이트 사건의 결과는 심각하고도 난해한 의문을 야기하고 있다. 자연계가 움직이고 반응하는 방식에 대한 질서정연한 개념에 지진이 일어난 것이다. 화이트 위원회가 제시하는 압도적인 증거를 앞에 놓고서도 그 모든 일이 날조이며 사기라고 주장하는 제럴드 루포넷 같은 유명한 물리학자를 비난할 수 있겠는가? 만약 캐리 화이트가 진실이라면 뉴턴은 어떻게 되겠는가……?

캐리와 엄마 두 사람은 거실에 앉아 웹코 전축(엄마가 빅트롤라라고, 또는 특별히 기분이 좋을 때면 빅터 전축이라고 부르는 것)으로 테네시 어니 포드의 「더 낮은 불빛도 비추어라」를 듣고 있었다. 캐리는 재봉틀에 앉아 발을 움직이면서 새 드레스에 소매를 달고 있었다. 엄마는 석고 십자가 아래에 앉아 레이스 장식 냅킨을 뜨면서 자신이 좋아하는 노래에 맞춰 발을 굴렀다. 이 찬송가를 비롯해서 헤아릴 수 없을 만큼 많은 곡을 쓴 P. P. 블리스 씨는 어머니의 눈에 지상에 내리신 하느님의 눈부신 역사의 본보기 가운데 하나였다. 그는 선원이자 죄인(이 두 단어는 엄마의 어휘 사전에서는 동의어였다.)이며 아주 불경한 자였고 전능자를 비웃는 자였다. 그런데 엄청난 폭풍이 바다로 몰아치면서 그가 탄 배가 뒤집힐 위험에 처하자 블리스 씨는 자신이 빠질 바다 저 아래 입 벌린 지옥을 보고는 죄로 물든 무릎을 꿇고 하느님께 기도를 드렸다. 블리스 씨는 하느님께, 만약 자기를 구해 주신다면 남은 평생을 그분께 바치겠다고 약속했다. 물론 폭풍우는 즉각 멈췄다.

> 우리 아버지의 자비는 밝게 비추네,
>
> 그분의 등대에서 영원토록,
>
> 하지만 우리에겐
>
> 기슭의 불빛을 지키도록 하시네……

블리스 씨의 모든 찬송가에는 항해의 이야기가 담겨 있었다.

지금 캐리가 짓고 있는 드레스는 사실 아주 예쁜 것으로 어두운 포도줏빛(엄마가 허락하는 색 중에서 빨간색에 가장 가까운 색)이고 소매는 부풀어 오른 것이었다. 그녀는 바느질에 전념하려고 했지만 당연히 이런저런 생각이 머릿속에 떠올랐다.

머리 위에 달린 전등은 눈이 아플 정도로 강한 노란색이었고 플러시 천을 씌운 조그만 먼지색 소파는 물론 버림받은 채였으며(캐리는 한 번도 거기에 앉힐 남자애를 데려온 적이 없었다.), 맞은편 벽에는 쌍둥이처럼 십자가에 못 박힌 예수와 그 아래 엄마가 나란히 그림자를 드리우고 있었다.

학교에서 세탁소로 연락해 엄마는 정오에 집에 돌아왔다. 보도를 따라 걸어오는 엄마를 본 캐리는 속이 떨렸다.

엄마는 체구가 아주 큰 여자였으며 언제나 모자를 쓰고 다녔다.

요즘에는 다리가 붓기 시작했으며, 언제나 발이 금방이라도 신발 위로 넘칠 듯이 보였다. 엄마는 까만 모피 깃이 달린 까만 천 외투를 입고 다녔다. 청색을 띤 두 눈은 테 없는 이중 초점 렌즈 안경을 쓰고 있어서 확대되어 보였다. 엄마는 언제나 자루 같은 까만 가방을 들고 다니는데 그 속에는 동전 지갑과 지폐 지갑(둘 다 까만색), 엄마의 이름이 표지에 금박으로 새겨진 커다란 『킹 제임스 성경』(이것 역시 까만색), 고무줄로 단단히 동여맨 종교 책자가 들어 있었다. 그 책자는 보통 적황색이고 인쇄 기름이 배어 있었다.

캐리는 엄마와 아빠가 한때 침례교도였지만 침례교도가 적그리스도적인 일을 하고 있다고 확신하게 되면서 교회를 나왔다는 사실을 어렴풋하게 알고 있었다. 그때 이후로 모든 예배는 집에서 이루어졌다. 엄마는 매주 일요일, 화요일, 금요일에 예배를 거행했다. 그날들은 '성일'로 불렸다. 엄마가 성직자였고 캐리는 신자였다. 예배는 두세 시간이 걸렸다.

엄마가 현관문을 열고 둔중한 걸음으로 들어섰다. 그녀와 캐리는 짧은 복도에 선 채 마치 총을 꺼내 쏘기 전의 총잡이들처럼 잠깐 동안 서로를 빤히 바라보았다. 그것은 돌이켜 보면 훨씬 더 길게 여겨지는, 그런 짧은 순간이었다.

(그 순간 엄마의 눈에 떠오른 것이 정말 두려움이었을까)

엄마는 문을 닫았다. "넌 이제 여자다." 그녀가 나지막한 소리로 말했다.

캐리는 자신의 얼굴이 일그러지는 것을 느꼈지만 어쩔 수 없었다. "어째서 나한테 말해 주지 않았던 거야?" 그녀가 울부짖었다.

"엄마, 난 무서워 죽는 줄 알았어! 애들이 놀려 대며 물건들을 집어 던졌다고…….."

엄마는 그녀에게로 다가오더니 세탁 일로 못이 박히고 근육질로 단련된 단단한 손을 섬광처럼 빠르게 날렸다. 손등으로 아래턱을 얻어맞은 캐리는 큰 소리로 울부짖으며 현관에서 거실로 통하는 복도에 쓰러졌다.

"하느님께서는 아담의 갈비뼈로 이브를 만드셨다." 엄마의 테 없는 안경알 속에 든 두 눈이 더 커져서 마치 수란(水卵)처럼 보였다. 엄마가 옆 발로 걷어차는 바람에 캐리는 비명을 질렀다. "일어나라, 여인아. 안에 들어가서 기도하자. 나약하고 사악하며 죄 많은 영혼인 우리, 여인들을 위해 예수님께 기도드리자."

"엄마…….."

흐느낌은 너무 격해져서 더 이상 나오지 않았다. 히스테리 발작이 뒤를 이으면서 웃음소리에 가까운 캑캑거리는 소리가 터져 나왔다. 캐리는 일어설 수가 없었다. 그녀는 머리를 앞으로 늘어뜨린 채 크고 거친 소리로 울부짖으며 거실까지 엉금엉금 기어갔다. 엄마는 틈만 나면 발길질을 해 대곤 했다. 이런 식으로 두 사람은 거실을 가로질러 예전에 작은 침실이었던 예배실로 향했다.

"이브가 나약했으니…… 말해라, 여인아. 어서 그다음을 말해!"

"싫어, 엄마. 제발 나를 도와줘…….."

발길이 날아왔다. 캐리는 비명을 질렀다.

엄마의 말이 이어졌다. "이브는 나약하여 온 세상에 까마귀를 풀어놓았다. 그 까마귀는 '죄악'이라 불렸고, 최초의 죄악은 성교였다. 주께서는 이브에게 저주를 내리셨으며, 그것은 '피의 저주'였다. 아담과 이브는 동산에서 세상으로 추방되었으며, 이브는 아이가 생겨 배가 불렀다."

다음 순간, 캐리의 엉덩이로 발이 날아왔다. 그녀는 마룻바닥에 코를 박았다. 두 사람은 제단이 설치된 방으로 들어갔다. 수놓인 명주 천을 깐 탁자 위에 십자가가 있었다. 십자가 한쪽에는 하얀 양초들이 놓여 있었다. 그 뒤편에는 예수와 사도들을 그린 숫자 그림*이 몇 점 놓여 있었다. 오른쪽에는 가장 끔찍한 공포의 집, 그러니까 모든 희망과 하느님에 대한(그리고 엄마에 대한) 모든 저항을 무력화시키는 동굴 같은 방이 있었다. 벽장 문은 빼꼼 열려 있었다. 언제나 소름 끼치는 청색 전구를 켜 놓은 그 안은 조너선 에드워즈**의 유명한 설교 '분노한 하느님의 손에 맡겨진 죄인들'을 드로의 솜씨로 그려 놓은 것이었다.

"그리고 두 번째 저주가 있었으니 그것은 '출산의 저주'였다. 이브는 땀과 피에 젖어 카인을 낳았다."

엄마는 엉거주춤한 채로 엎어져 있는 캐리를 제단 앞으로 끌어다 놓았다. 두 사람은 제단 앞에 무릎을 꿇었다. 엄마는 캐리의 손목을 단단히 틀어잡았다.

"이브는 '성교의 죄'를 회개하지 못한 채 카인에 이어 다시 아벨을 낳았다. 그리하여 주께서 이브에게 세 번째 저주를 내리셨으니 그것이 '살인의 저주'였다. 카인은 분연히 일어서 아벨을 바위로

---

* 미리 인쇄된 윤곽선 안의 숫자에 따라 그린 그림으로 20세기 중반에 미국에서 크게 유행했다.
** 미국 청교도 신앙의 전통을 이어받은 신학자.

쳐 죽였다. 그래도 이브는 회개하지 못했으며 이브의 모든 딸도 마찬가지였다. 이렇게 하여 저 '간악한 뱀'은 이브의 몸에 매춘과 역병의 왕국을 세웠도다."

"엄마!" 캐리가 악을 썼다. "엄마, 내 말 좀 들어 봐! 이건 내 잘못이 아니었다고요!"

"고개를 숙여라. 기도를 드리자."

"엄마가 진작에 말을 해 주었어야 했어!"

엄마는 손으로 캐리의 뒷덜미를 눌렀는데, 그것은 11년 동안 무거운 빨랫자루를 집어 던지고 젖은 시트 더미를 밀어 넣느라 근육으로 단련된 손이었다. 캐리는 눈이 확 튀어나오는 느낌과 함께 제단에 이마를 찧어 멍이 들었다. 그 바람에 촛불이 흔들렸다.

"기도하자." 엄마가 나지막하게, 그러나 무자비한 어조로 말했다.

캐리는 코를 훌쩍이며 고개를 숙였다. 코에 콧물이 대롱대롱 달리자 손등으로 훔쳐 냈다.

(이 방에서 엄마가 나를 울린 횟수를 돈으로 치면 어마어마할 거야)

엄마가 고개를 젖힌 채 큰 소리로 기도를 시작했다. "오, 주여. 지금 제 옆에 있는 죄 많은 여인이 자기의 삶과 생활 방식에 들어 있는 죄를 볼 수 있게 해 주소서. 죄를 범하지 않았다면 '피의 저주'가 결코 일어나지 않았을 것임을 이 여인에게 증거해 주소서. 이여인은 '음탕한 생각의 죄'를 범했을지도 모르옵니다. 라디오로 로큰롤을 들었을지도 모르옵니다. 적그리스도의 유혹에 마음이 끌렸을지도 모르옵니다. 이 여인에게, 이것이 아버지의 애정과 복수의 역사임을 보여 주시고……."

"싫어! 놔줘!"

캐리가 일어서려고 버둥대자 엄마는 단단하고 무자비한 수갑 같은 손으로 그녀를 다시 주저앉혔다.

"이 '영원한 구덩이'의 불타는 고통을 피하려면 곧고 좁은 길로 걸어 나와야 한다는 표시를 보여 주소서. 아멘."

그녀는 크게 확대된 번쩍이는 눈으로 딸을 쳐다보았다. "이제 벽장으로 들어가라."

"싫어!" 캐리는 공포심으로 숨이 탁해지는 것을 느꼈다.

"벽장에 들어가. 조용히 기도를 드려. 네가 범한 죄에 용서를 구해라."

"난 죄를 짓지 않았어, 엄마. 죄를 지은 건 엄마야. 엄마가 내게 아무 말도 해 주지 않아서 아이들의 놀림감이 되어 버렸잖아."

이번에도 엄마의 눈에 한순간 두려운 빛이 떠오른 것 같았다. 그것은 여름날의 번개처럼 순식간에 소리 없이 사라졌다. 엄마는 캐리를 푸른 전구가 켜진 벽장으로 끌고 가기 시작했다.

"하느님께 기도해. 그러면 네 죄가 씻겨질 거야."

"엄마, 놔줘."

"기도해라, 여인아."

"그럼 또다시 돌멩이가 떨어지게 할 거야."

그 말에 엄마는 멈춰 섰다.

한순간 그녀의 숨마저 멈춰 버린 듯했다. 다음 순간, 그녀는 손으로 딸의 목을 단단히 죄었다. 번득이는 붉은 점들이 캐리의 눈앞에 떠오르면서 머릿속이 멍하고 아득해졌다.

크게 확대된 엄마의 눈이 눈앞에서 일렁거렸다.

"이 악마의 자식 같으니라고. 내가 어째서 이런 저주를 받았을까?" 엄마가 나지막한 소리로 속삭이듯 말했다.

캐리는 현기증 나는 머리로 자신의 고통과 수치심, 공포, 증오, 두려움을 표현할 뭔가 거대한 것을 찾아보았다. 자신의 생애 전부가 바로 이 비참하고 짓밟힌 한순간의 반발에 집약되기라도 한 것처럼 여겨졌다. 두 눈은 무서운 기세로 튀어나오고 침이 가득 고인 입은 벌어졌다.

"이런 빌어먹을!" 캐리가 악을 썼다.

엄마는 성난 고양이처럼 쉿 소리를 냈다. "죄악이다! 오, 죄악이야!" 엄마는 이렇게 소리치며 캐리의 등과 목덜미와 머리를 때리기 시작했다. 캐리는 비틀거리며 푸른 빛이 번쩍이는 벽장 속으로 떠밀렸다.

"제기랄!" 캐리가 악을 썼다.

(아 이런 저거야 저거야 저게 아니면 어떻게 엄마가 날 잡겠어 맙소사 이런)

그녀는 곤두박질치듯 벽장 속으로 들어가 맞은편 벽에 머리를 부딪히고는 반쯤 의식을 잃은 상태로 바닥에 쓰러졌다. 문이 쾅 닫히고 열쇠가 돌아갔다.

이제 캐리는 엄마의 분노한 신과 단둘이 남았다.

파란 전구가 수염을 기른 거대한 야훼의 그림을 비추었다. 그는 비명을 지르는 수많은 인간을 연기가 자욱한 심연 속 불의 협곡 속으로 집어 던지고 있었다. 발밑에는 시커멓고 섬뜩한 인간의 형체들이 지옥의 불길 속에서 몸부림치고 있었고 화염처럼 붉은 거대한 옥좌에는 한 손에 삼지창을 든 '검은 인간'이 앉아 있었다. 그의 몸뚱이는 인간이었으나 못이 박힌 꼬리에 자칼의 머리를 하고 있었다.

'이번에는 꺾이지 않을 거야.'

하지만 물론 이번에도 기가 꺾이고 말았다. 여섯 시간을 겨우 버티고 난 캐리는 울면서 엄마에게 문을 열어 달라고 소리쳤다. 소변을 더 이상 참기 어려웠다. '검은 인간'은 자칼의 얼굴로 이를 드러내며 웃어 보였다. 그의 선홍색 눈은 여자의 피에 숨은 비밀을 낱낱이 알고 있는 듯이 보였다.

캐리가 소리치기 시작하고 나서 한 시간이 지나서야 엄마는 그녀를 꺼내 주었다. 캐리는 미친 듯이 화장실로 뛰어 들어갔다.

그로부터 세 시간이 지나 회개한 자처럼 재봉틀 위로 고개를 숙이고 있는 지금에서야 캐리는 엄마의 눈에 떠올랐던 두려움의 빛이 생각났다. 그녀는 그 이유를 알 것 같았다.

엄마가 그녀를 벽장 속에 꼬박 하루 동안 가둬 놓은 적도 여러 차례 있었다. 캐리가 슈버의 파이브앤드텐 상점에서 49센트짜리 반지를 훔쳤을 때도, 엄마가 그녀의 베개 밑에서 '멋쟁이' 바비 피켓의 사진을 찾아냈을 때도 그랬다. 언젠가 캐리는 배고픔과 자신의 배설물에서 풍기는 악취에 기절한 적도 있었다. 오늘처럼 그녀가 말대꾸를 한 적은 한 번도 없었다. 심지어 욕설까지 내뱉었다. 그런데도 엄마는 그녀가 거의 항복하자마자 꺼내 주었다.

마침내 드레스가 완성되었다. 그녀는 페달에서 발을 떼고 옷을 들고 살펴보았다. 자락이 길었다. 게다가 보기도 흉했다. 캐리는 그 옷이 마음에 들지 않았다.

그녀는 엄마가 자기를 꺼내 준 이유를 알고 있었다.

"엄마, 이제 자러 가도 돼?"

"그래." 엄마는 냅킨에서 고개도 들지 않았다.

캐리는 드레스를 개켜서 팔에 걸쳤다. 그러고는 재봉틀을 내려 다보았다. 갑자기 발판이 저절로 눌렸다. 바늘이 오르내리며 전등 불빛에 강철 빛을 반사했다. 얼레가 윙 하는 소리와 함께 덜컥이며 움직였다. 재봉틀의 외륜(外輪)이 돌아갔다.

엄마가 고개를 홱 들었다. 그녀의 눈이 동그래졌다. 냅킨 가장자 리에, 아주 복잡하면서도 정교하고 질서정연하게 행렬을 이루던 고리들이 갑자기 엉망이 되었다.

"남은 실을 없애는 것뿐이야." 캐리가 나지막하게 말했다.

"어서 가서 자." 무뚝뚝하게 대꾸하는 엄마의 눈에 다시 두려움 의 빛이 떠올라 있었다.

"알았어,

(엄마는 내가 벽장문을 아예 뽑아 버릴까 봐 두려웠던 거야)

엄마."

(난 할 수 있을 것 같아 그래 할 수 있을 거야)

『폭발한 그림자』, 58쪽에서 인용:

마거릿 화이트는 챔벌레인과 맞닿은 모턴이라는 조그만 마을에

서 태어나 성장했다. 그 마을 아이들은 모두 챔벌레인에 있는 중고 등학교에 진학했다. 그녀의 부모는 아주 부유했다. 그들은 모턴 외곽에 졸리 로드하우스라는 이름의 잘나가는 나이트클럽을 운영했다. 1959년 여름 마거릿의 아버지 존 브리검은 바에서 총격 사건이 벌어졌을 때 피살당했다.

그 당시 서른 살에 가까웠던 마거릿 브리검은 원리주의 기도회에 나가기 시작했다. 그녀의 어머니는 새 남자(나중에 결혼도 한 해럴드 앨리슨)와 사귀었는데, 두 사람은 마거릿이 집을 떠날 것을 바랐다. 마거릿은 자기 어머니 주디스와 해럴드 앨리슨이 죄악 속에 살고 있다고 여겼으며 기회가 있을 때마다 그 생각을 입 밖에 꺼내 놓곤 했다. 주디스 브리검은 딸이 평생 노처녀로 살 줄 알았다. 계부가 될 사람은 좀 더 신랄한 표현을 썼다. "마거릿은 가솔린 트럭 꽁무니 같은 얼굴이었는데 몸매 또한 그 얼굴에 못지않았다." 그는 또한 그녀를 '꼬마 예수쟁이'라고 불렀다.

마거릿은 1960년 부흥회 때 랠프 화이트와 만나기 전까지는 집을 나가지 않았다. 그해 9월 그녀는 모턴의 엄마 집을 나와 챔벌레인 중심지에 있는 조그만 아파트로 이사했다.

마거릿 브리검과 랠프 화이트의 구애기는 결국 1962년 3월 23일 두 사람이 결혼함으로써 마무리되었다. 1962년 4월 3일 마거릿 화이트는 웨스트오버 닥터스 병원에 잠깐 입원한 적이 있다.

해럴드 앨리슨은 이렇게 말했다. "아뇨, 그 애는 어디가 아팠는지 말하려 들지 않았어요. 한번은 문병하러 간 우리에게, 우리가 아무리 결혼을 했더라도 사실은 간통을 범하고 있는 거라고 하더군요. 우리가 지옥에 떨어질 거라고 했죠. 그러고는 하느님이 우리의 이마에 보이지 않는 낙인을 찍어 놓았지만 자기 눈에는 그 낙인이 똑똑히 보인다고 하더군요. 정말 실성한 사람처럼 굴었죠. 그 애 엄마는 되도록 다정하게 대하면서 딸이 어디가 아픈 것인지 알아내려고 애썼어요. 그 애는 신경질을 부리면서 너절한 술집 주차장으로 들어가 부정한 자들을 칼로 베는 천사가 어쩌니 하는 헛소리를 늘어놓았어요. 우리는 그 집을 나왔죠."

그러나 주디스 앨리슨은 딸에게 무슨 일이 있었는지는 짐작했다. 그녀는 마거릿이 유산했을 것으로 여겼다. 만약 그것이 사실이라면 결혼 전에 임신했다는 얘기였다. 이 사실을 확인할 수만 있다면 캐리 어머니의 성격에 상당히 흥미로운 견해를 갖게 될 것이다.

1962년 8월 19일 자기 어머니에게 보낸 장황하면서도 신경질에 가까운 편지에서 마거릿은 자신과 랠프가 '성교의 저주' 없이 순결하게 살고 있다고 했다. 그녀는 해럴드와 주디스 앨리슨에게 '사악함에 거하지' 말고 자기와 똑같이 하도록 촉구했다. 마거릿은 편지 말미에 이렇게 단언했다. "그것만이 엄마와 '그 남자'가 피의 비를 피할 수 있는 유일안 길이에요. 랠프와 나는 마리아와 요셉처럼 서로의 육신을 알지도 못할 것이고 더럽히지도 않을 거예요. 만약 아이가 생긴다면 하늘이 내린 것이 될 거예요."

물론 달력에 의하면 캐리는 바로 그해 후반에 수태되었다…….

월요일 아침 1교시 체육 시간이 되자 아이들은 조용히 옷을 갈

아입었다. 여느 때 같은 야단법석도 요란한 야유도 없었다. 데스자딘 선생이 로커 룸 문짝을 거칠게 밀어붙이며 들어섰을 때도 아이들은 별로 놀라지 않았다. 은색 호루라기가 조그만 가슴팍에서 대롱거렸으며, 지금 입고 있는 반바지가 금요일에 입었던 건지는 몰라도 캐리의 피 묻은 손자국은 남아 있지 않았다.

아이들은 선생님 쪽을 쳐다보지 않은 채 부루퉁하게 옷을 갈아입었다.

"너희들, 졸업식에 나갈 애들 아니니?" 데스자딘 선생이 나지막한 소리로 말했다. "그게 언제지? 한 달 남았나? 봄 무도회는 한 달도 남지 않았지. 너희들 대부분은 틀림없이 벌써 데이트 상대와 드레스를 마련해 두었을 테지. 수, 넌 토미 로스하고 함께 갈 테지. 헬렌은 로이 에바츠하고. 크리스는 아마 여러 상대 가운데서 하나를 고를 수 있을 거야. 그 행운아가 누굴까?"

"빌리 놀런이에요." 크리스 하겐슨이 부루퉁한 어조로 말했다.

"그렇다면 그 애가 행운아겠군." 데스자딘이 말했다. "그 애한테 파티 선물로 뭘 줄 거지, 크리스? 피 묻은 생리대? 아니면 쓰고 난 휴지는 어때? 내가 알기로는 요즘 그것들이 네 전리품 같던데."

크리스의 얼굴이 빨개졌다. "전 나가겠어요. 그런 말을 듣고 있을 의무는 없어요."

데스자딘은 주말 내내 마음속에서 악을 쓰며 엉엉 우는 캐리, 거웃 한복판에 붙은 젖은 생리대의 영상을 지워 버릴 수가 없었다. 그리고 그때 치밀었던 울화와 자신이 보인 성난 반응을.

다음 순간, 그녀는 성난 기세로 자기 곁을 지나 문으로 돌진하

던 크리스를 힘껏 후려쳐서 문 안쪽 우그러진 황록색 로커 쪽으로 메다꽂았다. 놀란 크리스의 두 눈이 휘둥그레졌다. 이윽고 그 애는 미친 듯한 분노에 사로잡혔다.

크리스가 악을 썼다. "당신은 우리를 때리면 안 돼! 이 일로 해고 당할 줄 알라고! 어디 두고 보자, 빌어먹을 년 같으니!"

다른 아이들은 움찔하며 숨을 들이쉬면서 마룻바닥으로 시선을 떨구었다. 걷잡을 수 없는 사태가 벌어지고 있었다. 메리와 도나 티보두가 손을 잡는 것이 수의 시야에 들어왔다.

"그런 일은 아무래도 좋아, 하겐슨. 네가, 아니면 너희들 중 누구라도 지금 이 순간 내가 교사라고 생각하고 있다면 큰 실수를 하는 거야. 난 너희 모두에게 금요일에 너희들이 몰상식한 짓을 저질렀다는 것을 알려 주고 싶어. 너희들은 정말 개 같은 짓을 했어."

크리스 하겐슨이 마룻바닥에 주저앉은 채 코웃음 쳤다. 나머지 아이들은 풀죽은 눈으로 체육 교사를 외면하고 있었다. 수는 자신도 모르는 사이에 샤워 칸을(범죄 현장을) 바라보고 있다가 화들짝 놀라며 시선을 돌렸다. 아이들은 지금까지 한 번도 개 같은 짓이라는 표현을 쓰는 선생을 본 적이 없었다.

"너희들 중 누구라도 캐리 화이트에게 감정이 있다는 생각을 해 본 사람이 있니? 단 한 번이라도 말이야. 수? 편? 헬렌? 제시카? 그런 생각을 해 봤어? 너희는 그 애가 꼴사납다고 생각하지. 너희들도 전부 꼴사나워. 금요일 아침에 그렇다는 걸 알았다."

크리스 하겐슨이 변호사인 자기 아버지에 대해 우물거렸다.

"닥쳐!" 데스자딘이 그 애에게 버럭 소리를 질렀다. 그 말에 너무

놀라 움찔하던 크리스는 장에 뒤통수를 부딪혔다. 크리스는 우는 소리를 내며 자기 머리를 어루만졌다.

데스자딘이 나지막하게 말했다. "누구든 한 번만 더 말대꾸하면 내 손으로 집어 던지겠어. 내가 정말 그렇게 할지 알고 싶니?"

자기가 지금 미친 여자를 상대하고 있다고 생각한 모양인지 크리스는 아예 입을 다물었다.

데스자딘은 양손으로 허리를 짚었다. "학교 당국은 너희들을 처벌하기로 했어. 안됐지만 이건 내가 내린 결정이 아냐. 난 너희들에게 사흘 정학과 무도회 참석 금지라는 벌을 주고 싶었어."

아이들 몇몇이 서로 얼굴을 쳐다보며 투덜거렸다.

"그래야 너희들에게 딱 맞는 처벌이 됐을 텐데 말이야. 유감스럽게도 유언의 행정직은 남자들로 채워져 있어. 그래서 너희가 저지른 짓이 얼마나 비열한 짓인지 제대로 이해하지 못하는 것 같아. 결국 일주일 근신으로 결정 났어."

그러자 아이들 틈에서 안도의 한숨이 새어 나왔다.

"자, 이번에는 내가 주는 근신이다. 체육관에서 말이야. 너희들을 뻗게 해 줄 테다."

"난 그렇게 못 해요." 크리스가 꽉 다문 잇새로 말했다.

"그건 너한테 달렸어, 크리스. 너희들 모두 마찬가지야. 하지만 근신을 빼먹은 데 대한 처벌은 사흘 정학에다 무도회 참석 금지야. 알아듣겠니?"

아이들은 모두 입을 다물었다.

"좋아. 옷을 갈아입어. 그리고 내가 한 말을 생각해 봐."

그녀는 그곳을 나갔다.

기가 질린 아이들은 한동안 한마디도 하지 않았다. 이윽고 크리스 하겐슨이 히스테리에 걸린, 귀에 거슬리는 목소리로 말했다.

"저 여자가 이 일로 무사하나 봐라!" 그러고는 되는대로 가까운 로커의 문을 벌컥 열어젖히더니 운동화를 꺼내 바닥에 동댕이쳤다. "가만두지 않겠어! 제기랄! 빌어먹을! 어디 두고 보자! 우리가 모두 힘을 합치기만 하면……."

"닥쳐, 크리스." 수는 이렇게 말해 놓고서 어른처럼 무감각하고 싸늘한 자신의 어조에 스스로도 놀랐다. "그만 입 닥치라고."

"이대로 넘어가지 않을 거야." 크리스 하겐슨은 이렇게 말하며 신경질적인 손으로 치마의 지퍼를 내리면서 다른 한 손으로는 유행에 따라 일부러 가장자리를 너덜너덜하게 만든 녹색 체육복 바지를 집어 들었다. "절대 이대로 넘어가지 않을 거라고."

그녀의 말이 들어맞았다.

『폭발한 그림자』, 60~61쪽에서 인용:

본 연구자의 견해에 따르면, 과학지를 위해서건 대중 언론을 위해서건 캐리 화이트 사건을 조사해 본 사람들 대부분이 상대적으로 볼 때 별 성과가 없는 점, 즉 그녀의 유년 시절에 염력과 관련된 사건이 없었는지를 조사하는 데 치중하는 오류를 범하고 있다. 좀 거칠게 비유하자면 이것은 마치 강간범이 어린 시절에 수음을 범한 적이 있었는지 조사하느라 몇 년을 소비하는 것이나 다름없는 일이다.

이 점에서 볼 때 저 경이로운 돌멩이 사건은 모든 사람의 주의를 끌기에 충분하다. 조사자들 대부분은 한 가지 사건이 있으면 분명 다른 사건도 있을 것이라는 잘못된 믿음을 받아들였다. 또 한 번 비유를 하자면 이런 일은 200만 년 전에 거대한 유성이 떨어졌다는 이유로 크레이터 국립공원에 운석 관측 팀을 파견하는 일이나 마찬가지다.

내가 아는 바로는 캐리의 유년 시절에 염력과 관련된 것으로 '기록'된 또 다른 사건은 없다. 캐리가 외동딸이 아니었다면 다른 많은 사소한 일에 대해 최소한 풍문으로라도 접할 수 있었을지 모른다.

앤드리아 콜린츠의 경우에는(상세한 내용은 「부록2」를 참조할 것) 지붕으로 기어 나간 벌로 엉덩이를 맞고 난 뒤로 다음과 같은 현상이 벌어졌다. "약장 문이 벌컥 열리고 약병들이 바닥에 떨어졌거나 저절로 욕실 안에 팽개쳐진 듯이 보였고, 방문들이 벌컥 열렸다가 쾅 닫혔으며, 염력이 절정에 이르렀을 때는 130킬로그램짜리 전축이 넘어지고 레코드가 거실을 날아다니다가 방 안에 있던 사람들의 머리 위로 폭격하듯 떨어지거나 벽에 부딪혀 산산조각이 났다."

1955년 9월 4일자 《라이프》에 인용된 이 보고가 앤드리아의 남자 형제의 입에서 나온 것이라는 사실은 의미심장한 일이다. 《라이프》는 학문적이라거나 나무랄 데 없는 정보의 출처라고 보기 어렵지만 다른 방증 자료들도 풍부하며 이것과 유사한 목격담도 제공되고 있다.

캐리 화이트의 경우 최후의 절정을 구성하는 사건에 대한 전조들의 유일한 목격자는 마거릿 화이트이지만 당연히 그녀 역시 사망한 상태다…….

유언 고등학교 교장인 헨리 그레일이 일주일 내내 기다렸지만, 크리스 하겐슨의 아버지는 크리스가 저 무서운 데스자딘 선생의 근신을 빼먹은 다음 날인 금요일이 되어서야 모습을 나타냈다.

"뭐죠, 피시 양?" 교장은 인터콤에 대고 딱딱한 어조로 말했다. 그러나 그는 창을 통해 집무실 바깥에 선 남자의 모습을 볼 수 있었고, 지방 신문에 여러 번 게재된 사진을 보아서 남자가 누구인지는 알고 있었다.

"존 하겐슨 씨가 만나러 오셨습니다, 교장 선생님."

"들어오시게 해요." '젠장, 피시, 그렇게까지 감격스러운 목소리로 말할 건 또 뭐야?'

그레일은 종이 클립을 구부리거나 냅킨을 찢어 대거나 뭔가를 끊임없이 접지 않고는 배기지 못하는 성미였다. 그 마을에서 손꼽히는 법률계의 권위자인 존 히겐슨을 맞이해서 그는 묵직한 탄약을 마련했다. 책상 압지 한복판에 강력한 클립 한 상자를 통째로 올려놓은 것이다.

하겐슨은 키가 크고 자신감 넘치는 동작과, 사교에 있어 앞지르기 게임에 뛰어난 사람임을 보여 주는 확신에 차고 기동성 있는 특징들을 갖춘 인상적인 인물이었다.

그는 그레일의 기성품을 볼품없게 만드는, 직물 사이로 엷은 녹색과 금색 광택을 누빈 새빌로 정장*을 입고 있었다. 서류 가방은 두께가 얇은 데다 진짜 가죽 제품이고 가두리에 반짝이는 스테인리스 스틸을 두른 것이었다. 미소는 완벽했고 웃을 때면 가지런한 인공 치아가 보였다. 마치 뜨거운 프라이팬에 든 버터처럼 여자 배심원의 애간장을 녹이는 미소였다. 그의 악수는 어느 모로 보나 일류였다. 단단하고 따스하며 충분했다.

"교장 선생님. 선생님을 좀 뵙고 싶었습니다."

"전 관심을 기울여 주시는 학부모는 언제든 기꺼이 만나 뵙지요." 그레일이 밋밋한 미소를 지으며 대꾸했다. "그 때문에 매년 10월이면 학부모 오픈 하우스 행사를 하는 겁니다."

"물론 그러실 테죠." 하겐슨이 미소를 지으며 말했다. "교장 선생님은 바쁘실 테고, 저도 45분 후에는 법정에 나가 봐야 합니다. 그러니까 바로 본론으로 들어갈까요?"

"그러세요." 그레일은 클립 상자 속에 손을 넣어 첫 번째 클립을 망가뜨리기 시작했다. "따님인 크리스에 대한 징계 조처와 관련하여 찾아오셨을 테죠. 그 문제에 관해 학교의 방침이 확정됐다는 사실을 통고받으셨을 텐데요. 하겐슨 씨도 정의와 관련된 일을 하고 계시니까 규칙을 어긴다는 것이……."

하겐슨이 조바심치며 손을 저었다. "아무래도 오해가 있었던 것

---

* 영국의 전통적인 스타일로 지은 정장.

같군요, 교장 선생님. 내가 여기 온 것은 내 딸이 귀교의 체육 교사인 리타 데스자딘 선생에게 폭행을 당했기 때문입니다. 언어에 의한 폭행도 있었던 것 같습니다. 전 데스자딘 선생이 내 딸에게 '개 같다'는 용어를 구사한 것으로 알고 있습니다."

그레일은 속으로 한숨을 지었다. "데스자딘 선생은 그 문제로 야단을 맞았습니다."

존 하겐슨의 미소가 30도쯤 더 얼어붙었다. "내가 보기엔 야단을 맞는 정도로는 충분치 않을 것 같군요. 이 젊은 여교사는 교직 초년생으로 알고 있는데요?"

"그렇습니다. 우리는 그 선생에게 아주 만족하고 있습니다."

"아주 만족한다는 말씀에 학생을 로커에 집어 던지고 선원처럼 욕설을 퍼붓는 능력이 포함되어 있는 것 같군요?"

그레일이 재치 있게 맞받았다. "하겐슨 씨는 변호사시니까 주 당국이 학교가 '어버이를 대신해서' 모든 책임을 떠맡을 권리가 있음을 인정하고 있다는 사실은 아실 테죠. 수업 시간에는 학교가 부모의 모든 권리를 인계받는다는 말입니다. 잘 모르시겠다면 '모논덕 연합 학구 대 크레인풀' 사건을 확인해 보시거나……."

"나도 그 개념은 압니다." 하겐슨이 말했다. "또 당신들, 행정 관리들이 인용하기를 좋아하는 크레인풀 사건이나 프릭 사건도 신체적, 언어적 학대에 대해서는 아무것도 감싸 줄 수 없다는 사실도 알고 있죠. '제4학구 대 데이비드' 사건도 있습니다. 그건 아십니까?"

그레일은 그 사건 역시 알고 있었다. 제14학구의 연합 고등학교 교감이던 조지 크래머는 포커광이었다. 조지는 이제 더 이상 포커를 많이 즐기지 않았다. 그는 학생의 머리를 깎은 데 대한 책임을 진 이후 보험 회사에서 일했다. 그 학구에서는 결국 7000달러의 손해 배상금을 지불했는데, 가위질 한 번에 1000달러씩 들어간 셈이었다.

그레일은 또 하나의 종이 클립을 망가뜨리기 시작했다.

"이제 서로 소송을 인용하는 일은 그만둡시다, 교장 선생님. 우린 둘 다 바쁜 몸이니까. 난 불쾌한 일이 벌어지는 건 원치 않아요. 소동은 내가 원하는 일이 아니고. 내 딸애는 집에 있고 월요일과 화요일에도 집에 있을 겁니다. 그러면 사흘간 정학은 마치는 셈이죠. 그건 괜찮습니다." 그는 다시 한번 상대방의 말을 막듯 건방진 손짓을 해 보였다.

(강야지야 잡아 보럼 여기 맛 좋은 뼈가 있단다)

하겐슨은 말을 이었다. "내가 원하는 건 이겁니다. 첫째, 내 딸애에게 무도회 참석권을 주시죠. 고등학교 여학생에게 무도회는 중요한 일이니까. 그 일 때문에 크리스는 몹시 괴로워하고 있어요. 둘째, 그 데스자딘 선생과 재계약하지 않을 것. 그건 나를 위해섭니다. 만약 내가 학교 당국을 상대로 소송을 벌인다면 그 여자를 해고시키는 동시에 두둑한 손해 배상금을 챙길 수 있습니다. 하지만 난 보복적인 태도는 취하고 싶지 않아요."

"결국 요구 사항을 들어주지 않으면 소송을 걸겠다는 얘기요?"

"그에 앞서 교육 위원회의 청문회가 열릴 테지만, 그건 형식에 불과할 뿐입니다. 그래요, 결국 최종적으로는 법정에 서게 되겠죠.

선생께는 언짢은 얘기일 테지만."

또 한 개의 종이 클립이 망가졌다.

"신체적이고 언어적인 학대가 그 이유라는 게 맞소?"

"본질적으로는요."

"하겐슨 씨, 따님과 그 애의 패거리 열 명 정도가 이제 초경을 치르는 학생에게 생리대를 집어 던졌다는 사실을 알고 계시오? 출혈 때문에 자기가 죽을 줄 알고 있었던 애한테 말이오."

마치 누군가 멀리 있는 방에서 무슨 말을 하기라도 했다는 듯이 하겐슨은 보일락 말락 얼굴을 찌푸렸다. "증거 없는 주장이 쟁점이 되기는 어려울 겁니다. 내가 말하고자 하는 것은 다음과 같은 조치들이……"

"아무래도 상관없소. 하겐슨 씨가 말한 것은 아무래도 좋단 말이오. 아이들은 캐리에타 화이트라는 학생을 '얼간이'라고 놀리고 '틀어막으라'고 소리치고 갖가지 추잡한 몸짓을 해 보였소. 그 학생은 이번 주에 아예 학교에 나오지 않았소. 그 정도면 신체적이고 언어적인 학대라는 생각이 드시오? 나한테는 그렇게 생각되는데."

"난 이 자리에 앉아 비난을 회피하기 위한 주장이나 선생의 훈화 따위를 듣고 있을 생각이 없습니다. 난 내 딸을 잘 아는데……"

"자." 그레일은 압지 옆에 놓인 미결함 철사 바구니로 손을 집어넣어 분홍색 카드 한 다발을 책상 위로 던졌다. "이 카드에 적힌 따님에 대해 절반만큼이나 알고 계실지 의문이군요. 그걸 안다면 이제라도 헛간이 필요하다고 생각하실지 모르겠소. 다른 사람에게 큰 손해를 입히기 전에 따님을 가둬 둘 시간이 된 거란 말이오."

"그 말은……."

그레일은 그의 말을 무시한 채 말을 이었다. "유언에서 4년 수학. 다음 달인 6월 졸업 예정자. 아이큐 140. 평점 83점. 그런데도 오벌린 대학에서 받아들여 줬군요. 하겐슨 씨, 선생일 것 같소만 누군가가 꽤 힘들게 연줄을 동원했던 것 같소. 근신 회수 74회. 덧붙여 말하면 그 가운데 20회가 부적응 학생들을 괴롭힌 데 대한 것이었소. 따돌림당하는 애들 말이오. 크리스의 패거리는 그 애들을 '촌 뜨기'라고 부르죠. 그 패거리는 그런 일을 무척 재미있어하고 있소. 크리스는 근신 74회에서 51회를 빼먹었소. 챔벌레인 중학교 때는 어떤 여학생의 신발 속에 폭죽을 넣어 정학 처분을 받은 적이 있소……. 카드에 적힌 내용에 따르면 그 사소한 장난 때문에 어마 스위프라는 학생은 발가락 두 개를 잃을 뻔했소. 스위프라는 학생은 언청이요. 지금 난 선생 따님에 대한 얘기를 하고 있는 겁니다, 하겐슨 씨. 이런 사실들이 선생께 말하는 바가 있소?"

"네." 하겐슨이 자리에서 일어나며 말했다. 그의 얼굴에 엷은 홍조가 퍼졌다. "아무래도 선생을 법정에서 만나야 할 것 같다는 생각이 드는군요. 소송이 끝나면 선생은 집집마다 돌아다니며 백과사전을 파는 것만도 다행으로 생각하게 될 겁니다."

그레일 역시 성난 얼굴로 자리에서 일어섰다. 두 사람은 책상을 사이에 둔 채 마주 보았다.

"그럼 이 문제를 법정에서 해결하기로 합시다."

그렇게 말한 그레일은 하겐슨의 얼굴에서 언뜻 놀라는 표정을 보고 집게손가락에 가운뎃손가락을 포개어 행운을 빌면서, 데스자딘의 일자리를 구하는 동시에 이 미끈한 녀석의 콧대를 꺾을 결정타가 될(아니면 적어도 TKO*라도 될) 한마디를 쏘아붙이기로 마음먹었다.

"이 문제에서 '어버이를 대신한다'는 규정이 암시하는 바를 충분히 깨닫지 못하신 것 같소, 하겐슨 씨. 따님을 보호하는 바로 그 우산이 캐리 화이트도 보호해 준다는 것 말이오. 그리고 선생이 신체적, 언어적 학대에 대한 손해 배상 소송을 제기하는 순간 우리도 캐리 화이트에게 따님이 저지른 짓으로 맞고소할 생각이오."

하겐슨은 입을 벌렸다가 다물었다. "그런 하찮은 잔재주로 모면할 생각을……."

"악덕 변호사를 모면한다는 말씀이오? 지금 하시려던 말이 그 말이었소?" 그레일이 딱딱하게 미소 지으며 말했다. "나가시는 길은 아실 테죠, 하겐슨 씨? 따님에 대한 징계 조치는 유효하오. 그 문제를 좀 더 끌고 가고 싶다면 그건 하겐슨 씨 마음이고."

하겐슨은 뻣뻣한 걸음걸이로 방을 가로지르다 뭔가 덧붙일 말이 있는 듯 주춤하더니 그대로 방을 나섰는데, 방문을 소리 내어 닫는 것으로 만족했다.

그레일은 숨을 내쉬었다. 크리스 하겐슨의 방자하고 고집스러운 성격이 어디서 유래한 것인지 알 수 있었다.

삼시 후 모턴 교감이 들어섰다. "일이 잘됐나요?"

"시간이 지나면 알 거요." 그레일은 얼굴을 찡그린 채 망가진 종이 클립 더미를 바라보았다. "아무튼 그 친구가 클립 일곱 개를 망

---

* 프로 복싱에서 경기 판정의 하나.

가뜨릴 실력은 되었소. 그것도 일종의 기록이 되겠군."

"그 사람이 이 일로 민사 소송을 벌일까요?"

"그건 모르오. 우리가 맞고소하겠다고 했더니 충격을 받은 것 같 았소."

"그랬을 겁니다." 모턴은 그레일의 책상에 놓인 전화기를 흘끗 바라보았다. "이제 이 너절한 일에 교육감을 끌어들일 때가 되지 않았나요?"

"그렇군." 그레일이 수화기를 집어 들며 말했다. "내가 실업 보험 을 들어 둔 건 천만다행이오."

"그건 저도 마찬가집니다." 모턴이 충직한 어조로 말했다.

『폭발한 그림자』, 「부록3」에서 인용:

캐리에타 화이트는 중학교 1학년 때 다음과 같은 짤막한 시를 시창작 과제물로 제출했다. 당시 캐리의 국어 교사였던 에드윈 킹 의 말이다. "내가 그 시를 보관해 둔 이유를 모르겠군요. 그 애는 분명 내 기억에 우수한 학생은 아니었고 이것도 그렇게 뛰어난 시 가 아니었는데 말이죠. 그 애는 아주 조용한 성격이었고 수업 시간 에 한 번도 손을 든 적이 없었어요. 하지만 이 시에는 제법 인상적 인 면이 있죠."

예수님이 벽에서 지켜보신다,

하지만 그분의 얼굴은 돌처럼 차가워.

그녀의 말대로

그분이 정말 나를 사랑하고 계신다면

어째서 내가 이토록 외로운 걸까?

이 짧은 시가 적힌 종이 여백에는 춤추는 듯이 보이는 십자가 모양이 수도 없이 그려져 있다……

월요일 오후, 토미는 야구 연습을 하고 있었고, 수는 중심지에 있는 켈리 프루트에서 그를 기다리고 있었다.

켈리 프루트는 고등학생들이 진을 치는 소굴이라고 할 수 있었다. 도일 보안관의 대대적인 마약 단속에 이은 오락실 폐쇄 이후 상가가 듬성듬성 흩어져 있는 챔벌레인에서는 그런대로 내세울 만한 곳이기도 했다. 가게 주인은 머리를 까맣게 염색하고 늘 입버릇처럼 자기가 심장 박동 조절 장치 때문에 감전될 것 같다고 투덜거리는 허비 켈리라는 침울한 뚱보였다.

그 가게는 종합 식품점이며 소다수 판매점인 동시에 주유소였다. 전면에는 제니 사의 녹슨 주유기가 설치돼 있었는데, 허비는 그 회사가 없어졌는데도 굳이 교체하려고 들지 않았다. 그는 또한 맥주와 싸구려 술, 음란 서적, 그리고 머래즈, 킹 사노, 마블 스트레이츠 같은 정체가 불분명한 각종 담배도 팔았다.

소다수 판매점 계산대는 진짜 대리석이고, 칸막이 좌석 네다섯

곳에는 딱히 갈 곳이나 친구가 없어 술이나 마약에 취한 아이들이 박혀 있었다. 언제나 세 번째 공이 나올 때마다 요란하게 진동하는 낡은 핀볼 기계는 음란 서적 선반 뒤켠에서 연속음을 내며 불빛을 깜박였다.

수는 그곳에 들어서는 순간 크리스 하겐슨을 발견했다. 크리스는 뒤쪽 칸막이 좌석에 앉아 있었다. 요즘 그 애의 애인 노릇을 하고 있는 빌리 놀런은 잡지 판매대에서 《퍼퓰러 미케닉스》 최신 호를 뒤적이며 들여다보고 있었다. 수는 크리스처럼 부유하고 인기 있는 여자애가 뭘 보고 놀런 같은 아이를 사귀는지 알 수 없었다. 기름때에 전 머리와 장식 지퍼를 단 까만 가죽 재킷 차림을 하고, 툭하면 끓어오르는 쉐보레를 몰고 다니는 놀런은 흡사 1950년대의 이상한 시간 여행자 같은 애였다.

"수! 이쪽으로 와!" 크리스가 큰 소리로 불렀다.

수는 고개를 끄덕이며 한 손을 들어 보였지만, 혐오감이 종이뱀처럼 목구멍 속에서 꾸역꾸역 기어 올라오는 느낌이었다. 크리스를 본다는 것은, 캐리 화이트가 양손으로 머리를 감싸고 주저앉아 있던 기억과 연결되는 셈이었다. 당연한 일이지만 그녀는 손을 들어 보이고 머리를 끄덕이는 행동에 내포된 자신의 위선적인 행위가 이해할 수 없고 메스꺼웠다. 어째서 그냥 싹 무시해 버리지 못했을까?

"루트 비어* 10센트어치요." 그녀가 허비에게 말했다. 진짜배기 통술로 루트 비어를 팔고 있던 허비가 큼직하고 얼린 1890년대 머

---

* 알코올 성분이 거의 없는 청량음료.

그 잔에 술을 따라 주었다. 사실 그녀는 즐거운 심정으로, 신문 소설을 읽으면서 토미가 오기를 기다리는 동안 천천히 루트 비어 한 잔 마실 것을 기대하고 있었다. 루트 비어가 낯빛을 엉망으로 만들어 버릴 수 있는데도 마음이 끌렸다. 그렇지만 자신이 이젠 술맛까지 잃고 말았다는 사실에도 별로 놀라지 않았다.

"아저씨 심장은 어때요?" 그녀가 물어보았다.

"너희는 아무것도 몰라." 허비가 테이블 나이프로 수의 맥주 잔에서 거품을 걷어 내고 잔을 마저 채우며 말했다. "오늘 아침에 전기면도기를 꽂았더니 110볼트짜리 전기가 곧장 심장 박동기로 통하는 거야. 너희는 이런 기분 모를 거야. 안 그래?"

"모르겠어요."

"그럴 테지. 너희들은 알 필요도 없지. 이 낡아 빠진 심장이 얼마 동안이나 더 움직일까? 내가 농장을 사고 도시를 재개발한다는 얼간이들이 이곳을 주차장으로 만들어 버리는 날이 그날일 거야. 10센트다."

그녀가 돈을 대리석 탁자 저쪽으로 밀쳐 주었다.

"이 낡아 빠진 관으로 5000만 볼트가 흐르고 있지." 허비가 침울하게 말하고는 조그맣게 솟아오른 윗주머니를 내려다보았다.

수는 크리스가 있는 칸막이 좌석으로 걸어가 조심스럽게 비어 있는 자리에 들어가 앉았다. 크리스는 오늘따라 예뻐 보였다. 까만 머리는 토끼풀색의 밴드로 올려 묶었고 몸에 꼭 끼는 블라우스 때문에 단단하고 봉긋한 가슴이 한층 강조되어 보였다.

"어떠니, 크리스?"

"기막히게 좋아." 크리스가 좀 지나치게 쾌활한 어조로 말했다. "최근 소식 들었니? 난 무도회에 참석하지 못해. 하지만 그 빌어먹을 교장은 떨려 나고 말 거야."

수도 최근 소식을 들었다. 유언에 다니는 모든 아이가 그 소식을 들었다.

"아빠가 그 인간들을 고소할 거야." 크리스가 말을 이었다. 그러고는 어깨 너머로 소리쳤다. "빌리! 이리 와서 수하고 인사해."

그는 잡지를 내려놓고는, 남는 부분을 옆으로 꼰 군용 허리띠에 양쪽 엄지를 걸고 다른 손가락은 징 박은 리바이스의 불룩한 사타구니 방향으로 힘없이 늘어뜨린 채 어슬렁거리며 다가왔다. 수는 문득 엄습하는 비현실감을 느끼고는 손으로 얼굴을 가리고 미친 듯이 웃고 싶은 충동을 억눌렀다.

"안녕, 수." 빌리가 말했다. 그는 크리스의 옆자리로 미끄러지듯 앉자마자 그 애의 한쪽 어깨를 부드럽게 주무르기 시작했다. 멍청하리만큼 무표정한 얼굴이었다. 어쩌면 고깃덩이를 만져 본다는 기분이었을지도 모르겠다.

"아무래도 무도회를 깨 버리게 될 것 같아. 항의의 표시로 말이야." 크리스가 말했다.

"그게 정말이야?" 수가 놀라움을 숨기지 않고 말했다.

"아니." 크리스는 자기가 한 말을 취소했다. "나도 모르겠어." 그녀의 얼굴이 갑자기 분노로 일그러졌다. 저 토네이도만큼이나 돌연하고 갑작스러웠다. "빌어먹을 캐리 화이트! 그 경건한 체하는 연기를 박살내 주고 싶어!"

"그 일은 잊을 거야." 수가 말했다.

"너희도 그때 나와 함께 나와 버렸다면……. 맙소사, 수, 넌 왜 그러지 않았지? 그랬다면 우리가 이길 수도 있었다고. 난 네가 학교 측의 앞잡이인 줄 몰랐어."

수의 얼굴이 확 달아올랐다. "다른 애들은 모르겠지만 난 누구의 앞잡이도 아냐. 내가 처벌을 받아들인 것은 그럴 만한 짓을 했다고 생각했기 때문이었어. 우린 비열한 짓을 했어. 내가 할 말은 그것뿐이야."

"헛소리 마. 그 빌어먹을 캐리가 사방팔방으로 돌아다니면서 자기와 자기의 굉장한 엄마만 빼고는 모두 지옥으로 떨어질 거라고 떠들고 있는데도 그 애 편을 들겠다는 거야? 우린 그때 생리대로 개 목구멍을 틀어막았어야 했다고."

"그래. 그럴 테지. 그럼 나중에 봐, 크리스." 그러면서 수는 칸막이 밖으로 나섰다.

이번에는 크리스의 안색이 바뀌었다. 마치 가슴속에 있는 태양 위로 붉은 구름이 지나가기라도 한 듯 그녀의 얼굴에 피가 확 몰려들었다.

"잔 다르크가 나셨군! 내 기억엔 너도 거기서 우리와 함께 생리대를 집어 던지고 있었던 것 같은데."

"그래." 수가 떨면서 말했다. "하지만 난 그러다 말았어."

"오, 넌 그 정도밖엔 안 되니?" 크리스가 놀라는 어조로 말했다. "그래, 좋아. 루트 비어는 가져가. 내가 건드렸다간 황금으로 변할까 봐 겁나니까."

수는 루트 비어를 가져오지 않았다. 그녀는 몸을 돌려 반은 걷고 반은 비틀거리다시피 하며 그곳을 나왔다. 혼란이 너무 극심해서 눈물이 나오지도 화가 나지도 않았다. 그녀는 아이들과 사이좋게 지내는 편이었으며, 이번 일은 초등학교 때 머리를 잡아당기며 싸운 일 이래 신체적으로나 언어적으로 벌인 첫 번째 싸움이었다. 그리고 그녀 자신이 어떤 방침을 적극적으로 선택한 첫 번째 일이기도 했다.

그리고 물론 크리스는 정곡을 찔렀다. 바로 그녀가 가장 약한 부분을 건드린 것이다. 그녀는 위선자처럼 굴고 있었다. 그 사실을 피할 길은 없어 보였다. 마음속 깊숙한 곳에서 가증스럽게도, 자신이 데스자딘 선생의 미용 체조 시간에 참석해 땀 흘리며 체육관을 뛰어다녔던 데는 고상한 것과 전혀 상관없는 이유도 있음을 알고 있었다. 그녀는 그 무엇으로도 마지막 무도회를 놓치고 싶지 않았던 것이다. 그 어떤 것과도 바꿀 수 없었다.

토미의 모습은 보이지 않았다.

그녀는 다시 학교 쪽으로 걸어가기 시작했다. 배 속이 거북했다. 여학생회의 퀸카. 사근사근한 수. 결혼할 아이하고만 '그 짓'을 하는 신중한 아이. 그리고 물론 일요판 신문 기삿거리가 될 만한 상대여야 할 것. 아이는 둘. 그리고 그 애들이 조금이라도 순진한 기미를 보이면 호되게 야단칠 것. 꼰대가 끽끽대며 소리 지를 때마다 인상을 쓰거나 대들거나 웃기를 거부하라고.

봄 무도회. 푸른 드레스. 오후 내내 냉장고 속에 넣어 둔 꽃 장식. 하얀 야회복에 넓은 허리띠, 까만 바지에 까만 구두 차림을 한 토미. 코닥 스타플래시와 폴라로이드 빅샷으로 거실 소파에서 자세를 취한 사진을 찍는 부모들. 황량한 체육관 들보를 가린 오글오글한 종이테이프. 각기 록 음악과 달콤한 곡을 연주하는 두 밴드. 적응해야 하는 부적응증 아이들은 빠지고 왈패들은 출입 금지. 야심만만한 컨트리클럽 회원들, 미래의 클린 코너스 주민들만 입장이 허용됨.

이윽고 눈물이 쏟아져 나오자 수는 달리기 시작했다.

『폭발한 그림자』, 60쪽에서 인용:

다음 발췌문은 크리스 하겐슨이 도나 켈로그에게 보낸 편지에서 따온 것이다. 켈로그는 1978년 가을 챔벌레인에서 로드 아일랜드의 프로비던스로 이사했다. 분명 크리스 하겐슨의 얼마 안 되는 가까운 친구이자 속을 털어놓는 상대였던 것 같다. 이 편지 소인은 1979년 5월 17일자로 되어 있다.

"결국 난 무도회에서 떨려 나고 겁쟁이 아빠는 그들을 응징하지 못하겠다고 말했단다. 하지만 아무 일 없이 그대로 넘어가게 놔두지는 않을 거야. 아직 뭘 어떻게 할 건지는 모르지만 모두가 기겁할 만한 일이 벌어지리라는 건 약속할 수 있어……."

그날은 17일이었다. 5월 17일. 그녀는 자락이 긴 흰색 잠옷으로 갈아입자마자 방에 걸린 달력에서 그 날짜에 가위표를 했다. 묵직한 까만 펠트펜으로 하루가 지날 때마다 가위표를 그리면서도, 그런 일이 아주 좋지 않은 생활 태도라고 여겼다. 사실 그 일을 그렇게 걱정하는 것은 아니었다. 그녀가 정말로 걱정하는 것은 내일이면 엄마가 자신을 학교에 보낼 것이며 '그들' 모두를 대면할 수밖에 없으리라는 사실이었다.

그녀는 창가에 놓인 조그만 보스턴 흔들의자(그녀가 자기 돈으로 구입한 물건)에 앉아 눈을 감고 마음속에서 '그들'과 부산한 모든 생각을 깨끗이 지웠다. 그것은 바닥을 쓰는 일과 비슷했다. 잠재의식의 양탄자를 들고 그 아래 있는 먼지를 모두 쓸어 내는 것이다. 잘 가라.

그녀는 눈을 떴다. 그러고는 경대에 놓인 머리솔을 바라보았다. '구부려.'

머리솔을 들어 올렸다. 무거웠다. 마치 아주 약한 팔로 바벨을 집어 드는 느낌이었다. 이런. 끙.

머리솔은 경대 가장자리 쪽으로 미끄러지다가 중력으로 마땅히 떨어져야 할 지점을 지나 마치 보이지 않는 끈이 달리기라도 한 듯 대롱거렸다. 캐리는 눈을 감고 있었다. 관자놀이에서 혈관이 고동쳤다. 의사였다면 그 순간 그녀의 몸에서 벌어지는 일에 몹시 관심을 가졌을 것이다. 그것은 합리적인 설명이 불가능한 일이었다. 호흡은 분당 16회로 뚝 떨어졌다. 혈압은 190/100까지 올랐다. 심장 박동은 발진 시 무거운 시동 하중을 받는 우주 비행사보다도 빨라서 140회가 넘었다. 체온은 34.6도까지 내려갔다. 그녀의 몸은 어디에서 온 건지, 어디로 사라지는 건지 알 수 없는 에너지를 태우고 있었다. 뇌파는 알파파를 그리고 있을 테지만, 그냥 파장 정도가 아니라 날카로운 대못 모양의 그래프를 그리고 있었을 것이다.

그녀는 머리솔을 조심스레 내려놓았다. 잘됐어. 지난밤에는 머리솔을 떨어뜨렸다. 점수를 잃으면 감옥행이야.

그녀는 다시 눈을 감고 몸을 흔들었다. 신체 기능은 정상으로 돌아오기 시작했다. 호흡은 이제 거의 헐떡일 정도로 가빠졌다. 흔들의자에서 조그맣게 삐걱이는 소리가 났다. 하지만 귀찮지는 않아. 오히려 마음이 가라앉는걸. 흔들어, 흔들라고. 마음을 비워.

"캐리?" 약간 불안해 보이는 엄마의 목소리가 위로 올라왔다.

(엄마의 목소리는 믹서를 돌릴 때 켜 놓은 라디오 소리처럼 들린다 좋아 좋아)

"기도를 드렸니, 캐리?"

"지금 하고 있어." 그녀가 마주 소리쳤다.

그래, 기도를 드리고 있긴 하지.

그녀는 조그만 소파 겸용 침대를 바라보았다.

'구부려.'

엄청난 무게. 너무 크다. 견디기 힘들 만큼.

침대가 떨리더니 이윽고 한쪽 끝이 7, 8센티가량 공중으로 떠올랐다.

침대가 떨어지며 쿵 하는 소리를 냈다. 그녀는 입가에 희미한 미소를 띤 채 엄마가 위층에 대고 소리 지르기를 기다렸다. 엄마는 소리를 지르지 않았다. 캐리는 일어서서 침대의 서늘한 홑이불 속으로 들어갔다. 이런 연습을 하고 난 뒤에는 늘 그렇듯 머리가 지끈거리고 현기증이 났다. 심장이 무서울 정도로 격렬하게 두근거렸다.

그녀는 팔을 뻗어 전등을 끄고 누웠다. 베개는 없었다. 엄마는 베개를 베지 못하게 했다.

그녀는 꼬마 도깨비와 시종 마귀와 마녀들이

(나는 마녀야 엄마 악마의 매춘부란 말이야)

야음을 틈타 돌아다니며 우유를 시게 만들고 버터 통을 뒤엎고 작물에 마름병을 옮기고, '그들'이 집 안에 박혀 있는 동안 집집마다 돌아다니며 문짝에다 마녀의 표지를 그리는 상상을 했다.

눈을 감고 잠든 그녀는 살아 움직이는 거대한 돌들이 어둠을 뚫고 엄마를, '그들'을 찾아내는 꿈을 꾸었다. '그들'은 달아나려고, 숨으려고 했다. 그렇지만 바위도 그들을 감추지 못하리라. 죽은 나무도 피난처가 되지 못하리라.

수 스넬의 『내 이름은 수전 스넬』(뉴욕: 사이먼앤드슈스터 출판, 1986년), 1~4쪽에서 인용:

무도회가 열린 밤에 일어난 사건에 대해 아무도 몰랐던 사실이 한 가지 있다. 언론도, 듀크 대학의 과학자들도, 데이비드 컹그레스도(그가 쓴 『폭발한 그림자』는 아마도 이 문제를 다룬 것 가운데 비교적 잘된 유일한 책일 테지만), 그리고 나를 손쉬운 속죄양쯤으로 여겼던 화이트 위원회도 그것을 이해하지 못했다.

가장 근본적인 사실은 우리가 아이들이었다는 것이다. 우리는 어린애들이었다.

캐리는 열일곱 살이었고, 크리스 하겐슨도 열일곱 살이었고, 나역시 열일곱 살이었고, 토미 로스는 열여덟 살, 빌리 놀런(그는 유급해서 중학 3학년을 재수했는데, 아마 그런 다음에야 시험 때 셔츠 소매를 끌어내리고 커닝하는 법을 터득했을 것이다.)은 **열아홉 살이었다**…….

좀 더 나이 든 아이들은 다른 아이들에 비하면 사회적으로 용납될 만한 방식으로 반응하게 마련이지만 그래도 여전히 서투른 결정을 내리거나 과잉 반응을 보이거나 과소평가를 하게 마련이다.

서문에 이은 제1부에서는 내가 잘하는 일뿐 아니라 내 안에 들어 있는 이러한 성향이 드러날 것이다. 그러나 이제부터 말하고자하는 문제는 무도회가 있던 날 밤과 내가 연루된 근본적인 이유를 구성하는 것이며, 만일 내 오명을 씻고 싶다면 나로서는 더할 나위없이 괴로운 장면들부터 회고할 수밖에 없다…….

나는 널리 알려진 대로 전에도 화이트 위원회에서 이 이야기를 했지만 그들은 내 말에 의구심을 보였다. 200명이 죽고 마을 하나가 송두리째 파괴된 뒤끝이어서 한 가지 사실, 즉 우리가 모두 아이들이라는 사실이 너무나 쉽게 잊히고 말았다. 우리는 아이들이었다. 최선을 다하려고 애쓰던 아이들 말이다…….

"넌 미쳤어."

그는 자기가 들은 말을 믿고 싶지 않은 듯 놀란 눈으로 그녀를 쳐다보았다. 두 사람은 그의 집에 있었으며 텔레비전을 켜 놓았지만 보는 사람은 없었다. 그의 어머니는 길 건너 클레인 부인의 집에 가 있었다. 아버지는 지하 작업실에서 새장을 만들고 있었다.

수는 언짢으면서도 단호한 표정이었다. "그게 내가 원하는 거야, 토미."

"하지만 내가 원하는 건 아냐. 그건 정말 말도 안 되는 소리야. 마치 무슨 내기를 하려는 사람 같잖아."

그녀의 표정이 굳었다. "그래? 난 저번 밤에 한바탕 연설을 한 사람이 너인 줄 알았는데. 하지만 네 입심에다 돈을 걸면……."

"워워, 기다려 봐." 그는 기분이 상하지 않은 얼굴로 싱글거렸다. "내가 언제 안 된다고 했던가? 어쨌든 아직 그런 말은 하지 않았어."

"넌……."

"잠깐만. 나도 말 좀 하자. 넌 내가 캐리 화이트에게 봄 무도회에 같이 가자고 청하기를 원하는 거지. 좋아, 그건 알겠어. 하지만 몇 가지 이해되지 않는 점이 있어."

"말해 봐." 그녀는 상체를 앞으로 기울였다.

"첫째, 그래서 무슨 득이 있다는 거지? 둘째, 무슨 근거에서 너는 내가 청하기만 하면 그 애가 좋다고 할 거라고 생각하는 거야?"

"좋다고 하지 않다니! 어째서……." 그녀는 더듬댔다. "넌…… 모두가 널 좋아해, 그리고……."

"캐리가, 모두가 좋아하는 사람에게 관심을 가질 이유가 없다는 건 우리 둘 다 아는 사실이잖아."

"그 애는 너랑 파티에 갈 거야."

"어째서지?"

다그침을 받은 그녀는 도전적인 동시에 거만한 표정을 지었다. "난 그 애가 너를 쳐다보는 눈을 봤어. 그 앤 너한테 반했어. 유언에 다니는 여학생 절반이 그렇듯이 말이야."

그는 어이가 없다는 듯 눈을 굴렸다.

"정말이라니까." 수가 수세에 몰린 어조로 말했다. "그 앤 싫다고 말하지 못할 거야."

"네 말이 맞다고 하자. 또 다른 건 어떻게 되지?"

"그래서 무슨 득이 있냐는 말? 그건…… 그렇게 하면 물론 그 애가 마음을 풀게 될 거니까. 그 애는……." 그녀는 말꼬리를 흐렸다.

"다른 애들과 어울리게 될 거라고? 이봐, 수. 너도 그 헛소리는 믿지 않잖아."

"그래, 아마 그럴 거야. 하지만 난 그런 식으로라도 벌충하고 싶은 모양이야."

"샤워실 사건 때문에?"

"아니 그것 말고도 많아. 그게 전부라면 잊어버릴 수도 있겠지만 초등학교 때 이후로 비열한 장난들이 많았지. 난 그렇게까지 많이 관여하지는 않았지만 몇 번은 끼었어. 내가 캐리와 같이 다녔다면 더 했을지도 모르지. 그건…… 놀려 먹는 장난 같은 거야. 여자애들은 그런 일에 의외로 심술궂어. 남자애들은 잘 모를 거야. 남자애들은 캐리를 잠시 놀리다가도 잊어버리지만 여자애들은…… 그런 장난이 끊임없이 계속됐어. 이제는 그 일이 어디서부터 시작됐는지도 기억나지 않을 정도야. 내가 캐리라면 세상 앞에 나서서 맞설 엄두도 내지 못했을 거야. 커다란 돌 밑에 숨어 버렸을 거라고."

"그때는 어린애들이었지. 아이들은 자기가 뭘 하는지 모르잖아. 자기들이 하는 짓이 정말로, 실제로 다른 사람에게 상처를 준다는 것조차 몰랐을 거야. 아이들은, 어…… 감정 이입이 안 되는 거야. 알겠어?"

그녀는 자신도 모르게 그 말이 불러일으킨 생각을 머릿속에서 짜내려고 애썼다. 왜냐하면 문득 그 사건이 무엇보다도 근원적인 듯이 보였기 때문인데, 산 위로 하늘이 부풀어 보이듯이 갑자기 샤워실 사건이 크게 부풀어 보인 것이다.

"그러나 자기들의 행동이 실제로 다른 사람들을 다치게 한다는 사실은 거의 '아무도' 모른다고! 사람들은 더 선해지는 건 아냐. 그저 더 영리해지는 것뿐이지. 좀 더 영리해지면 파리 날개를 잡아 뜯는 짓을 그만두는 게 아니라 그 일을 하는 좀 더 나은 이유를 찾아내는 거야. 많은 아이들이 캐리 화이트가 안됐다고 말하지. 대개 여자애들이 말이야. '그것'이 장난이라고. 하지만 그 애들 중 어느 누구도 정말 캐리 화이트로 매일 매순간을 살아간다는 것이 어떤 일인지 몰라. 그리고 그런 것에 별로 관심도 없고."

"넌 어때?"

"모르겠어!" 그녀가 소리쳤다. "하지만 누군가는 확실하게 잘못을 뉘우쳐야 해……. 어떻게든 의미 있게 말이야."

"좋아. 내가 그 애한테 청해 볼게."

"그런다고?" 그 말이 너무나도 놀란 어조로 튀어나왔다. 토미가 정말로 그러리라고는 생각지 못했던 것이다.

"그래. 하지만 그 애는 싫다고 할 거야. 넌 내 인기의 영향력을 과대평가하고 있어. 인기라는 건 쓸데없는 거야. 넌 머리가 좀 이상해진 것 같아."

"고마워." 그녀의 말은 마치 심문관의 고문을 고마워하기라도 하듯 이상하게 들렸다.

"사랑해."

그녀는 놀란 눈으로 그를 쳐다보았다. 그가 그런 말을 한 것은 이번이 처음이었다.

『내 이름은 수전 스넬』 6쪽에서 인용:

　　내가 토미에게 캐리를 봄 무도회에 데려가 달라고 부탁했다는 데 놀라지 않은 사람들(대부분은 남자들)이 많은데, 그들은 토미가 그 부탁대로 했다는 사실에는 놀랐다. 그것은 남자들은 보통 같은 남자들에게서 이타주의라는 것을 별로 기대하지 않는다는 사실을 방증하는 셈이다.

　　토미가 그녀를 데려간 것은 나를 사랑했기 때문이고 내가 그 일을 바랐기 때문이다. 의심 많은 이들은, 그가 나를 사랑한다는 것을 어떻게 아느냐고 반문할지도 모른다. 그건 그가 내게 그렇게 말했기 때문이다. 그리고 그가 어떤 사람인지 알기만 한다면 그것만으로도 충분히…….

목요일 점심시간이 지난 뒤에 캐리에게 청을 한 토미는 자신도 모르게, 난생처음 아이스크림 파티에 참석할 어린애처럼 안절부절 못했다.

캐리는 5교시 자습 시간에 그에게서 넷째 줄 저편에 앉았다. 자습 시간이 끝나자 그는 밀치는 아이들 사이를 뚫고 그녀에게 곧장 다가갔다. 교탁에서는 이제 막 살이 붙기 시작한 호리호리한 스티븐스 선생이 멍한 얼굴로 남루한 갈색 서류 가방에 답안지를 밀어넣고 있었다.

"캐리?"

"어?"

그녀는 마치 한 대 얻어맞을 사람처럼 깜짝 놀라 움찔하며 책에서 고개를 들었다. 흐린 날이어서 천장에 켜 놓은 형광등 불빛도 그녀의 창백한 안색에 별 도움이 되지 못했다. 그러나 토미는 그녀의 얼굴이 역겨운 것과는 거리가 멀다는 사실을 처음 알았다. 그가 캐리의 얼굴을 똑바로 쳐다본 것이 처음이기 때문이었다. 그녀의 얼굴은 갸름하다기보다는 둥근 편이었고, 눈은 너무도 검은 빛을 띠어서 마치 눈 밑에 멍든 자국처럼 그림자를 드리운 듯이 보일 정도였다. 머리카락은 거무스름한 금발로 약간 빳빳했으며 뒤로 당겨 둥글게 묶었는데, 그런 머리 모양이 별로 어울리지 않아 보였다. 입술은 거의 관능적일 정도로 풍만했고 치아는 순백색이었다. 몸매는 대부분 두루뭉술했다. 헐렁한 스웨터 덕분에 보일락 말락 한 돌기 부분을 제외하면 가슴 부분도 보이지 않았다. 치마는 다채로웠지만 보기 흉했다. 1958년도에 유행했던 치맛자락이 기묘하고 세련되지 못한 A라인을 그리며 정강이 중심부까지 내려와 있었던 것이다. 단단해 보이면서도 통통한 종아리는 보기 좋았다. 무릎까지 끌어올린 두꺼운 양말은 괴상해 보였지만 그래도 종아리의 윤곽선을 감추지는 못했다.

그녀는 약간은 두려움이 섞이고 약간은 뭔가 다른 것이 든 표정으로 올려다보았다. 토미는 그 뭔가 다른 것이 무엇인지 알 것 같았다. 수의 말이 맞았다. 아니, 맞아 가고 있었다. 그는 한순간 이것이 호의를 베푸는 일인지, 아니면 사태를 더 악화시키는 일이 될지 알 수 없었다.

"무도회에 다른 약속이 없다면 나하고 함께 가지 않을래?"

캐리는 눈을 깜박였는데, 그녀가 그렇게 하자 이상한 일이 벌어졌다. 기껏해야 1초 이상은 걸리지 않았을 그 순간이 지나고 나서도 토미는 꿈이나 기시감을 떠올릴 때처럼 별 어려움 없이 그때 일을 떠올릴 수 있었다. 흡사 정신으로 더 이상 몸을 제어할 수 없는 듯한 현기증을 느꼈는데, 술을 너무 마셔서 토할 지경에 이르렀을 때처럼 고통스럽고 통제 불가능한 느낌이었다.

다음 순간 그 느낌이 사라졌다.

"뭐, 뭐라고?"

캐리는 적어도 화를 내지는 않았다. 토미는 캐리가 한순간 불같이 화를 냈다가 깨끗이 물러설 것이라고 생각했다. 그러나 그녀는 화를 내지 않았다. 단지 그가 방금 한 말에 어떻게 대응해야 좋을지 알 수 없는 것처럼 보였다. 두 사람은 이제 자습실에 단둘이 남아 있었다. 이전 수업을 들었던 학생들이 모두 빠져나가고, 새로 수업을 들을 학생들은 아직 들어오지 않았던 것이다.

"봄 무도회 말이야." 그가 약간 기가 꺾인 어조로 말했다. "다음 주 금요일이잖아. 물론 너무 늦게 얘기하는 줄은 알지만……."

"난 놀림을 당하고 싶지 않아." 캐리가 조그만 소리로 말하고는 고개를 숙였다. 그녀는 잠시 머뭇대다가 그의 곁을 지나쳤다. 그러고는 걸음을 멈추고 고개를 돌렸는데, 그런 그녀에게서 문득 품위가 느껴졌다. 너무나도 자연스러워서 토미는 그녀 자신도 그 사실을 깨닫지 못할 것이라고 여겼다. "너희들은 나를 언제까지나 놀려 먹을 수 있다고 생각하는 거니? 난 네가 누구하고 사귀는지 안단 말이야."

"난 내가 원하지 않는 사람과는 사귀지 않아." 토미가 참을성 있게 말했다. "내가 너에게 청하는 것은 그러고 싶어서라고." 결국 그는 이 말이 사실이라는 것을 깨달았다. 수가 죗값을 치르는 것이라 해도 이제 그것은 간접적인 이유일 뿐이었다.

이제 6교시 수업을 들을 아이들이 교실 안으로 들어오고 있었고, 그 애들 가운데 몇몇이 호기심 어린 눈길로 두 사람을 바라보았다. 데일 울먼이 토미가 모르는 어떤 남자애한테 뭐라고 하더니 두 애들 모두 킬킬대고 웃었다.

"응?" 토미가 말했다. 캐리와 토미는 복도로 나왔다.

두 사람은 나란히 4관을 향해 걷고 있었지만(사실 그의 교실은 반대쪽에 있었다.), 그것은 어쩌면 우연이었을지 모른다. 그때 그녀가 가까스로 들릴 정도로 작은 목소리로 말했다. "나도 그러고 싶어. 정말이야."

그 말이 수락이 아니라는 것을 알 정도로 예민했던 그는 다시금 불안감에 사로잡혔다. 그런데도 저도 모르게 말이 튀어나왔다. "그럼 그렇게 해. 괜찮을 거야. 우리 둘 다한테 말이야. 두고 봐."

"아니." 갑자기 생각에 잠긴 그녀는 아름답다는 오해를 받을 수도 있을 것 같은 모습이었다. "악몽이 될 거야."

"난 아직 티켓을 사지 않았어." 그는 캐리의 말을 듣지 못한 것처럼 말했다. "오늘이 티켓을 파는 마지막 날이야."

"이봐, 토미, 그쪽이 아냐!" 브렌트 질리언이 소리쳤다.

캐리가 걸음을 멈췄다. "너, 이러다 늦겠어."

"같이 가겠어?"

"수업 시간 말이야." 그녀가 혼란스러운 표정으로 말했다. "이제 곧 수업 시작 종이 울릴 거야."

"같이 가겠어?"

"응." 그녀가 어쩔 수 없다는 듯 성난 어조로 대꾸했다. "내가 그러리라는 건 너도 알고 있었잖아." 그러면서 그녀는 손등으로 눈을 문질렀다.

"아니, 몰랐어. 하지만 이제 알게 됐지. 7시 30분에 데리러 갈게."

"좋아." 캐리가 속삭이듯 말했다. "고마워." 그녀는 금방이라도 기절할 사람처럼 보였다.

그러고 나서 그 어느 때보다도 더 자신 없는 태도로 토미는 그녀의 손을 가볍게 잡았다.

캐리 화이트 사건 전체를 통틀어서 유언 고등학교 봄 무도회 때 캐리의 불운한 파트너였던 토미 에버렛 로스의 역할만큼 오해와 어설픈 가정과 수수께끼에 싸였던 것도 또 없었을 것이다.

모턴 크래츠바킨은 지난해 전국 심령 현상 세미나에서 물의를 일으켰던 저 유명한 연설에서, 20세기에 가장 경악할 만한 두 가지 사건이 1963년의 존 F. 케네디 암살 사건과 1979년 5월에 발생한 메인주 챔벌레인을 엄습했던 파멸이라고 말한 바 있다. 크래츠바킨은 두 사건 모두 매스 미디어에 의해 일반 시민에게 알려졌으며, 두 사건 모두 어떤 한 가지 일이 종료된 상황에서 좋은 것이든 아니든 다른 어떤 한 가지 일이 불가역적으로 작동하기 시작했다는 저 무서운 사실을 드러내고 있음을 지적하고 있다. 이런 비교가 가능할지 모르지만 토미 로스는 리 하비 오즈월드*의 역할, 즉 파국의 계기 역할을 한 인물이었다. 그래도 여전히 남는 의문은, 그가 그 일을 의식하고 한 것인지 아닌지 여부다.

그녀 자신이 인정한 바에 따르면 수 스넬은 그 연례 행사 때 로스의 파트너가 될 예정이었다. 그녀는 자신이 로스에게, 샤워실 사건에서 자신이 맡았던 역할을 벌충하기 위해 캐리를 데려가도록 제안했다고 주장한다. 최근 하버드 대학의 조지 제롬이 주도하는, 이런 주장에 반대하는 그룹은 이 주장이 극도로 낭만적인 왜곡이거나 아니면 말짱 거짓이라고 한다. 제롬은, 고등학생 또래의 사춘

* 케네디의 암살범.

기 아이가 무엇이든 그것에 대해 '죗값을 치르겠다'고 여긴다는 일이 있을 수 없는 일이라고 강력하게 주장한다. 그것이 기존의 패거리에서 배척당한 동료를 언짢게 했던 일에 대한 죗값의 경우라면 더더욱 그렇다는 것이다.

제롬은 월간지 《디 애틀랜틱》 최신 호에서 이렇게 말했다. "사춘기에 처한 인간의 본성이 이런 제스처로써 계급 조직에서 하위에 속하는 구성원(미천한 새)의 자존심과 자아 이미지를 구원할 역량을 가졌다고 믿을 수 있다면 자못 고양되는 일이 될 것이다. 하지만 그것은 어리석은 생각일 뿐이다. 그 미천한 새가 동료들의 따스한 손길 속에서 굴욕의 처지를 벗어나는 일 같은 것은 존재하지 않는다. 그 구성원은 신속하고도 무자비하게 처형될 뿐이다."

물론 제롬의 말은 절대적으로 옳다. 아무튼 새의 경우에는 그렇다. 그의 능변이 '어릿광대' 이론의 발전에 큰 역할을 한 것이 사실이며, 화이트 위원회 역시 실제로 명시지는 않았지만 그 이론에 근접했다. 그 이론은 로스와 크리스 하겐슨(10~18쪽 참조)이 캐리 화이트를 봄 무도회장으로 끌고 가서 결정적인 굴욕을 가하기 위한 어설픈 공모의 핵심 분자들이라고 가정한다. 일부 이론가(주로 범죄소설 작가) 역시 수 스넬이 이 음모에서 적극적인 역할을 맡았다고 주장한다. 이런 주장은 로스 씨가 고의적으로 책략을 동원해서 불안정한 상태에 처한 소녀를 극도의 스트레스를 유발하는 상황으로 몰고 갔다는 식의 어이없는 해석을 야기한다.

필자는 로스 씨의 성격에 비추어 그런 일이 있을 법하다고 생각지 않는다. 이것은 아직까지 그의 비난자들이 확인하지 못한 성격의 일면일 텐데, 그들은 그를 바보 같은 패거리의 핵심에 있는 운동선수로 덧칠해 놓았다. '멍청한 촌뜨기'라는 식의 표현이 토미 로스에 대한 이와 같은 견해를 완벽하게 드러낸다.

로스가 평균 이상의 기량을 가진 운동선수였다는 것은 사실이다. 그가 가장 잘하는 운동은 야구였으며 2학년 때부터 유언 고등학교 대표팀의 일원으로 활약했다. 보스턴 레드 삭스 팀의 전무인 딕 오코넬은 로스가 (살기만 했다면) 보너스를 듬뿍 받고 계약서에 서명했을 가능성도 있었을 것이라는 암시를 한 적이 있다.

그러나 로스는 올A를 받는 우수 학생이기도 했고('멍청한 촌뜨기'라는 이미지와는 정말 걸맞지 않게), 그의 부모 두 사람은 그가 대학을 마칠 때까지는 프로야구에 진출하지 않을 생각이었으며 대학에서는 영문학을 전공할 계획이었다고 말했다. 그의 관심사 가운데는 시 창작도 포함되어 있었고 죽기 6개월 전에 쓴 시는 《에버리프》라는 '팸플릿 잡지'에 실리기도 했다. 그 시는 「부록5」에 수록되어 있다.

생존한 그의 급우들 역시 그에게 높은 점수를 주고 있으며, 이것은 의미심장한 사실이다. 언론에 '무도회의 밤'으로 알려진 사건에서 살아남은 사람은 열두 명뿐이었다. 파티에 참석하지 않았던 학생들은 대부분 별로 인기가 없던 하급생 및 상급생이었다. 만일 이 '아웃사이더'들까지도 로스를 우호적이고 사람 좋은 친구로(그들 대부분은 그를 '정말 좋은 친구'라고 말했다.) 기억하고 있다면 그것에 따라서 제롬 교수의 명제도 어느 정도 손상되는 것은 아닐까?

주법에 의하여 본서에 수록할 수 없지만 급우들의 기억과 친지

및 교사들의 견해에 의하건대, 로스의 학업 성적은 우수한 젊은 이가 마땅히 받을 만한 것으로서 귀결된다. 이 사실은 패거리로부터 숭배를 받고 있던 교활한 불량배라는 제롬 교수의 견해와는 일치하지 않는다. 토미 로스는 분명 언어적인 학대를 감당할 만큼 포용이 있었으며 무엇보다 먼저 캐리에게 청을 넣을 만큼 패거리로부터 독립되어 있었던 것 같다. 실제로 그는 상당히 희귀한 타입으로, 사교적인 자의식이 강한 젊은이였던 모양이다.

여기에서 그의 거룩한 행동에 대한 주장은 펴지 않을 것이다. 또 사실 그럴 일도 없다. 그렇지만 철저하게 조사해 본 결과, 필자는 그가 자기보다 힘없는 여학생을 파멸시키는 데 분별없이 끼어드는, 공립학교에서 흔히 볼 수 있는 겁쟁이 타입이 아니었음을 확인할 수 있었다…….

그녀는 한 팔로 눈을 가린 채

(난 겁나지 않아 엄마가 무섭지 않아)

침대에 누워 있었다. 토요일 밤이었다. 자신이 생각해 둔 드레스를 만든다면 아무리 늦어도 내일 시작해야 할 터였다.

(난 두렵지 않아 엄마)

이미 웨스트오버의 존스 상점에서 필요한 재료는 사 놓았다. 그녀는 묵직하고 주름진 벨벳으로 덮이다시피 한 상점에 기가 질렸다. 매겨 놓은 가격 역시 겁날 정도였으며, 상점의 크기라든가 가벼운 봄 드레스 차림으로 두루마리 천들을 꼼꼼히 살펴보면서 한

가하게 돌아다니는 세련된 여자들에게도 기가 질렸다. 낯선 분위기가 감도는 그곳은 캐리가 보통 천을 사곤 했던 챔벌레인 울워스 상점과는 전혀 다른 세계였다.

기가 질리기는 했어도 하려고 마음먹은 일을 못 하지는 않았다. 만약 자신이 원하기만 하면 그들 모두 비명을 지르며 거리로 뛰쳐나가도록 할 수 있었기 때문이다. 마네킹이 쓰러지고 조명 기구가 떨어지고 두루마리 천들은 리본처럼 풀어지며 허공을 날아다닌다. 신전의 삼손처럼 원하기만 한다면 그들의 머리에 재앙을 쏟아부을 수 있었다.

(난 겁나지 않아)

그녀는 이제 지하실의 마른 시렁에 감춰 놓았던 것을 끌어올릴 참이었다. 오늘 밤.

그녀는 눈을 떴다.

'구부려.'

경대가 공중으로 떠오르더니 잠시 바르르 떨다가 천장에 닿을 만큼 솟아올랐다. 그녀는 경대를 아래로 내려놓았다. 다시 들어 올렸다. 그러고는 다시 내렸다. 이번에는 자신이 누워 있는 채로 침대를 들어 올렸다. 내렸다. 다시 올렸다가 내려놓았다. 승강기를 탄 것 같았다.

그러고도 거의 피로감을 느끼지 못했다. 아니, 약간은 피곤했지만 대단하지는 않았다. 2주 전까지만 해도 거의 사라졌던 힘이 이제 한껏 고조되었다. 그 힘은 거의……

무서울 정도의 속도로 강해졌다.

그리고 이제, 월경에 대한 지식이 그랬던 것처럼 언뜻 보기에 저절로 떠오른 듯한 한 뭉치의 기억들이 흡사 머릿속에서 외부의 물줄기가 흘러들도록 둑을 무너뜨리기라도 한 것처럼 쏟아져 들어왔다. 그 기억들은 흐릿하고 일그러진 어린 소녀의 기억들이었으나 무엇보다도 생생했다. 벽에 걸린 그림들을 춤추게 하고, 방 저편에서 수도꼭지를 틀고, 엄마가 무슨 일인가를 시키면

(캐리 창을 닫아라 비가 오겠다)

갑자기 온 집 안의 창이란 창이 탕 소리를 내며 닫히고, 매카퍼티 양의 폭스바겐 공기 밸브를 열어서 타이어가 한꺼번에 주저앉게 하고, 돌멩이들……

(!!!!!그건 안 돼 안 돼 안 돼!!!!!)

하지만 이제 매달 나오는 생리를 부인할 수 없는 것처럼 그 기억을 부인할 수 없었고, 그 기억은 결코 흐릿하지도 않았다. 그것은 톱니 모양의 번갯불처럼 거칠고도 눈부셨다. 그 어린 소녀

(엄마 그만해 엄마 그러지 마 숨이 막혀 아 목이 엄마 내가 본 건 잘못했어요 입속에서 혀에서 피가 나)

그 가엾은 어린 소녀

(새된 소리: 이 망할 년 오 그래 이제 널 어떻게 해야 할지 알겠어 알겠다고)

그 가엾은 소녀는 벽장 안팎에 몸을 반씩 걸친 채 누워 있다. 눈앞에서 반짝이는 까만 별들, 멀리서 들려오는 감미로운 윙윙거림, 입술 사이로 축 늘어진 부푼 혓바닥, 엄마가 목을 졸랐을 때 살이 부풀고 쓸려 둥근 자국이 남은 목. 이윽고 엄마가 다시 그녀에게 다가온다. 오른손에 아빠 랠프가 쓰던 긴 식칼을 쥔

(잘라 내 사악한 것을 잘라 내야 해 역겨운 것 육신의 죄악 오 저 눈을 알
고 있지 네 눈을 잘라 내야 해)

엄마의 얼굴이 일그러지며 씰룩거린다. 엄마는 턱으로 침을 흘
리며 다른 손에는 아빠 랠프가 쓰던 성경을 들고 있는데 그때

(다시는 그 사악한 것을 보지 못하게 하고 말 거야)

뭔가가 구부러졌다. 아니, 그냥 구부러진 것이 아니라 '아주 힘
껏'. 뭔가 거대하고 형태 없고 힘센 것. 그녀의 것이 아닌 힘의 원
천. 두 번 다시 그녀의 것이 되지 않을 어떤 것. 다음 순간 뭔가가
지붕에 떨어지자 엄마는 비명을 지르며 아빠의 성경을 떨어뜨렸
다. 정말 '적시에' 일어난 일이었다. 그러고는 연이어서 쿵쾅거리
는 소리가 나며 집 안에서 가구들이 날아다녔다. 엄마는 칼을 떨어
뜨리곤 무릎을 꿇고 손을 맞잡고 몸을 흔들며 기도를 올리기 시작
했다. 그동안에도 의자들이 복도로 날아가고 위층에서는 침대가
뒤집히고 식탁이 창 밖으로 뛰쳐나가려고 했다. 엄마의 눈이 커지
면서 광기를 띠기 시작했다. 엄마가 어린 소녀를 손가락으로 가리
키자

(바로 너야 악마의 씨앗 악마의 도깨비 네가 저 짓을 하고 있는 거야)

돌멩이들이 날아들었다. 엄마는 하느님의 발소리라도 되듯 지
붕이 쩍 갈라지며 쿵쿵거리는 소리가 나자 기절해 버렸다. 그러고
는……

그러고는 그녀 자신도 기절했다. 그 뒤로는 아무 기억도 없었다.
엄마는 그 일에 대해서 말하지 않았다. 식칼은 다시 주방 서랍에
들어가 있었다. 엄마는 목에 검푸른 멍이 났다. 캐리는 어떻게 그

런 자국이 생겼는지 엄마에게 물었던 기억은 났지만 엄마는 입을 꾹 다문 채 아무 말도 하지 않았다. 그 일은 조금씩 잊혔다. 기억이 눈을 뜨는 것은 꿈속에서뿐이었다. 벽에 걸린 그림은 더 이상 춤추지 않았다. 창들도 저절로 닫히지 않았다. 캐리는 언제부터 모든 것이 달라졌는지 기억할 수 없었다. 지금까지는 그랬다.

그녀는 침대에 누워 천장을 바라보며 땀을 흘리고 있었다.

"캐리! 저녁 먹어라!"

"알겠어요,

(난 두렵지 않아)

엄마."

그녀는 자리에서 일어나 암청색 머리띠로 머리카락을 고정시켰다. 그러고는 아래층으로 내려갔다.

『폭발한 그림자』, 59쪽에서 인용:

캐리의 '사나운 재능'은 얼마나 또렷했고, 또 극단적인 기독교 윤리의 소유자인 마거릿 화이트는 그 일을 어떻게 생각했던 것일까? 그 일에 대해서는 앞으로도 영원히 알 수 없을 것이다. 하지만 화이트 부인이 보인 반응이 극단적이었으리라고 믿고 싶은 마음이 드는 것은 사실이다…….

"파이에는 손도 대지 않았구나, 캐리." 엄마가 콘스턴트 코멘트* 차를 마시면서 읽고 있던 소책자에서 눈을 들고 말했다. "집에서 손수 만든 건데."

"그걸 먹으면 여드름이 나."

"여드름은 주님이 응징하는 한 가지 방식일 뿐이야. 그러니 파이를 먹어라."

"엄마?"

"왜?"

캐리는 그 이야기를 꺼냈다. "다음 주 금요일 봄 무도회 때 토미 로스의 초대를 받았어……."

소책자는 까맣게 잊혔다. 엄마는 도저히 귀를 믿지 못하겠다는 듯 눈을 동그랗게 뜨고 캐리를 빤히 쳐다보았다. 엄마는 흡사 방울뱀 소리를 들은 말처럼 콧구멍을 벌름거렸다.

캐리는 애써 호흡 곤란 증상을 억눌렀으며,

(난 두렵지 않아 그렇고말고)

그것을 어느 정도 없앨 수 있었다.

"아주 괜찮은 애야. 걔가 우리 집에 들어와서 엄마도 만나고……."

"안 돼."

"11시까지는 집에 데려다주기로 했어. 난……."

"안 돼. 안 된다니까!"

"좋다고 했어. 엄마, 제발이지, 내가 이제…… 세상과 사이좋게 지내야 한다는 걸, 그러기 위해서 노력해야 한다는 걸 알아줘. 난

---

* 미국의 인기 있는 고급 차 상표명.

엄마와 달라. 난 우습다고…… . 내 말은 아이들이 나를 우습게 본다는 거야. 난 그렇게 되고 싶지 않아. 너무 늦기 전에 온전한 사람이 되고 싶단 말이야…… ."

화이트 부인이 캐리의 얼굴에다 마시던 차를 뿌렸다.

차는 미적지근했지만 설혹 뜨거웠다 하더라도 캐리의 말을 그토록 삽시간에 틀어막지 못했을 것이다. 캐리는 마비된 듯 꼼짝 않고 앉아 있었다. 황갈색 액체가 턱과 뺨에서 하얀 블라우스 위로 떨어져 번졌다. 그것은 끈적끈적했으며 계피 향이 났다.

화이트 부인은 끊임없이 벌름거리는 콧구멍을 제외하면 그대로 얼어붙은 듯한 얼굴로 몸을 떨며 앉아 있었다. 다음 순간 그녀는 갑자기 고개를 뒤로 젖히더니 천장을 향해 악을 썼다.

"하느님! 하느님! 하느님!" 한마디한마디 내뱉을 때마다 그녀의 턱이 사납게 움직였다.

캐리는 꼼짝도 않고 앉아 있었다.

화이트 부인이 자리에서 일어나 식탁을 돌아왔다. 갈고리처럼 구부러진 두 손은 덜덜 떨렸다. 동정심과 증오심이 한데 섞인 표정은 반쯤 미친 듯이 보였다.

"벽장으로 가. 벽장에 가서 기도를 해라."

"싫어."

"남자애들. 그래, 그다음은 남자애들이지. 피 다음에는 남자들이 오게 마련이야. 콩콩대는 개들처럼 이를 드러내고 침을 흘리며 그 냄새가 어디서 나는 것인지 알아내려고 하지. 그…… '냄새' 말이다!"

그러면서 그녀가 팔을 통째로 휘둘렀고

(오 하느님 지금은 너무 무서워)

손바닥이 캐리의 얼굴을 치면서 가죽 혁대가 허공을 가를 때처럼 짝 하는 소리가 났다. 캐리는 의자에서 떨어지지는 않았지만 상체가 크게 흔들렸다. 뺨에 난 얼룩은 처음엔 흰색이었다가 곧 붉은 핏빛으로 변했다.

"그 흔적 말이야." 화이트 부인이 말했다. 크게 뜬 눈은 멍해 보였으며, 공기를 잡아채듯 가쁘게 숨을 쉬고 있었다. 그녀는 혼잣말을 하는 것 같았지만 갈고리 같은 손으로는 캐리의 어깨를 움켜쥐고 그 애를 의자에서 끌어냈다.

"나도 그걸 본 적이 있지, 그래. 오, 그렇고말고. 하지만. 난. 절대로. 했는데. 그건 그 때문이었어. 그가. 나를……." 그녀는 말을 그치고 두 눈으로 멍하니 천장을 둘러보았다. 캐리는 더럭 겁이 났다. 엄마는 자기를 파멸로 이끌지 모를 어떤 엄청난 일을 폭로하고 있는 듯이 보였다.

"엄마……."

"차에서. 오, 사내들이 널 차에 태우고 어디로 데려갈지 뻔해. 시외곽. 도로변의 술집. 위스키. 그러고는 냄새를 맡는 거야……. 오, 사내들이 너한테서 그 냄새를 맡는 거라고!" 그녀는 이제 악을 쓰다시피 목청을 높였다. 목에는 힘줄이 돋고 고개는 뭔가를 찾듯 위쪽을 향해 잔뜩 돌아갔다.

"엄마, 그만둬."

이 말에 그녀는 덜컥, 흐릿한 현실로 되돌아온 듯이 보였다. 급작스러운 놀라움에 사로잡힌 것처럼 입술을 씰룩거리던 그녀는 낯선 세상에 떨어져 위치를 더듬는 사람처럼 동작을 딱 그쳤다.

"벽장으로 가." 그녀가 중얼거리듯 말했다. "벽장에 가서 기도를 올려."

"싫어."

엄마는 후려칠 기세로 손을 치켜들었다.

"싫어!"

손이 허공에서 딱 멈췄다. 엄마는 마치 손이 아직 그곳에 온전히 있는지 확인이라도 하듯 자신의 손을 올려다보았다.

그 순간 식탁 위 삼발이에 얹혀 있던 파이 냄비가 솟구치더니 그대로 방을 가로질러 날아가 거실 문짝 옆에 부딪히고, 그 서슬에 사방으로 블루베리가 튀었다.

"난 갈 거야, 엄마!"

뒤집힌 엄마의 찻잔이 솟구치면서 그녀의 머리 곁을 스쳐 스토브 위에서 박살 났다. 엄마는 비명을 지르더니 털썩 무릎을 꿇고 양손을 머리 위에 얹었다.

"악마의 자식." 그녀가 끙끙대며 말했다. "악마의 자식. 사탄의 씨……."

"엄마, 일어서."

"육욕과 방탕, 육체의 욕망……."

"일어서라니까!"

엄마는 더 이상 말을 하지 않았지만 전쟁 포로처럼 여전히 머리에 양손을 얹은 채로 일어섰다. 엄마는 입술을 달싹이며 움직였다. 아마도 엄마는 캐리에게 주기도문을 외어 주고 있는 듯이 보였다.

"난 엄마하고 싸우고 싶지 않아." 캐리의 목소리는 제대로 나오지 않았고 그나마 맥이 풀려 있었다. 그녀는 애써 말했다. "난 내 삶을 살고 싶은 것뿐이야. 나……난 엄마처럼 살고 싶지 않아." 그녀는 자신의 생각과는 반대로 겁에 질린 채 말을 멈췄다. 이미 불경한 최후의 말을 내뱉은 셈이었다. 그 어떤 욕보다도 나쁜 말이었다.

"마녀." 엄마가 나지막하게 말했다. "주님의 책에 나와 있다. '너희는 마녀를 살려 두지 말지어다.' 네 아버지도 주님의 사업을 하셨는데……."

"그 얘기는 하고 싶지 않아." 캐리가 말했다. 엄마가 아버지에 대해 하는 얘기는 언제나 마음을 교란시키곤 했다. "다만 이제 사태가 변하리라는 것을 엄마가 알아주었으면 해." 그녀의 눈이 빛났다. "'그들'도 그래야 하고."

그러나 엄마는 다시 나지막한 소리로 뭔가를 중얼거리고 있을 뿐이었다.

캐리는 만족하지 못한 채 목구멍 안쪽에서 실망감을 맛보고 혼란스러운 감정 때문에 뱃속이 뒤집힌 상태로 천을 가지러 지하실로 내려갔다.

그것이 벽장보다는 나았다. 그건 고마운 일이었다. 그 어떤 것도, 푸른 전등이 밝혀져 있고 땀과 그녀 자신이 범한 죄악의 악취가 풍기는 벽장보다는 나았다. 그 어떤 것도. 모든 것이 다.

그녀는 포장 꾸러미를 가슴에 끌어안고 거미줄이 장식처럼 달린 지하실의 희미한 알전구 불빛 앞에서 눈을 감고 서 있었다. 토미 로스는 그녀를 사랑하지 않았다. 그것은 그녀도 알고 있었다. 그녀는 이 일이 좀 이상한 형태의 속죄라는 것을 알았고 거기에 부응할 수도 있었다. 생각할 만한 나이가 되면서부터 회개라는 개념과 너무나도 친숙하게 살아왔던 것이다.

그는 그 일이 잘될 거라고, 그렇다는 것을 알게 될 것이라고 말했다. 그래, '그녀'는 알게 될 것이다. 그들은 아무것도 시작하지 않는 편이 나았다. 그편이 정말 나았다. 그녀가 모르는 것은 그 선물이 광명의 지배자에게서 나온 것인지 암흑의 지배자에게서 나온 것인지 하는 것이었다. 그리고 이제 어느 쪽이든 개의치 않는다는 사실을 안 지금, 그녀는 거의 형언할 수 없는 안도감에 사로잡혔다. 마치 오랫동안 지고 다녔던 무거운 짐이 어깨에서 떨어져 나가기라도 한 것 같은 느낌이었다.

엄마는 위에서 끊임없이 중얼거리고 있었다. 그것은 주기도문이 아니었다. 「신명기」에 나오는 액막이 기도였다.

『내 이름은 수전 스넬』, 23쪽에서 인용:

마침내 그 사건에 대한 영화가 제작되었다. 지난 4월에 그것을 보았다. 영화를 보고 나오는데 속이 느글거렸다. 미국에서는 뭐든 중요한 일이 생기면 갓난애 구두처럼 도금하지 않으면 배기지 못한다. 그렇게 해야 그 일을 잊을 수 있다. 하지만 캐리 화이트를 잊는다는 것은 상상 이상으로 큰 실수일지 모른다.

월요일 아침. 그레일 교장과 그의 대역인 피트 모턴은 교장 집무실에서 커피를 마시고 있었다.

"하겐슨에게서는 아직 연락이 없나요?" 모턴이 물어보았다. 그의 입술은 존 웨인이 추파를 던질 때처럼 일그러졌지만, 가장자리에 언뜻 겁먹은 기미가 서려 있었다.

"전혀. 그리고 크리스는 이제 더 이상 자기 아버지가 우리를 골로 보낼 거라는 식으로 떠들어 대지 않고 말이오." 그레일은 침울한 표정으로 커피를 후후 불었다.

"교장 선생께서 위험한 곡예를 하는 것 같지는 않은데요."

"난 곡예 같은 것은 하지 않소. 캐리 화이트가 무도회에 참석할 것을 알고 있었소?"

모턴은 눈을 깜박였다. "누구하고 말인가요? '왕코'하고요?" '왕코'는 유언의 또 다른 부적응 학생인 프레디 홀트를 말했다. 몸무게가 기껏해야 45킬로그램쯤 될 텐데, 언뜻 보면 그중 20킬로그램은 코 무게가 아닐까 생각하고 싶어지는 학생이다.

"아니요. 토미 로스하고요." 그레일이 말했다.

모턴은 마시던 커피에 사레들려 기침을 터뜨렸다.

"나도 놀랐소."

"여자 친구는 어떻게 하고요? 스넬 말이에요."

"내 생각에는 그 여자애가 토미에게 그 일을 제안한 것 같소. 그 애는 나하고 얘기할 때 캐리한테 일어났던 일 때문에 양심의 가책을 느끼는 듯했소. 지금은 아주 행복한 얼굴로 미화반 활동을 하고 있소. 졸업반 무도회에 참가하지 못하는 일 따위는 아무것도 아니라는 듯이 말이오."

"오." 모턴이 현명하게 맞장구를 쳐 주었다.

"그리고 하겐슨은…… 그 친구는 몇몇 사람과 얘기해 보고 나서 우리가 마음만 먹는다면 캐리 화이트의 편에 서서 정말로 자기를 고소할 수 있다는 사실을 알았을 거요. 내 생각에 하겐슨은 손실을 줄이기로 한 것 같소. 내가 걱정하는 건 그 친구의 딸이오."

"금요일 밤에 뭔가 사건이 터지리라고 생각하시는 건가요?"

"모르겠소. 그날 크리스의 친구들이 여럿 파티에 참석할 거요. 그리고 크리스는 저 얼간이 같은 빌리 놀런과 함께 갈 것이고, 그 녀석 역시 어중이떠중이 친구들이 많이 있소. 임산부를 겁주는 데 이력이 난 그런 애들 말이오. 내가 들은 정보에 의하면 크리스 하겐슨은 그 애를 자기 마음대로 조종할 수 있소."

"뭔가 특별히 걱정하시는 일이 있나요?"

그레일이 초조한 몸짓을 해 보였다. "특별히? 그런 것은 아니오. 하지만 난 이것이 좋지 않은 상황이라는 것을 알 만큼은 교육계에 있었소. 76년도의 스태들러 시합이 생각나오?"

모턴은 고개를 끄덕였다. 유언과 스태들러의 시합을 기억에서 지우려면 3년 이상의 시간이 필요할 터였다. 브루스 트레버는 별로 눈길을 끌지 못하는 학생이었지만 농구 선수로서는 뛰어났다. 게인스 코치는 그가 마음에 들지 않았지만, 트레버는 10년 만에 처음으로 유언 고등학교를 토너먼트에 올려놓을 선수였다. 그는 유언이 마지막으로 반드시 이겨야 하는 스태들러 밥캣과의 시합을 일주일 앞두고 팀에서 잘렸다. 로커의 정기 점검 때 트레버의 공민

교과서 뒤에서 마리화나 1킬로그램이 발견된 것이다. 유언은 시합에서 졌으며 토너먼트에서 올린 성적은 104대 48이었다. 그러나 그 사실을 기억하는 사람은 아무도 없었다. 사람들이 기억하는 사실은 4피리어드에서 시합을 중단시킨 폭동이었다. 당연히 자기가 억울한 죄를 뒤집어쓴 거라고 주장하는 브루스 트레버가 주동한 폭동으로, 네 명이 병원 신세를 졌다. 그 가운데 한 사람은 스태들러 팀의 코치였는데, 그는 구급 상자로 머리를 얻어맞았다.

"아무래도 그 비슷한 일이 일어날 것 같소." 그레일이 말했다.

"육감이 그렇소. 누군가 말썽거리를 들고 나타날 것 같단 말이오."

"그저 신경이 곤두서서 그러신 것일지도 모르죠."

『폭발한 그림자』, 92~93쪽에서 인용:

염력 현상이 유전적으로 열성이긴 하지만 남성의 경우에만 발현되는 혈우병 같은 질병과 반대된다는 사실은 오늘날 일반적으로 인정되고 있다. 옛날에는 '국왕의 질병'으로 불리기도 했던 혈우병의 유전자는 여성에게서는 열성이며 별다른 해를 끼치지 않는다. 그러나 남자아이는 혈우병 환자가 되고 만다. 그 병은 병에 걸린 남성이 열성 유전자를 보유한 여성과 혼인할 때만 발생한다. 이와 같은 결합에서 태어난 아이가 남성일 경우 그 아들은 혈우병 환자가 되고 만다. 자손이 여성일 경우에 그 딸은 유전자의 보유자가 될 것이다. 남성에게 혈우병 유전자가 유전자 구성의 일부로서

열성 상태로 보유될 수도 있다는 점은 강조되어야 한다. 하지만 그 남성이 동일한 무법자 유전자*를 지닌 여성과 결혼할 경우 자손이 남성이면 혈우병을 야기한다.

근친혼이 일상적으로 행해졌던 왕족의 경우 일단 가계 속에 들어간 유전자가 재생될 가능성은 아주 높기 때문에, 그 결과 '국왕의 질병'이라는 이름이 붙게 되었다. 혈우병은 또한 금세기 초반 애팔래치아에서 크게 발현한 바 있으며, 오늘날에도 근친상간과 사촌 간의 결혼이 성행하는 문화권에서는 흔히 나타나고 있다.

염력 현상의 경우 남성이 매개자인 듯이 보이는데, 염력 유전자는 여성에게 열성일 수도 있지만, 우성을 보이는 것은 오직 여성의 경우뿐이다. 랠프 화이트 역시 그 유전자를 보유했던 것 같다. 마거릿 브리검은 순전히 우연하게 그 무법자 유전자의 표지를 보유하고 있었지만, 그녀에게 자기 딸과 같은 염력이 있었음을 암시하는 아무런 정보가 없는 현재로서는 그 유전자가 열성이었다고 보는 것이 타당할 것 같다. 현재 마거릿 브리검의 할머니 세이디 코크런의 삶에 대한 조사가 이루어지고 있는데, 왜냐하면 혈우병의 경우와 마찬가지로 염력에서도 우성/열성의 패턴이 교차해서 나타나는 것이라면 코크런 부인 역시 염력 우성인자의 소유자였을 가능성이 있기 때문이다.

화이트 부부의 결혼에서 남자아이가 태어났다면 그 아이는 또 다른 보유자가 되었을 것이다. 랠프 화이트와 마거릿 브리검의 인척 어느 쪽에도, 설혹 이론상 남자아이가 있었다 해도 결혼할 만

---

* 세포 분열 제한을 무시하고 암세포처럼 무한정 분열하게 만드는 유전자를 가리킨다.

한 또래의 사촌이 없었기 때문에 돌연변이 유전자가 그 아이와 함께 죽고 말았을 가능성은 그만큼 높았던 셈이다. 또한 그 아이가 임의로 염력 유전자를 보유한 다른 여자와 만나서 결혼할 가능성은 낮았을 것이다. 이 문제를 연구하는 연구팀 가운데서 그 유전자를 분리해 낸 팀은 아직까지 없었다.

메인주에서 벌어진 학살극 덕분에 이 유전자의 분리 작업이 의학계의 최우선 과제가 되어야 한다는 사실은 명확하다. 혈우병 유전자, 즉 H유전자는 혈소판이 없는 사내아이를 산출시킨다. 염력 유전자, 즉 TK 유전자는 거의 마음대로 무엇이든 파괴할 수 있는 '여성 보균자 메리'**를 낳는다…….

수요일 오후.

수와 다른 열네 명의 학생들(바로 봄 무도회 미화반)은 금요일 밤 양쪽 연주대 뒤쪽에 걸 거대한 벽화를 그리고 있었다. 벽화의 주제는 '베니스의 봄'이었다.(누가 이런 진부한 주제들을 선택한 걸까 하고 수는 이상하게 여겼다. 4년째 유언에 다니고 있었고 무도회에도 두 차례나 참가했지만 여전히 알 수 없었다. 대체 무엇 때문에 주제 같은 것이 필요하단 말인가? 그저 사교춤으로 끝내 버리면 안 되나?) 유언에서 미술 재능이 가장 뛰어난 조지 치즈마가 황혼 녘 수로에 뜬 곤돌라와 커다란 밀짚모자를 쓰고 키 손잡이에 기댄 곤돌라 사공, 분홍색과 붉은색과 적황색으로 온통 물든 하늘과 물의 화려한 장관을 분필로

** 1906년 뉴욕에서 쉰세 명에게 장티푸스를 감염시킨 요리사 메리 말론을 말한다.

스케치해 놓았다. 그림이 아름다운 것만큼은 확실했다. 그는 그 그림을 2미터×6미터짜리 거대한 캔버스에 윤곽선으로 옮기고 다양한 분필 색에 맞춰 여러 구역에 숫자를 붙여 놓았다. 이제 미화반이 마치 거인의 칠하기 그림책에 있는 커다란 백지 위를 기어 다니는 아이들처럼 참을성 있게 그 안에다 색을 칠하고 있었다. 수는 분홍색 분필 가루가 잔뜩 묻은 자신의 두 손과 팔뚝을 바라보면서, 그래도 그것이 지금까지 그 어떤 무도회 때보다도 멋진 그림이 될 것이라고 생각했다.

곁에서는 헬렌 샤이레스가 웅크린 자세에서 기지개를 켜다가 등에서 우두둑 소리가 나자 끙 하는 신음 소리를 냈다. 그녀는 손등으로 흘러내린 머리를 쓸어 올리다 이마에 장밋빛 얼룩을 남겼다.

"대체 어쩌자고 나보고 이런 걸 하라고 한 거지?"

"보기 좋은 그림이 됐으면 좋겠지, 안 그래?" 수가 미화반 지도교사로 아직 미혼인 지어 선생의 말투를 흉내 냈다. 그녀는 '미스 수염'이라는 별명이 딱 들어맞았다.

"그래, 하지만 어째서 다과반이나 연회반이 아닌 거야? 힘든 일은 줄이고 마음은 풍부하게. 마음은 내 분야라고. 게다가 너는……." 헬렌은 그다음 말을 삼켰다.

"참가도 하지 않는다고?" 수는 어깨를 으쓱여 보이고는 다시 분필을 쉽어 들었다. 그녀는 팔에 지독한 통증을 느꼈다. "그래, 하지만 난 그래도 멋진 파티가 됐으면 좋겠어." 그러고는 수줍은 듯이 덧붙였다. "토미는 참가하니까."

두 사람은 얼마 동안 말없이 작업했다. 이윽고 헬렌이 다시 손길을 멈췄다. 그들 곁에는 아무도 없었다. 가장 가까이 있는 사람이 홀리 마셜이었는데, 그 애는 벽화 저쪽 끝에서 곤돌라의 용골을 색칠하고 있었다.

"수, 그 일에 대해서 좀 물어봐도 되겠니?" 이윽고 헬렌이 말했다. "맙소사, 모든 아이들이 다 그 얘기를 하고 있단 말이야."

"좋아." 그녀는 색칠을 멈추고 손을 구부렸다. "아마 누군가에겐 그 얘기를 해야겠지. 그래야 엉뚱한 이야기가 나오지 않을 테고 말이야. 내가 토미에게 캐리를 데려가 달라고 부탁했어. 그러면 그 애도 좀…… 어느 정도 벽을 허물고 나오지 않을까 해서 말이야. 그 애한테 그 정도는 빚을 지기도 했고."

"그럼 남은 우리는 어떻게 되는데?" 헬렌이 악의 없이 반문했다.

수는 어깨를 으쓱했다. "너도 우리가 한 짓에 대해 마음을 정해야 해, 헬렌. 난 돌을 던질 입장이 아냐. 그런데도 사람들이 그렇게 생각하게 하고 싶지 않은 거야, 알겠니?"

"순교자 역할을 하겠다는 거니?"

"비슷한 거야."

"토미도 거기에 찬성했고?" 이것이 무엇보다도 궁금했던 부분이었다.

"그래." 수는 그 이상 설명하지 않았다. 그녀는 잠시 멈췄다가 이렇게 말했다. "다른 애들은 내가 콧대가 높은 줄 알고 있을 테지."

헬렌은 그 말을 곰곰이 생각해 보는 눈치였다. "글쎄…… 모두들 그 일을 얘기하고 있어. 하지만 대부분은 여전히 네가 괜찮다고 생각해. 네가 말한 대로 넌 스스로 결정한 거야. 하지만 일부 반대파도 있지." 그러면서 헬렌이 음산한 소리로 킬킬거렸다.

"크리스 하겐슨 쪽 애들 말이니?"

"그리고 빌리 놀런 쪽 애들도 있지. 맙소사, 그 애는 정말 밥맛이야."

"크리스가 나를 그렇게 싫어하나?" 그 말은 질문처럼 보였다.

"수, 그 애는 네 용기가 미운 거야."

수는 그 말이 자신을 심란하게 만드는 한편 흥분시키는 데 놀라며 고개를 끄덕였다.

"크리스네 아빠가 학교 당국을 고소하려다가 마음을 바꿨다는 얘기를 들었어." 그녀가 말했다.

헬렌이 어깨를 으쓱여 보였다. "크리스는 이 일에서 다른 애들을 자기편으로 끌어들이지 못했어. 난 우리 모두가 도무지 어떻게 된 건지 모르겠어. 내 마음조차 알 수 없는 기분이야."

두 아이는 말없이 작업에 열중했다. 방 저편에서는 돈 배럿이 허공의 강철 들보에 장식 종이띠를 달기 위해 접었다 폈다 하는 사다리를 설치하고 있었다.

"애, 저기 크리스가 온다." 헬렌이 말했다.

수가 고개를 든 순간 크리스가 체육관 출입구 왼편에 있는 작은 골방으로 들어가는 것이 보였다. 크리스는 포도주색의 짧은 벨벳 반바지에 반들거리는 흰색 블라우스 차림이었고, 가슴 부분이 가볍게 흔들리는 것으로 보아 브래지어는 착용하지 않았다. 저게 바로 음탕한 늙은이들이 꿈꾸는 거지, 하고 수는 심술궂게 생각했다. 그녀는 크리스가 무도회반이 가게를 연 곳에 무슨 볼 일이 있는지 궁금했다. 물론 그 반에는 티나 블레이크가 있었고 두 아이는 죽고 못 사는 사이이긴 했다.

그만둬. 수는 스스로를 나무랐다. 넌 그 애가 비탄에 잠기기를 바라는 거니?

그래. 그녀는 시인했다. 그녀의 일부는 바로 그것을 원하고 있었다.

"헬렌?"

"응?"

"저 애들이 무슨 짓을 하려는 걸까?"

헬렌은 어딘지 탈을 쓴 것 같은 내키지 않는 표정을 지었다. "모르겠어." 가볍게 나온 목소리는 지나치게 모르는 척하고 있다는 느낌을 주었다.

"오⋯⋯." 수가 애매한 어조로 대꾸했다.

(넌 뭔가 안다는 사실을 알고 있잖아 그냥 나한테 말해 주기 싫다는 걸 인정하라고)

그들은 계속해서 색칠을 했으며 둘 다 입을 열지 않았다. 그녀는 자신이 헬렌 말처럼 괜찮지 않다는 사실을 알고 있었다. 그럴 수가 없었다. 친구들이 보기에 그녀는 이제 전처럼 멋진 아이가 되기는 어려울 것이다. 그녀는 스스로도 통제할 수 없는 위험한 짓을 했다. 탈을 벗고 맨얼굴을 드러냈던 것이다.

기름처럼 미적지근하고 어린 시절처럼 감미로운 늦은 오후의 햇살이 높고 밝은 체육관 창을 통해 비스듬히 쏟아져 들어왔다.

나는 그것이 그런 무도회가 되고 만 요인을 어느 정도 이해할 수 있다. 끔찍한 일이긴 하지만 이를테면 빌리 놀런 같은 애가 어떤 짓을 할 수 있는지도 알고 있다. 크리스 하겐슨은 그 애를 마음대로 다루었다. 줄잡아 말해 거의 대부분의 경우에는 그랬다. 빌리 자신은 자기 패거리를 그만큼 손쉽게 다루었다. 열여덟 살 때 고등학교를 중퇴한 케니 가슨의 독해력은 초등학교 3학년 수준이었다. 임상적으로 말해서 스티브 디건은 백치나 다름없었다. 다른 몇몇 아이들은 전과가 있었는데, 그 가운데 재키 탤벗은 아홉 살 때 자동차 휠캡을 훔치다가 처음으로 체포되었다. 사회사업가의 심성을 가진 사람이라면 이 아이들을 불운한 희생자라고도 할 수 있을 것이다.

하지만 크리스 하겐슨에 대해서는 뭐라고 할 수 있을까?

처음부터 마지막까지 그녀가 노린 유일한 목표는 캐리 화이트를 완전하고 철저하게 파멸시키는 것이었던 듯하다……

"나 정말 이러면 안 되는데." 티나 블레이크가 걱정스러운 어조로 말했다. 굽이치는 빨강 머리를 한, 몸집이 작고 귀엽게 생긴 아이였다. 머리카락 속에 중요한 물건이라도 되는 듯 연필이 꽂혀 있다. "그리고 노마가 돌아오면 떠벌릴 거라고."

"그 앤 지금 변소에 있어. 자, 어서." 크리스가 말했다.

약간 마음이 흔들린 티나는 마음과 달리 킬킬대며 웃었다. 그래도 다시 한번 반대하는 시늉을 했다. "그런데 어째서 보려는 거지? 넌 참석하지도 못하잖아."

"신경 꺼." 언제나 그랬듯 크리스는 음험한 장난기로 넘치는 듯했다.

"자, 여기 있어." 티나가 말하면서 얇은 비닐에 싸인 종이 한 장을 책상 위로 밀어 주었다. "난 콜라나 마시러 가겠어. 노마 왓슨 계집애가 와서 너를 보더라도 나하고는 만나지 않은 거다."

"알았어." 벌써 평면도에 푹 빠진 크리스가 중얼거리듯 말했다. 그녀는 문이 닫히는 소리도 듣지 못했다.

조지 치즈마가 평면도 작업도 했으니 당연히 완벽했다. 무도장이 명확하게 표시되어 있었다. 연주대 두 곳. 파티 막바지에 왕과 여왕에게 왕관을 씌울 무대.

(저 망할 스넬과 빌어먹을 캐리에게도 왕관을 씌우고 싶은걸)

무도장 3면에는 파티 참석자들을 위한 탁자가 줄지어 놓여 있었다. 실제로는 카드 탁자이지만, 종이띠와 리본으로 장식한 식탁마다 파티용 장식물과 파티 프로그램, 왕과 여왕을 뽑기 위한 투표지 따위를 놓게 되어 있었다.

그녀는 매니큐어를 칠한 삽 모양의 손톱 끝으로 무도장 오른쪽 탁자와 왼쪽 탁자를 죽 훑었다. 거기에 있었다. '토미 R과 캐리 W.' 두 사람은 정말 무도회에 참석할 모양이었다. 크리스는 도저히 믿어지지 않았다. 분노 때문에 몸이 떨렸다. 그 애들은 정말 자신들이 무사히 파티에 참석할 수 있다고 생각한 걸까? 그녀는 무섭도록 입을 꽉 다물었다.

크리스는 어깨 너머를 돌아보았다. 노마 왓슨의 모습은 아직 보이지 않았다.

크리스는 평면도를 제자리에 놓고 얽은 자국과 머리글자로 온통 흠이 나 있는 책상 위에 놓인 나머지 서류들을 재빨리 뒤적였다. 화물 명세서(품목 대부분은 종이띠와 싸구려 못)와 카드 탁자를 빌려 준 학부모 명단, 소액 상품권, 파티 티켓을 인쇄한 스타 인쇄소의 청구서, 왕과 여왕 투표 견본……

투표지! 그녀는 그것을 잡아채듯 집어 들었다.

금요일까지는 아무도 왕과 여왕을 뽑는 실제 투표지를 보지 못하고, 그때가 되면 학교의 인터콤을 통해 학생들에게 후보가 방송되도록 되어 있었다. 왕과 여왕은 무도회에 참석한 학생들이 선출할 예정이지만, 거의 한 달쯤 전부터 빈 투표지가 교실에 돌아다녔다. 그 투표 결과는 극비에 속했다.

학생들 사이에서는 왕과 여왕을 뽑는 행사를 아예 없애려는 운동이 벌어지고 있었다. 일부 여학생들은 그것이 지나치게 성적이라고 여겼고 남학생들은 정말 어리석고 어느 정도는 당혹스러운 행사라고 생각했다. 이번 파티가 공식적인, 또는 전통적인 무도회의 마지막이 될 가능성이 높았다.

그러나 크리스에게는 이번이 그녀 자신에게 중요한 유일한 행사였다. 그녀는 탐욕스러운 눈으로 투표지를 들여다보았다.

조지와 프리다. 말도 안 돼. 프리다 제이슨은 유태인이었다.

피터와 마이라. 이것도 말이 안 돼. 마이라는 경마 자체를 송두리째 없애려는 여학생 패거리의 일원이었다. 그녀는 설혹 선출되더라도 행사를 거부할 것이다. 게다가 그 애의 외모는 저 늙은 짐 말 에델만큼이나 형편없었던 것이다.

프랭크와 제시카. 그런대로 가능성이 있다. 프랭크 그리어가 올해 뉴잉글랜드 축구팀에서 활약하기는 했지만, 제시카는 여드름이 뇌수보다도 더 많은 못난이 꼬마였다.

돈과 헬렌. 웃기는군. 헬렌 샤이레스는 개잡이 선수로도 뽑히지 못할 것이다.

그리고 마지막 한 쌍은 토미와 수였다. 당연한 일이지만 수의 이름에 가위표를 한 그 위에 캐리의 이름이 적혀 있었다. 무슨 마술로 불러낸 한 쌍 같군! 난데없이 몸속을 훑는 듯한 괴상한 웃음이 엄습하는 바람에 크리스는 손으로 입을 틀어막았다.

티나가 허둥대는 급한 걸음으로 들어왔다. "맙소사, 크리스, 아직도 있는 거야? 그 애가 온단 말이야!"

"걱정 마, 꼬마야." 크리스는 이렇게 말하고 서류들을 제자리에 돌려놓았다. 그곳을 걸어 나오면서도 여전히 싱글거리던 크리스는 걸음을 멈추고 멍청한 벽화를 칠하느라 앙상한 엉덩이에 땀 빼고 있는 수 스넬에게 조롱하듯 손을 치켜들어 보였다.

바깥 복도에 나온 그녀는 손가방에서 10센트짜리를 찾아내서 공중전화기에 넣고 빌리 놀런에게 전화를 걸었다.

캐리 화이트를 파멸시키는 데 얼마나 많은 계획이 있었던 것인 지 궁금해진다. 그것은 사전에 조심스럽게 계획되고 연습하고 여 러 번 되새긴 끝에 이루어진 일인가, 아니면 그저 어쩌다 이루어진 일이었을까?

나는 두 번째 안이 더 마음에 든다. 그런 사건을 모의할 만한 두 뇌의 소유자가 아니었던 크리스 하겐슨으로서는 캐리 같은 소녀를 덮칠 방도에 대해서 극히 모호한 생각밖에는 갖지 못했을 것이다. 내 생각으로는 빌리 놀런과 그의 패거리들을 노스챔벌레인에 있 는 어윈 헨티의 농장으로 보낸 것도 그녀가 아니었을 것 같다. 그 일의 결과를 놓고 상상하는 쪽이 왜곡된 시적 정의에는 분명 호소 력이 있었을 테지만…….

자동차는 바퀴 자국이 난 노스챔벌레인의 스택엔드로(路)를 시 속 100킬로미터로 질주했는데, 그것은 울퉁불퉁한 비포장 경질 지 대를 달리기에는 목숨을 잃거나 자칫 큰 부상을 가져올 수 있는 속도였다. 이따금 잎이 무성한 채 낮게 드리워진 5월의 나뭇가지 가 61년형 비스케인의 지붕을 긁었다. 흙받기는 우그러지고 차체 는 녹슬고 뒤를 잔뜩 높인 데다 이중 글래스팩 소음기를 단 차였 다. 한쪽 헤드라이트는 나갔고, 다른 쪽 헤드라이트는 차에 특히 큰 충격이 가해질 때마다 칠흑 같은 어둠 속에서 깜박거렸다.

빌리 놀런이 분홍색 털을 씌운 핸들을 잡았다. 재키 탤벗과 헨리 블레이크, 스티브 디건과 가슨 형제, 케니와 루 역시 차 안에 끼여 앉았다. 차 안의 어둠 속에서 세 대의 마리화나가 흡사 순환하는 케르베로스의 희미한 눈처럼 번쩍이며 이 손에서 저 손으로 건네졌다.

"헨티가 없는 게 확실해?" 헨리가 물었다. "돌아갈 생각은 없으니까, 친구. 놈들이 널 엿 먹일 거야."

다섯 모금을 빨고 몽롱해진 케니 가슨은 그 말이 너무나 웃겨서 높은 소리로 킬킬대고 웃었다.

"없을 거야." 빌리는 그 몇 마디 말조차 자기 의사에 반해서 억지로 내뱉은 듯이 보였다. "장례식에 갔거든."

크리스는 이 사실을 우연히 알았다. 헨티 노인은 챔벌레인 일대에서 몇 안 되는 성공한 독립 농장의 소유자였다. 목가적인 문학에서 빼놓을 수 없는 저 순수한 마음을 지닌 여느 변덕스러운 농부와 달리 헨티는 고양이 똥만큼이나 비열한 늙은이였다. 그는 풋사과 철에도 엽총에 암염 대신 산탄을 장전했다. 또 좀도둑질을 한 몇몇을 기소하기도 했다. 그 가운데 하나가 그들 패거리의 친구이던 불운한 프레디 오버록이었다. 프레디는 헨티 노인의 닭장에서 현행범으로 잡혔으며 엉덩이에 6호짜리 산탄을 두 다발이나 얻어 맞았다. 가엾은 프레디가 응급실에 엎드린 채 끔찍한 네 시간을 보내는 동안 인턴은 신이 나 그의 엉덩이에서 조그만 산탄알을 집어내 금속 접시에 하나씩 떨구었다. 설상가상으로 프레디는 절도와 무단 침입 혐의로 200달러 벌금형을 받았다. 어윈 헨티와 챔벌레인의 건달들 사이에는 더 이상 잃어버릴 것이 없었다.

"레드는 어때?" 스티브가 물었다.

"그놈은 카발리에에 새로 들어온 여자 종업원을 손에 넣으려고 애쓰고 있지." 빌리는 이렇게 대꾸하면서 핸들을 돌려 비스케인을 심하게 요동치는 급한 여울을 건너 헨티로(路)로 밀어 넣었다. 레드 트렐로니는 헨티 노인의 고용인이었다. 그는 술꾼이었고 주인만큼이나 산탄을 능숙하게 다루었다. "술집 문이 닫힐 때까지는 돌아오지 않을 거야."

"장난 삼아서 할 일은 아니네." 재키 텔벗이 투덜거렸다.

빌리의 어조가 딱딱해졌다. "넌 빠질래?"

"아니, 됐어." 재키가 황급히 대꾸했다. 빌리가 그들 다섯에게 쓸만한 마리화나를 30그램이나 풀어놓았던 것이다. 게다가 마을까지 돌아가는 길은 15킬로미터나 되었다. "해볼 만한 장난이라는 거야, 빌리."

케니는 글러브 박스를 열고 화려한 소용돌이 장식이 든 빨대(크리스의 것)를 꺼낸 다음 연기가 피어오르는 꽁초를 틀어박았다. 그는 이 작업이 무척 재미있는지 다시 한번 높은 소리로 킬킬거렸다.

이제 그들은 도로 양편에 서 있는 '침입 금지' 표지판과 가시 철망, 새로 갈아엎은 밭을 지나치고 있었다. 갈아엎은 흙에서 풍기는 신선한 냄새가 5월의 부드러운 대기를 무겁고 불길하면서도 감미롭게 만들어 주었다.

빌리는 다음번 언덕을 오르자 헤드라이트를 끄고 기어를 중립에 놓은 다음 시동을 껐다. 그들은 소리 없는 쇳덩이가 되어 헨티의 집을 향해 굴러갔다.

빌리는 별 어려움 없이 굽잇길을 지났으며 또 하나의 조그마한 융기부를 지나 불 꺼진 빈집을 지나칠 때는 이미 속력이 뚝 떨어져 있었다. 이제 눈앞에 큼직한 헛간과, 그 뒤편으로 달빛이 꿈결처럼 빛나는 가축 연못과 사과 과수원이 나타났다.

돼지우리에서는 암퇘지 두 마리가 납작한 주둥이를 가로대 사이로 내밀었다. 헛간에서는 소 한 마리가 나지막한 소리로 음매 하고 울었는데, 아마 잠든 소일 것이다.

빌리가 비상 브레이크를 써서 차를 세웠다. 시동을 껐기 때문에 사실 그렇게까지 할 필요가 없었지만 그렇게 하면 왠지 특공대원 같은 느낌을 주었던 것이다. 그들은 차에서 내렸다.

루 가슨이 케니의 몸 너머 손을 뻗더니 글러브 박스에서 뭔가를 꺼냈다. 빌리와 헨리는 차 뒤로 돌아가 트렁크를 열었다.

"그 자식이 돌아와 우리를 보면 그 자리에서 해치울 거야." 스티브가 나지막한 소리로 킬킬대며 말했다.

"프레디의 복수야." 헨리는 트렁크에서 쇠망치를 꺼냈다.

빌리는 아무 말도 하지 않았지만 그 일을 하는 것은 물론 망나니 같은 프레디 오버룩 때문이 아니었다. 모든 일이 크리스 때문이듯 이번 일도 크리스 하겐슨 때문이었다. 그녀가 저 콧대 높은 대학반이라는 올림포스 신전에서 뚝 떨어져 그가 손에 넣을 만한 상대가 된 그날 이후의 일이었다. 그는 그녀를 위해서라면 살인도, 아니 그 이상도 했을 것이다.

헨리는 시험 삼아 한 손으로 4킬로그램짜리 쇠망치를 휘둘러 보왔다. 자루 끝에 붙은 묵직한 덩어리가 밤공기를 가르며 휭 하는 불길한 소리를 냈다. 나머지 아이들은, 아이스박스 뚜껑을 열고 아연 도금한 들통 두 개를 꺼내는 빌리 곁으로 모여들었다. 그 금속통들은 기겁할 만큼 차가웠고 서리가 살짝 덮여 있었다.

"됐어." 빌리가 말했다.

그들 여섯 명은 빠른 걸음으로 돼지우리를 향해 다가갔다. 흥분 때문에 호흡이 가빠졌다. 암돼지 두 마리는 얼룩 고양이만큼이나 길들어 있었고 수돼지는 우리 안쪽에 모로 누운 채 잠들어 있었다. 헨리가 다시 한번 쇠망치를 휘둘러 보았지만 이번에는 자신이 없어 보였다. 그가 쇠망치를 빌리에게 넘겨주었다.

"난 못 하겠어. 네가 해." 헨리가 유약한 어조로 말했다.

빌리는 쇠망치를 받아 들고는, 글러브 박스에서 넓적한 식칼을 꺼내 들고 있는 루에게 묻는 듯한 시선을 던졌다.

"걱정 마." 루는 이렇게 말하면서 숫돌에 간 칼날에 엄지손가락을 대 보았다.

"목을 쳐야 해." 빌리가 상기시켰다.

"알아."

케니는 쭈글쭈글한 감자 칩 봉지에 남아 있는 찌꺼기를 돼지들에게 먹이며 싱글싱글 중얼거렸다. "걱정 마, 돼지들아, 걱정 말라고. 빌리 형님께서 네놈들의 대살통을 갈겨 줄 거니까. 그럼 더 이상 폭탄 걱정 같은 건 하지 않아도 돼." 그가 뻣뻣한 털이 난 턱을 긁어 주자 돼지들은 꿀꿀대며 흡족한 듯 과자 찌꺼기를 우적거렸다.

"자, 간다." 이 말과 함께 빌리는 쇠망치를 번개처럼 내리쳤다.

그 소리는 언젠가 그와 헨리가 마을 서쪽 495번 도로를 가로지르는 클래리지로 구름다리에서 호박을 떨어뜨렸을 때 난 소리를 연상시켰다. 암돼지 한 마리가 혀를 빼물고 여전히 눈을 뜬 상태로 주둥이에는 과자 부스러기를 묻힌 채 즉사했다.

케니가 킬킬거렸다. "이놈은 트림할 시간도 없었네."

"서둘러, 루." 빌리가 말했다.

케니의 동생 루가 널빤지 사이로 재빨리 손을 들이밀고 돼지머리를 달 쪽으로 치켜든 다음(돼지의 번들거리는 눈은 멍하니 초승달을 바라보았다.) 칼로 목을 잘랐다.

순식간에 놀랄 만큼 많은 피가 쏟아져 나왔다. 아이들 몇은 옷에 피가 튀자 역겨운 나머지 소리를 지르며 뒤로 물러섰다.

빌리는 상체를 밀어 넣고 들통 하나를 쏟아져 나오는 피에 갖다 댔다. 순식간에 들통이 차자 그것을 옆으로 치웠다. 피가 방울방울 떨어지다가 그칠 무렵엔 두 번째 들통도 반쯤 찼다.

"다른 한 놈도 해치워."

"제발, 빌리. 이 정도면 충분……." 재키가 우는소리를 했다.

"다른 한 놈." 빌리가 다시 한번 말했다.

"애야, 돼지야…… 돼지야……." 케니는 싱글대며 빈 감자 칩 봉투를 바스락거렸다. 잠시 후 암돼지가 울타리 쪽으로 돌아왔다. 쇠망치가 허공을 갈랐다. 두 번째 들통이 가득 차자 남은 피는 땅속으로 흘러들게 놔두었다. 고약한 구리 냄새 같은 것이 공중에 떠돌았다. 빌리는 돼지 피로 팔뚝까지 끈적거렸다.

들통을 트렁크로 나르던 그의 머릿속에서 어렴풋이 상징적인 연결 작용이 이루어졌다. 돼지 피. 그럴듯해. 크리스 말이 맞았어. 정말 그럴듯하군. 돼지 피는 모든 것을 응고시키지.

돼지한테는 돼지 피가 제격이란 말이야.

빌리는 아연 도금한 금속 들통을 얼음 조각 속에 박고 얼음으로 위를 덮은 다음 아이스박스 뚜껑을 쾅 닫았다. "이제 가자."

빌리는 운전석에 앉아 비상 브레이크를 풀었다. 나머지 다섯 명은 차 뒤로 가서 어깨를 모아 차를 밀기 시작했다. 차는 소리를 내지 않고 비좁게 원을 그리며 선회한 다음 헛간을 지나 헨티의 집 맞은편에 있는 언덕 꼭대기로 굴러갔다.

차가 제 힘으로 구르기 시작하자 아이들은 차문 옆을 속보로 달리면서 숨을 헐떡이며 기어올랐다.

차가 회전할 만큼 속도가 붙자 빌리는 재빨리 긴 진입로를 벗어나 헨티로 위로 차를 올려놓았다. 언덕 기슭에 이르자 그는 기어를 3단으로 내리고 클러치를 튕기듯 놓았다. 기어가 걸리면서 으르렁대는 소리와 함께 엔진이 살아났다.

돼지한테는 돼지 피라. 그래, 그럴듯해. 정말. 그는 미소를 지었다. 루 가슨이 놀라움과 두려움에 찬 눈으로 빌리를 쳐다보았다. 그는 자신이 미소를 짓는 빌리 놀런을 본 기억이 있는지 알 수 없었다. 아니, 웃었다는 소문조차 들은 적이 없었다.

"그런데 헨티는 누구 상례식에 간 거야?" 스티브가 물었다.

"자기 엄마 장례식." 빌리가 말했다.

"자기 엄마라고?" 재키 탤벗이 경악했다. "맙소사, 그럼 엄청 늙었겠네."

캑캑거리는 케니의 높다란 웃음소리가 여름 초입에 이르러 파르르 떨고 있는 향기로운 어둠 저편으로 사라져 갔다.

2부

무도회의 밤

그녀가 5월 27일 아침 제일 먼저 한 일은 자기 방에서 드레스를 입어 보는 일이었다. 그녀는 그 드레스에 특별히 어울리는 브래지어를 샀는데, 그것은 가슴을 알맞게 받쳐 올리는(사실 그런 기능은 필요하지 않았지만) 한편 위쪽 절반은 드러내 주었다. 그 브래지어를 착용하면 어느 정도는 부끄럽고 어느 정도는 대담하고 자극적인 기묘하고도 멋진 기분이 들었다.

드레스 자락 자체는 거의 바닥까지 내려왔다. 치마는 헐렁했지만 허리는 꼭 끼었으며, 천은 면과 모직에만 익숙했던 피부에 화사하고도 낯선 감촉을 주었다.

드레스의 늘어진 모양새는 새로 산 구두와 어울리는 듯이, 아니 잘 어울릴 것처럼 보였다. 그녀는 옷을 입고 네크라인을 조절한 다음 창 쪽으로 다가갔다. 짜증 날 것처럼 흐릿한 영상밖에 볼 수 없었지만 모든 것이 괜찮아 보였다. 나중에 어쩌면……

그때 걸쇠가 돌아가는 짤깍 하는 나지막한 소리와 함께 문이 열렸다. 캐리는 몸을 돌려 엄마를 바라보았다.

엄마는 일하러 나가기 위한 차림으로, 하얀 스웨터를 입고 한 손에는 까만 핸드백을 들고 있었다. 다른 한 손에는 아빠가 쓰던 성경책이 들려 있었다.

두 사람은 서로를 쳐다보았다.

캐리는 자신도 거의 의식하지 못한 상태에서 등이 꼿꼿하게 펴지는 것을 느꼈다. 그녀는 창을 통해 들어오는 이른 봄볕 속에 똑바로 섰다.

"빨강이군." 엄마가 중얼거렸다. "그게 빨간색이 될 줄 알았어야 했는데."

캐리는 아무 말도 하지 않았다.

"네 '더러운 베개'가 보여. 남들도 그럴 거야. 남들이 네 몸을 볼 거라고. 성경 말씀에……."

"이건 내 가슴이야, 엄마. 여자라면 누구나 있는 거라고."

"그 옷을 벗어라."

"싫어."

"그걸 벗어, 캐리. 아래로 내려가 소각로에다 태워 버리고 나서 기도를 올려 용서를 빌자꾸나. 속죄를 하는 거야." 엄마의 눈이 믿음의 시험이라고 여기는 일이 생길 때마다 그녀를 덮치곤 하는 야릇하고 난데없는 열기로 번쩍이기 시작했다. "난 일이 끝나면 집에 있을 것이고 너도 학교가 끝나면 집에 있을 거야. 우리 함께 기도를 드리자. '그분의 표지'를 부탁해 보자. 우리 둘 다 무릎을 꿇고 '성령의 불길'을 청할 것이다."

"싫어, 엄마."

엄마는 손을 뻗어 자신의 얼굴을 꼬집었다. 붉은 반점이 생겼다. 그러고는 캐리에게서 아무 반응도 못 보자 이번에는 오른손을 갈고리처럼 오그려서 자신의 뺨을 북 그었다. 가는 핏자국이 났다. 그녀는 흐느끼며 뒤로 비틀거렸다. 눈이 광란의 빛으로 이글거렸다.

"자해는 그만해, 엄마. 그런다고 내가 그만두지는 않을 거니까."

엄마가 날카로운 소리를 질렀다. 그녀는 이번에는 오른손으로 주먹을 쥐더니 자신의 입을 후려쳐 피를 쏟았다. 그러고는 손가락에 피를 묻히고는 멍하니 그것을 보다가 성경책 표지에 문댔다.

"'어린 양의 피'로 씻었지. 수없이. 그 사람과 나는 수없이……." 그녀가 속삭이듯 말했다.

"당장 방에서 나가, 엄마."

엄마는 캐리를 쳐다보았다. 그녀의 두 눈이 이글거렸다. 그녀의 얼굴에는 보는 이의 간담을 서늘하게 하는 분노가 서려 있었다.

"주님을 조롱하면 안 돼." 엄마가 속삭였다. "죄악은 너를 찾아내고 말 거야. 그 옷을 태워, 캐리! 악마의 빨간 옷을 벗어 태워! 불태워! 태워 없애라!"

그 순간 문이 저절로 벌컥 열렸다.

"여기서 나가, 엄마."

엄마는 미소를 지었다. 피 묻은 입이 괴상하게 일그러지며 짓는 미소였다. "이세벨*이 탑에서 떨어졌듯 너도 그러할지어다. 개들이 와서 피를 핥았다. 성경에 나오는 말씀이야! 그건……."

두 발이 마룻바닥을 미끄러지기 시작하자 엄마는 당황한 얼굴로 자신의 발을 내려다보았다. 마루가 얼음판이 되기라도 한 것 같았다. "그만두지 못해!" 엄마가 악을 썼다.

엄마는 이제 복도에 있었다. 그녀는 문설주를 잡고 한동안 버텼는데, 다음 순간 뭔가 모를 것이 그녀의 손가락을 강제로 풀었다.

"사랑해, 엄마." 캐리가 차분한 어조로 말했다. "미안해."

캐리가 마음속으로 문이 닫히는 것을 상상하자 마치 산들바람이 분 것처럼 문이 닫혔다. 그러고는 다치지 않도록 조심하면서 엄마를 밀어냈던 머릿속의 손을 떼어 냈다.

잠시 후 마거릿은 문을 두드렸다. 캐리는 입술을 떨면서 문을 꽉 닫은 채 열지 않았다.

"심판을 받을 거야!" 마거릿 화이트가 고함쳤다. "난 죄를 씻었어! 노력은 했어!"

"그건 빌라도가 한 말이지." 캐리가 말했다.

엄마는 가 버렸다. 잠시 후 캐리는 집을 나서서 길을 건너 일하러 가는 엄마를 보았다.

"엄마." 캐리는 나지막이 말하며 창유리에 이마를 갖다 댔다.

---

* 이스라엘 아합 왕의 사악한 왕비.

『폭발한 그림자』, 129쪽에서 인용:

무도회의 밤에 대해 좀 더 상세하게 분석하기 전에 캐리 화이트라는 인물에 관해 알고 있는 정보를 종합해 보는 것도 좋을 것 같다.

우리는 캐리가 자기 엄마의 종교적 강박관념에 희생된 인물임을 알고 있다. 그녀는 또한 흔히 TK라고 부르는 잠복성 염력의 소유자였다. 이른바 이 '사나운 재능'은 유전 형질로서, 설혹 존재한다고 해도 대개의 경우 열성 유전자에 의해 야기된다. 염력의 능력은 그 본질상 선(腺) 분비물에 의한 것으로 짐작된다. 캐리는 어렸을 때 적어도 한 차례, 극도의 죄의식과 스트레스를 받는 상황에 몰리자 자신의 능력을 발현한 적이 있다. 두 번째로 극도의 죄의식과 스트레스를 받는 상황은 샤워실에서 곯림을 받았을 때 이루어졌다. 이때 TK 능력의 부활은 심리적 요인(즉 첫 번째 월경에 대한 다른 여학생들 및 캐리 자신의 반응)은 물론 신체적 요인(즉 사춘기의 도래)에 의해 야기된 것이라는 이론이 나왔다. 특히, 버클리 대학의 윌리엄 G. 스론베리와 줄리아 기븐스의 이론이 그렇다.

그리고 마지막으로, 무도회의 밤에 세 번째로 스트레스를 받는 상황이 발생하여, 이제부터 이야기하게 될 무서운 일들을 야기한 것이다. 먼저 할 이야기는…….

(난 불안하지 않아 조금도 불안하지 않아)

토미는 좀 전에 캐리가 쓸 꽃 장식을 가지고 찾아왔으며, 이제 그녀는 자기 손으로 드레스의 어깨에 꽃 장식을 핀으로 꽂고 있었다. 물론 그녀를 대신해서 꽃을 달아 주고 그것이 제대로 달렸는지 봐 줄 엄마는 곁에 없었다. 엄마는 문을 잠그고 예배실에 틀어박혀 벌써 두 시간 전부터 병적인 흥분 상태에서 기도를 올리고 있었다. 엄마의 목소리는 무섭고도 지리멸렬한 주기를 그리며 오르내렸다.

(엄마 미안하지만 난 한심하게 살고 싶지 않아)

장식이 만족스럽게 되자 캐리는 두 손을 늘어뜨린 후 잠시 동안 눈을 감고 조용히 서 있었다. 집에는 전신을 비출 만한 거울이 없었지만,

(헛되고 헛되고 헛되도다)

캐리는 자신이 괜찮다고 생각했다. '그래야만' 했다. 그녀는……

캐리는 다시 눈을 떴다. 엄마가 슈퍼마켓 쿠폰으로 산 뻐꾸기시계가 7시 10분을 가리켰다.

(그 애가 20분 안에 올 거야)

그런데 정말 올까?

어쩌면 그 모든 일이 그저 정교하게 짠 장난, 최후의 일격, 결정타일 수도 있다. 몸에 붙는 허리에다 줄리엣풍의 소매가 달리고 소박한 스트레이트 라인의 치마가 달린 구겨진 벨벳 파티 드레스를 입은 채, 그리고 왼쪽 어깨에 월계화 장식을 단 채 그녀를 이 자리에 밤새 앉혀 두려는 장난일지도 몰랐다.

다른 방에서 이번에는 고조된 목소리가 흘러나왔다. "신성한 땅이옵니다! 우린 당신께서 저 '감시의 눈', 저 무시무시한 '세눈박이'와 검은 나팔 소리를 가져오신 것을 압니다. 진심으로 회개하오

니……"

캐리는 어느 누구도, 자신이 이 일을 감수하는 데, 그것이 무엇이든 그날 밤 일어날지도 모르는 온갖 무서운 가능성들에 스스로를 내맡기는 데 얼마나 엄청난 용기가 필요했는지 모를 것이라고 생각했다. 바람을 맞는다는 것은 어쩌면 그런 일들 가운데서 최악의 일이 아닐지도 몰랐다. 실제로 그녀는 내심, 어쩌면 그것이 최선일지도 모르겠다고, 그렇게 되었으면 좋겠다고 생각했는데……

(그 생각은 이제 그만)

물론 엄마와 함께 집에 있는 편이 더 쉬울 것이다. 그쪽이 더 안전할 것이다. '그들'이 엄마를 어떻게 생각하는지는 알고 있었다. 아마 엄마는 광신자이고 별난 인간일지 모르지만 적어도 앞을 내다볼 줄은 알았다. 집에서 일어나는 일은 예측 가능했다. 그녀는 깔깔대고 소리를 지르며 물건을 집어 던지는 아이들로부터는 결코 이해받은 적이 없었다.

그리고 만약 그가 오지 않는다면, 만약 그녀가 이대로 물러서서 포기한다면? 이제 한 달만 있으면 고등학교를 졸업한다. 그다음엔 어떻게 될까? 이 집 지하를 돌아다니는 섬뜩한 존재가 되어, 엄마의 부양을 받으며, 엄마가 개리슨 부인 댁을 방문하는 날은 온종일 그 집에서 텔레비전으로 게임 쇼와 연속극을 보고(개리슨 부인은 여든여섯 살이었다.), 손님이 뜸할 시간에 시내로 걸어가 켈리 프루트에서 엿기름이 든 간식거리를 사 먹고, 점점 살이 찌고, 희망을 잃고, 생각할 능력마저 잃어버린다면?

아니다. 맙소사, 그건 정말 아니다.

(제발이지 해피 엔딩이 되기를)

"뒷골목에서, 너절한 술집 주차장에서 기다리는, 발이 갈라진 '그자'로부터 우리를 보호해 주소서. 오, 주여……."

7시 25분.

안절부절못한 상태에서 캐리는 별생각 없이, 마치 식당에서 누군가를 기다리며 초조해하는 여자가 냅킨을 접었다 폈다 하는 것처럼 자신의 정신력으로 사물들을 들어 올렸다 내려놓기 시작했다. 이제는 피로나 두통을 느끼지 않고도 한 번에 대여섯 개의 사물들을 공중에 뜨게 할 수 있었다. 그녀는 그 힘이 가라앉기를 기다렸지만 힘은 줄어들 기미 없이 절정 수준을 유지했다. 전날 밤에는 학교에서 돌아오는 길에 주차된 차를 번화가 보도 연석을 따라 6미터쯤 굴러가게 한 적도 있었다.

(오 제발 이 일을 웃음거리로 만들게 되지 않기를)

전혀 힘들이지 않고서도. 비번인 법원 직원들이 튀어나올 것 같은 눈으로 그 광경을 지켜보았다. 캐리 자신도 물론 그 광경을 빤히 바라보았지만 속으로는 웃고 있었다.

시계에서 뻐꾸기가 튀어나오더니 한 번 울었다. 7시 30분.

그녀는 그 힘을 쓸 때의 무서운 긴장감이 심장과 허파와 체내 온도 조절 장치에 영향을 미칠 일이 조금씩 겁났다. 긴장감을 견디지 못하여 자신의 심장이 문자 그대로 터질 가능성도 충분히 있다고 생각했다. 마치 누군가 다른 사람의 몸속에 들어간 다음 그녀를 끝없이 달리게 만들기라도 하는 것 같았다. 그녀는 자신의 힘이 어쩌면, 뜨거운 숯불 위를 걷거나 바늘로 눈을 찌르거나 무려 6주 동안이나 자신을 매장하고도 즐거워하는 인도 수도승들이 가진 힘과 그렇게 다른 것이 아닐지 모른다는 사실을 깨닫기 시작했다. 어떤 형태로든 정신을 물질에 작용시킨다는 것은 신체의 자원을 무섭도록 고갈시키는 일이다.

7시 32분.

(개는 안 와)

(생각하지 말자 냄비를 지키고 있으면 물이 끓지 않는 법이니까 개는 올 거야)

(아니 오지 않을 거야 그 애는 친구들과 네 이야기를 하며 웃고 있을 거야 이제 조금 있으면 그들은 저 빠르고 시끄러운 차를 타고 깔깔대고 경적을 울리고 소리를 지르며 돌아다닐 거라고)

그녀는 비참한 기분으로 재봉틀을 들어 올려 허공에서 크게 호를 그리게 한 다음 내려놓기 시작했다.

"그리고 저 '사악한 자'의 의지로 감염된 반항하는 딸들로부터도 우리를 보호해 주시고……."

"닥쳐요!" 갑자기 캐리가 고함을 질렀다.

한순간 깜짝 놀란 듯 침묵이 찾아왔다가 곧 다시 나직하고 단조로운 읊조림이 시작되었다.

7시 33분.

'오지 않는 거야.'

(그러면 이 집을 박살 내고 말겠어)

그 생각은 자연스럽고도 또렷하게 떠올랐다. 먼저 재봉틀을 거실 벽에 메다꽂는 거야. 소파를 창밖으로 집어 던지고, 탁자와 의자, 책, 팸플릿은 모조리 날아다니게 하는 거야. 배관을 뜯어내서 물이 쏟아지게 놔둘 거야. 살 속에서 동맥을 뜯어내듯이 말이야. 지붕 자체는, 만약 힘이 닿는다면 놀란 비둘기처럼 밤하늘로 지붕 널을 폭발시킬 거야……

그때 불빛이 번쩍이며 창문을 스쳤다.

다른 차들은 지나가면서 그때마다 가슴을 조금 설레게 하고 말았지만, 이번 것은 훨씬 느리게 움직였다.

(오)

그녀는 억누르지 못하고 창가로 달려갔다. 그 애였다. 토미가 막 차에서 내렸다. 가로등 불빛 속에서도 그는 잘생기고 생기에 넘치고 거의…… 바삭바삭할 정도였다. 그 이상한 표현에 그녀는 킥킥대며 웃고 싶어졌다.

엄마는 기도를 그친 상태였다.

그녀는 의자 등받이에 걸쳐 두었던 가벼운 실크 두르개를 집어서 어깨의 맨살에 둘렀다. 입술을 깨물고 머리를 매만졌다. 거울을 위해서라면 영혼이라도 팔 수 있을 것 같았다. 그 순간 복도에서 버저가 거친 소리로 울렸다.

그녀는 손에 이는 경련을 억제하며 억지로 두 번째 버저가 울릴 때까지 기다렸다. 그런 다음 실크 자락이 스치는 소리를 내면서 천천히 걸어갔다.

그녀가 문을 열었다. 눈부시도록 하얀 야회복에 까만 예단 바지 차림을 한 그가 그곳에 있었다.

두 사람은 서로를 쳐다보았으며 아무 말도 하지 않았다.

그녀는 설혹 그가 엉뚱한 소리라 하더라도 입을 열기만 하면 심장이 터질 것 같았다. 그가 웃기라도 하면 죽을 것 같았다. 그녀는 실제로, 그리고 육체적으로도 자신의 비참한 인생 전체가 넓게 퍼지는 광선의 끝이거나 아니면 시작일 수도 있는 한 점으로까지 좁혀지는 것을 느꼈다.

이윽고 힘없는 어조로 그녀가 말했다. "내가 마음에 드니?"

그가 말했다. "아름다운데."

실제로 그녀는 아름다웠다.

『폭발한 그림자』, 131쪽에서 인용:

유언 고등학교 봄 무도회에 참석할 아이들이 학교에 모이거나 파티 전 뷔페장을 막 나서고 있을 무렵 크리스 하겐슨과 빌리 놀런은 시 경계에 있는 카발리에라는 술집 위층에 있는 방에서 만났다. 우리는 두 사람이 한동안 그 장소에서 만나 왔다는 사실을 알고 있다. 화이트 위원회의 기록에 나와 있는 사실이다. 우리가 모르는 사실은 그들의 계획이 완벽하고 결정적인 것이었는지, 아니면 그들이 단지 충동으로 그 일을 추진했는지 하는 것이다……

"시간이 됐니?" 그녀가 어둠 속에서 물었다.

그가 시계를 보았다. "아니."

마룻바닥을 통해 희미하게 레이 프라이스의 「그녀는 성자인 게 틀림없어」를 연주하는 주크박스의 쿵쿵 하는 음향이 들려왔다. 크리스는 카발리에가, 자신이 2년 전 처음 이곳에 오면서 위조 신분증을 사용한 이후로 그들에 대한 기록을 바꾸지 않았다는 데 생각이 미쳤다. 물론 그때는 샘 드보의 특실이 아니라 바를 이용했지만.

빌리의 담뱃불이 어둠 속에서 마치 심기가 불편한 악마의 눈처럼 이따금 깜박거렸다. 그녀는 생각에 잠긴 눈으로 그것을 지켜보았다. 빌리가 건달 친구들과 함께, 캐리 화이트가 정말로 토미 로스와 무도회에 참가할 경우 그녀를 손보는 데 거들기로 약속했던 지난 월요일까지 그녀는 그와 함께 잠을 자 주지 않았다. 그들은 전에도 이곳에 와서 뜨거운 애무를 나눈 적이 있었다. 크리스는 그것을 스코틀랜드식 사랑이라고 여겼고, 비어(卑語)를 구사하는 무한한 능력의 소유자인 빌리라면 그것을 '헛방아질'이라고 불렀을 것이다.

크리스는 원래 그가 실제로 뭔가를 '하기' 전까지는 그를 기다리게 할 작정이었으나

(하지만 물론 그는 했다 그에겐 정열이 있었다)

그 모든 일이 그녀의 손에서 빠져나가기 시작했으며, 그래서 기분이 언짢았다. 만일 월요일에 자발적으로 굴복하지 않았다면 그가 강제로 그녀를 범했을 터였다.

빌리가 그녀의 첫사랑은 아니었지만, 그녀가 마음대로 부리고 어를 수 없는 첫 번째 남자라는 것은 사실이다. 그녀가 빌리 이전에 만났던 남자애들은 여드름도 나지 않은 말끔한 얼굴에 연줄과

컨트리클럽 회원권을 가진 부모를 둔 똑똑한 인형들이었다. 그 애들은 자기 것으로 폭스바겐이나 재벌린, 다지 차저를 몰고 다녔다. 그리고 매사추세츠나 보스턴 대학에 진학했다. 그 애들은 가을에는 대학 사교 클럽의 윈드브레이커를, 여름에는 밝은 줄무늬가 들어간 머슬티를 입었다. 마리화나를 피워 대고, 마약에 취했을 때 자기들에게 벌어진 우스꽝스러운 일들을 이야기했다. 처음에 그들은 생색내는 우정을 베풀다가(어차피 여고생은 아무리 미모가 뛰어나더라도 동네 야구 수준이게 마련이니) 언제나 개처럼 욕정에 사로잡혀 헐떡거리며 꽁무니를 쫓아다니곤 했다. 그녀는 그 애들을 충분히 끌고 다닌 다음에야 대개의 경우 함께 잠자리에 들도록 허락해 주었다. 그녀는 일이 끝날 때까지 거들거나 방해하지 않고 수동적으로 누워 있곤 했다. 그랬다가 나중에 그때 일을 폐쇄 회로 영상처럼 머릿속에 떠올리면서 혼자 절정을 맛보았다.

그녀가 빌리 놀런을 만난 것은 포틀랜드의 한 아파트에서 마약 단속에 걸린 뒤였다. 그날 저녁 크리스의 데이트 상대를 포함해서 네 아이가 마약 소지 혐의로 체포되었다. 크리스와 나머지 여학생들은 현장에 있었던 혐의였다. 그 사건을 조용하고도 능률적으로 처리한 그녀의 아버지는, 딸이 마약 혐의로 체포되면 자기의 체면과 변호사 일이 어떤 영향을 받을지 알기나 하느냐고 물었다. 그녀가 아버지에게 어떤 일이 일어나도 그런 것에 영향이 있을 것이라고는 생각지 않는다고 대꾸하자 아버지는 그녀의 자동차를 빼앗았다.

그로부터 일주일이 지난 어느 날 오후 그녀는 방과 후 집까지 태워다 주마고 한 빌리의 제의를 받아들였다.

아이들은 빌리를 '화이트삭스* 맨' 또는 '기계공 척'이라고 불렀다. 하지만 그의 어떤 점인가가 그녀를 자극했는데, 간음의(그러나 동시에 흥분과 짜릿한 쾌감을 불러일으키는) 침상에 나른하게 누워 있는 지금 그녀는 자신을 자극했던 것이 그의 자동차였을지도 모른다고 생각했다. 적어도 처음에는 그랬다.

그것은 그녀의 사교 클럽 데이트 상대들이 몰고 다니던 품질 보증이 된, 아무 개성 없는 차들과는 거리가 멀어도 한참 멀었다. 그런 차들은 창틈으로 바람이 새지 않았고 접이식 핸들이 달렸으며 비닐을 씌운 의자 덮개와 앞 유리창 세척액의 불쾌한 냄새가 희미하게 풍겼다.

빌리가 가진 차는 낡고 음산해서 불길해 보이기까지 했다. 앞 유리창은 흡사 백내장이 끼기 시작한 것처럼 가장자리가 젖빛으로 흐렸다. 의자는 엉성한 데다 제대로 고정되어 있지도 않았다. 뒷좌석에서는 맥주병들이 딸깍거리며 굴러다녔고(사교 클럽 데이트 상대들은 버드와이저를 마셨지만 빌리와 그의 친구들은 라인골드를 마셨다.), 발을 놓을 곳이라고는 뚜껑도 달려 있지 않고 기름이 덕지덕지 묻어 있는 커다란 크래프츠맨 연장통 언저리뿐이었다. 그 안에 든 연장들은 제조사가 제각기여서 대부분은 훔쳐 온 물건들처럼 보였다. 차에서는 오일과 휘발유 냄새가 풍겼다. 배기관에서 나는 소리는 얇은 바닥판을 통해 요란하고도 유쾌하게 들려왔다. 계기반 아래로 죽 늘어선 문자반에는 전류와 유압, 태코미터(그게 뭔지는 모르겠지만) 따위가 기록되었다. 뒷바퀴는 들어 올리고 엔진 뚜껑은 길바

---

* 시카고에 본거지를 둔 프로 야구 팀.

닥을 향한 듯이 보였다.

그리고 물론 빌리는 고속으로 차를 몰았다.

그 차에 세 번째로 탄 날, 닳을 대로 닳은 앞바퀴 하나가 시속 100킬로미터를 견디지 못하고 터져 버렸다. 자동차는 날카로운 소리와 함께 미끄러지고 그녀는 문득 자신이 죽을 것이라는 확신에 큰 소리로 비명을 질렀다. 온통 부서지고 피로 범벅이 된 채 전신주 밑에 넝마 뭉치처럼 박혀 있는 자신의 시체가 신문 사진처럼 눈앞을 스쳤다. 빌리는 욕설을 내뱉으며 털을 감은 핸들을 좌우로 홱홱 움직였다.

차는 왼쪽 갓길에 멈춰 섰다. 금방이라도 쓰러질 것처럼 차 밖으로 기어 나온 그녀는 고무 탄 자국이 남긴 200미터나 되는 구불구불한 선을 보았다.

빌리는 벌써 투덜거리며 트렁크를 열고 정비용 잭을 꺼내고 있었다. 그는 아주 멀쩡해 보였다.

어느새 입에 담배를 문 그가 크리스 곁을 지나치며 말했다. "어이, 거기 있는 연장통 좀 가져와."

그녀는 경악했다. 그녀는 뭍으로 끌어올린 물고기처럼 두어 번 입을 뻐끔대다가 겨우 이런 말을 내뱉을 수 있었다. "난…… 싫어! 넌…… 넌…… 미친놈이야! 게다가 연장통은 더럽다고!"

그가 고개를 돌리고 무표정한 눈으로 쳐다보았다. "가져와. 그러지 않으면 내일 밤 권투 시합에 데려가지 않을 거야."

"난 권투 시합 같은 건 싫어!" 그녀는 권투 시합을 싫어해 본 적은 없지만 분노와 모욕감 때문에 되는대로 말했다. 사교 클럽 친구들이 데려가 줬던 록 콘서트도 마음에 들지 않았더랬다. 언제나 끝날 때면 몇 주 동안 씻지 않은 어떤 놈팡이 곁에 앉게 되곤 했던 것이다.

빌리는 어깨를 으쓱해 보이더니 차 앞으로 가서 잭으로 차체를 들어 올리기 시작했다.

크리스는 새로 산 스웨터에 기름을 잔뜩 묻혀 가며 연장통을 가져왔다. 빌리는 고개도 돌리지 않고 끙끙거렸다. 그의 티셔츠 자락이 청바지 밖으로 비어져 나왔고 그 바람에 드러난 맨살은 매끄럽고 볕에 그을리고 근육질이어서 생기에 넘쳐 보였다. 그 광경에 매혹된 그녀는 자신도 모르게 입맛을 다셨다. 그녀는 그를 도와 양손을 시커멓게 더럽히며 한쪽 바퀴를 떼어 냈다. 잭에 받쳐 놓은 자동차는 불안할 정도로 흔들렸고, 스페어타이어는 두 군데나 땜질한 것이었다.

작업이 끝나자 그녀는 차에 탔는데, 입고 있던 스웨터와 값비싼 빨간 치마 양쪽 모두 기름 얼룩이 잔뜩 묻어 있었다.

"너 말이야……." 빌리가 차에 타자 그녀가 입을 열었다.

그 순간 그가 좌석을 가로질러 그녀에게 입 맞추며 두 손으로 무지막지하게 그녀의 허리와 가슴을 더듬었다. 그의 숨결에서는 담배 냄새가 났고, 브릴 크림*과 땀 냄새도 풍겼다. 겨우 그의 행동을 제지하고 자신을 내려다본 그녀는 숨을 몰아쉬었다. 스웨터에는 이제 도로 흙먼지까지 얼룩져 있었다. 조던 마시 백화점에서 27달러 50센트나 주고 산 옷이 이제 쓰레기통에나 들어가야 할 것 같

---

* 헤어 크림의 일종.

왔다. 그녀는 거의 고통스러울 정도로 격한 흥분에 사로잡혔다.

"옷이 더러워진 걸 어떻게 설명할 건데?" 빌리가 물으면서 다시 입을 맞추었다. 그가 싱글거리는 것이 입을 통해 느껴졌다.

"날 만져." 그녀가 그의 귀에 대고 속삭였다. "내 온몸을 만져. 나를 더럽혀 줘."

그는 그녀의 말대로 했다. 나일론 스타킹 한 짝이 벌린 입처럼 갈라졌다. 그렇지 않아도 짧은 치마는 거칠게 허리까지 밀려 올라갔다. 그는 전혀 아무 기교도 없이 탐욕스럽게 그녀의 몸을 더듬었다. 그리고 뭔가가 그녀를 급격한 오르가즘에 빠져들게 했다. 어쩌면 자신이 방금 죽을 뻔했다는 사실 때문인지도 몰랐다. 결국 그녀는 그와 함께 권투 시합에 갔다.

"8시 15분이야." 그가 침대에 일어나 앉았다. 그러고는 불을 켜고 옷을 입기 시작했다. 그의 몸은 여전히 매혹적이었다. 그녀는 지난 월요일 밤을, 그때 있었던 일을 생각했다. 그가…….

(안 돼)

그 일에 대해서는 나중에 생각할 시간이 충분할 것이다. 불필요한 자극에 쓰는 것 말고도 유용한 뭔가가 있을 것이다. 그녀는 침대 아래로 다리를 끌어내리고 망사처럼 얇은 팬티를 입었다.

"좋지 않은 생각일지도 몰라." 지금 그에 대해 얘기하는 것인지 자신에 대해 얘기하는 것인지 불확실한 채 그녀가 말했다. "아무래도 그냥 다시 침대 속으로 들어가는 게……."

"좋은 생각 맞아." 그의 얼굴에 희미한 웃음기가 스쳤다. "돼지한테는 돼지 피가 제격이지."

"뭐라고?"

"아무것도 아냐. 자, 어서 옷을 입어."

그녀는 옷을 입었다. 뒷계단을 통해 그곳을 나올 때 그녀는 뱃속에서 마치 밤에 꽃 피는 육식 덩굴처럼 거대한 흥분이 피어오르는 느낌을 받았다.

『내 이름은 수전 스넬』, 45쪽에서 인용:

그런데 나는 사람들이 그럴 것이라고 생각하는 것처럼 그 사건 전부에 대해 미안하게 여기고 있지는 않다. 그렇다고 사람들이 그런 얘기를 솔직하게 하는 것은 아니다. '그들'은 바로 언제나 정말 유감이라고 말하는 사람들이다. 그러고 나서는 내 자필 서명을 부탁한다. 하지만 그들은 상대방이 미안해하리라고 생각한다. 상대방이 눈물을 흘리고 상복을 입고 술을 많이 마시거나 약을 먹을 것이라고 여긴다. 그러고는 이런 말을 늘어놓는다. "오, 정말 유감스러운 일이에요. 하지만 그녀한테 일어난 일은 아시잖아요……."
등등.

그러나 미안하다는 말은 감정의 진정제일 뿐이다. 그것은 커피를 엎지르거나 단체전을 벌일 때 볼링공을 홈에 떨어뜨렸을 때나 하는 말이다. 진정한 슬픔은 진정한 사랑만큼이나 희귀하다. 나는 토미가 죽은 사실을 더 이상 유감스럽게 여기지 않는다. 토미는 내가 한때 꾸었던 백일몽 같은 존재처럼 여겨진다. 잔인한 말이라고 여길지 모르지만, 무도회가 열린 그날 밤 이후로 정말이지 많은 세월이 지났다. 그리고 나는 화이트 위원회에 출두한 사실을 후회하지 않는다. 나는 진실을 말했다. 내가 아는 한에서는.

그러나 캐리에게는 정말 미안하다.

사람들은 그 애를 잊었다. 사람들은 캐리를 어떤 상징물로 만들고는 그 애가 지금 이 글을 읽는 여러분만큼이나 희망과 꿈 등등을 가진 인간이었다는 사실을 잊어버렸다. 아마도 그런 것은 말할 필요도 없는 일일 것이다. 이제 그 애를 뉴스로부터 인간으로 되돌릴 길은 없다. 하지만 그 애는 인간이었고 상처를 입었다. 아마도 우리가 아는 것 이상으로 상처를 입었을 것이다.

나는 유감스러운 한편, 그 무도회가 그 애에게 즐거웠기를 바란다. 그 공포의 사건이 시작되기 전까지 그것이 즐겁고 멋지고 놀랍고 마술 같은 것이었기를…….

토미는 학교 신관 곁 주차장에 차를 세우고 잠시 공회전을 한 채 놔두었다가 시동을 껐다. 캐리는 맨살에 어깨 두르개를 두른 채 옆 좌석에 앉아 있었다. 그녀는 문득 자신이 뭔가 의도가 감추어진 꿈속에 살고 있는 듯한 기분이 들었고, 이제 막 그 사실에 생각이 미쳤다. 어떻게 이런 짓을 할 수 있었을까? 그녀는 엄마만 혼자 놔두고 왔던 것이다.

"불안하니?" 토미의 질문에 그녀는 화들짝 놀랐다.

"응."

그는 웃으며 차에서 내렸다. 그녀가 막 문을 열려고 했을 때 토미가 문을 열어 주었다. "불안해할 것 없어. 넌 갈라테아* 같구나."

"누구?"

"갈라테아 말이야. 에버스 선생님 수업 때 알았지. 갈라테아는 하녀에서 아름다운 여인으로 변신했는데 아무도 그녀가 누군지 알아보지도 못했거든."

캐리는 그 말을 잠시 생각해 보다가 이윽고 이렇게 말했다. "난 아이들이 내가 누군지 알아보았으면 해."

"네 탓이 아냐. 자, 어서 가자."

조지 도슨과 프리다 제이슨이 콜라 자판기 옆에 서 있었다. 프리다는 적황색 튈** 혼합물을 입고 있어 조그만 튜바처럼 보였다. 도나 티보두는 데이비드 브래큰과 함께 문 앞에서 티켓을 받고 있었다. 두 아이 모두 전국 명예 협회*** 회원으로 지어 선생의 비밀 경찰인 셈이었는데, 학교의 상징 색인 하얀 슬랙스와 빨간 블레이저 차림을 하고 있었다. 티나 블레이크와 노마 왓슨은 프로그램을 나눠 주면서 참석자들을 도표에 따라 좌석으로 안내하고 있었다. 두 아이 모두 까만색 차림이었다. 캐리는 그들이 자신들을 아주 세련되었다고 여길지 몰라도 그녀가 보기에는 오래된 갱 영화에 나오는 담배팔이 소녀들처럼 보인다고 생각했다.

아이들이 들어서는 토미와 캐리를 일제히 쳐다보았다. 한순간 경직되고 어색한 침묵이 흘렀다. 캐리는 입술을 축이고 싶은 충동

---

*　키프로스 왕 피그말리온이 상아로 만든 여성 조각상.
**　그물 모양의 얇은 명주천.
***　공립 고등학교에서 선발된 우수 학생 협회.

을 가까스로 억눌렀다. 그때 조지 도슨이 말했다.

"멍청이 로스, 넌 좀 괴상해 보이는데."

토미가 미소 지었다. "이 토인아, 넌 언제 나무 위에서 내려왔지?"

도슨이 주먹을 치켜들고 앞으로 나섰다. 한순간 캐리는 몸이 얼어붙는 공포감을 느꼈다. 잔뜩 긴장한 그녀는 하마터면 조지를 로비 저편으로 집어 던질 뻔했다. 다음 순간 그것이 아이들이 좋아하는 익숙한 놀이라는 사실을 깨달았다.

두 아이는 으르렁대며 스파링하듯 주먹을 들이댔다. 갈빗대를 두 대 호되게 얻어맞은 조지가 달려들며 소리쳤다. "베트콩 잡아라! 떼놈을 없애라! 덤벼라, 못된 놈아!" 그러자 토미가 웃으며 방어 자세를 풀었다.

"저런 일에 신경 쓰지 마." 프리다가 종이칼 같은 코를 쑥 내밀며 다가왔다. "저 애들이 서로 죽인다면 내가 너랑 춤을 추겠다."

"너무 멍청해서 죽이지도 못할 것 같아." 캐리가 대담하게 대꾸했다. "공룡들 같아." 프리다가 씩 웃자 캐리는 문득 아주 오래고 녹슨 뭔가가 마음속에서 풀어지는 느낌이 들었다. 거기에는 온기도 있었다. 안도감. 편안함.

"그런데 그 드레스는 어디서 산 거니? 마음에 드는데."

"내가 만든 거야."

"만들었다고?" 프리다의 눈에는 꾸밈없는 놀라움이 담겨 있었다. "설마!"

캐리는 얼굴이 빨개지는 느낌이었다. "응, 내가 만든 거야…….

난 바느질을 좋아하거든. 웨스트오버의 존스 상점에서 천을 샀어. 아주 쉬운 패턴인걸 뭐."

"어서 가자." 조지가 그들 모두에게 말했다. "이제 곧 밴드가 연주를 시작할 거야." 그는 눈을 굴리더니 경쾌한 동작으로 비꼬기라도 하듯 버캔윙*을 추며 걸어갔다. "바입스, 바입스, 바입스. 우리 애들은 흔들리는 범퍼가 좋다네."

그들은 안으로 들어갔다. 조지는 '멋쟁이' 바비 피켓 흉내를 내느라 잔뜩 과장된 표정을 짓고 있었고 캐리는 프리다에게 드레스에 대해 이야기해 주고 있었으며 토미는 주머니에 양손을 찌른 채 싱글거렸다. 수라면 야회복 주름이 망가졌다고 말하겠지만 그래도 멋있어 보였다. 지금까지는 괜찮았다.

그와 조지와 프리다는 그로부터 두 시간도 채 지나지 않아서 죽었다.

『폭발한 그림자』, 132쪽에서 인용:

이 모든 사건의 계기가 무대 위쪽 들보에 있던 돼지 피 두 통이라는 화이트 위원회의 입장은 아무리 구체적인 증거가 부족한 상황이라 해도 지나치게 설득력이 없고 우유부단해 보인다. 만일 놀런의 가까운 친구들이 했다는 증언을 믿는다면(솔직히 그들은 상대를 납득시킬 만한 거짓말을 할 만큼 똑똑해 보이지는 않는다.), 놀런이

---

* 복잡하고 빠른 탭 댄스.

크리스 하겐슨의 손에서 음모의 이 부분을 떠맡아 오로지 자신의 독창력에 의거하여 행동했다는 결론이 된다……

그는 운전할 때 말을 하지 않았다. 그는 차를 모는 일을 좋아했다. 운전은 그에게 그 어떤 것도, 심지어 성교와도 비교할 수 없는 힘을 느끼게 해 주었다.

도로는 눈앞에 흑백사진처럼 펼쳐지고, 시속 110킬로미터를 막 넘기면서 속도계 바늘이 진동했다. 빌리는 콩가루 집안에서 자랐다. 아버지는 빌리가 열두 살 때 운영이 힘들어진 주유소 사업에 실패한 뒤 집을 나갔고 어머니는 지금까지만 모두 네 명의 남자 친구와 사귀었다. 현재는 브루시가 애인이었다. 브루시는 술꾼이었다. 엄마 역시 추하게 나이 먹어 가고 있었다.

그러나 자동차는 달랐다. 차는 그 자체의 신비로운 에너지로 그에게 힘과 영광을 안겨 주었다. 차는 그를 중요한 인물, 초자연적인 힘을 지닌 사람으로 만들어 주었다. 그가 대개의 경우 뒷좌석에서 여자애들과 섹스를 한 것은 우연이 아니었다. 차는 그의 노예이고 신이었다. 그것은 뭔가를 주기도 하고 어딘가로 훌쩍 떠나게 해줄 수도 있었다. 빌리는 여러 번 훌쩍 뜨는 데 차를 이용했다. 엄마와 브루시가 싸우는 길고도 잠 오지 않는 밤이면 빌리는 팝콘을 튀겨서 길 잃은 개들을 찾아 나섰다. 어떤 날 아침에는 시동을 걸지 않은 채 앞 범퍼에 피가 묻은 차를 집 뒤에 설치한 차고 속으로 밀어 넣기도 했다.

크리스는 이제 그의 습관을 잘 알고 있었기 때문에 군이 대화를 하려고 하지 않았으며, 어쨌든 말을 건다 해도 묵살되고 말았을 것이다. 그녀는 한쪽 다리를 깔고 앉은 자세로 옆에 앉아 손가락 관절을 잘근거렸다. 302번 도로를 지나는 차량의 불빛이 그녀의 머리카락에 부드럽게 반사하며 은빛 줄무늬를 만들었다.

그는 그녀가 얼마나 더 버틸지 궁금했다. 아마 오늘 밤이 지나면 오래 걸릴 일도 없을 것이다. 어떻게 된 것인지는 몰라도 처음부터 두 사람의 관계는 오늘 밤을 위해 이어져 온 것처럼 보였다. 그 일이 끝나면 그들을 한데 묶어 놓았던 접착제는 묽어지다 녹아 버릴지도 모른다. 그러고는 그런 관계가 애초에 어떻게 해서 시작될 수 있었는지 의아하게 여길 것이다. 이제 더 이상은 그녀가 여신이 아니라 사교에 능한 흔해 빠진 계집애 정도로 보일 테고, 그러면 한동안은 그녀를 이리저리 데리고 돌아다닐 것이다. 아니, 어쩌면 꽤 여러 번. 한번 호된 맛을 보여 줘야 해.

그들은 브릭야드 힐을 올라갔다. 그곳 산 아래에 고등학교가 있었고, 주차장은 아이들이 몰고 나온 자기 아버지의 큼직하고 번쩍이는 차로 메워져 있었다. 그는 목구멍으로 혐오감과 증오심이 섞인 메스꺼움을 느꼈다. 우린 그들에게 뭔가를 줄 거야.

(잊지 못할 밤을)

그렇고말고. 우린 할 수 있어.

교실이 있는 건물은 불이 꺼지고 침묵에 잠겼으며 인적이 없었다. 로비에는 흔히 쓰이는 노란 등이 켜져 있었다. 그리고 체육관의 동쪽 측면에 나 있는 창유리들은 에테르 같아서 거의 환영처럼 보이는 부드러운 적황색으로 빛났다. 다시금 입안에 쓴맛이 감돌면서 돌을 던지고 싶은 충동이 살아났다.

"불빛이 보여, 파티장 불빛이." 빌리가 중얼거렸다.

"응?" 크리스가 자신만의 상념에서 벗어나 깜짝 놀라며 그를 쳐다보았다.

"아무것도 아냐." 빌리가 그녀의 목덜미를 어루만졌다. "네가 딴지를 걸도록 해 줄 수 있겠는데."

빌리가 혼자서 그 일을 한 것은, 아무도 믿을 수 없다는 사실을 너무나도 잘 알았기 때문이다. 그것은 힘든 교훈이었다. 학교에서 보다 훨씬 힘든 수업이었지만 빌리는 그 교훈을 제대로 익혔다. 전날 밤 함께 헨티의 집에 갔던 아이들은 그가 그 피를 가지고 뭘 하려는 것인지도 몰랐다. 그들은 이 일에 크리스가 관련되어 있을 것이라고 여길 테지만 확신하지는 못할 것이다.

그는 목요일 밤이 금요일 오전으로 바뀐 직후 학교로 차를 몰고 가서 그곳을 두 바퀴 돌면서 학교에 사람이 없다는 것과, 챔벌레인에 있는 경찰차 두 대가 모두 그 일대에 없다는 사실을 확인했다.

그러고는 헤드라이트를 끄고 주차장으로 진입한 다음 건물 뒤편으로 돌아갔다. 저 멀리 축구장이 엷은 땅안개에 싸여 희뿌옇게 보였다.

그는 트렁크를 열고 아이스박스 뚜껑을 열었다. 피는 딱딱하게 얼어 있었지만 상관없었다. 앞으로 스물두 시간이면 충분히 녹을 터였다.

들통을 땅에 내려놓고 나서 연장통에서 연장을 몇 가지 꺼냈다. 그것들을 뒷주머니에 꽂고 좌석에 놓여 있던 갈색 가방을 집어 들었다. 그 속에 든 스크루들이 부딪치는 소리를 냈다.

그는 서두르지 않고, 훼방할 사람이 없다는 것을 확신하는 사람처럼 작업에 집중했다. 무도회가 열릴 체육관은 강당으로도 쓰였으며, 그가 차를 주차해 놓은 쪽으로 나 있는 작은 창들은 무대 뒤편 창고로 통했다.

그는 주걱 끝처럼 생긴 납작한 연장을 골라 창틀 위아래 사이에 난 작은 이음매 속으로 밀어 넣었다. 그것은 멋진 연장이었다. 빌리 자신이 챔벌레인 철공소에서 직접 만든 것이었다. 연장을 슬쩍 비틀자 얼마 후 미끄럼식 걸쇠가 풀렸다. 그는 창을 밀어 올린 다음 안으로 들어갔다.

안은 몹시 어두웠다. 그 안에서는 연극반의 배경 캔버스 천에 칠한 오래된 페인트 냄새가 났다. 밴드부 연주대와 악기 케이스의 희끄무레한 그림자들이 사방에 보초처럼 늘어서 있었다. 다우너 선생의 피아노도 한쪽 구석에 있었다.

빌리는 자루에서 작은 손전등을 꺼내 들고 무대로 통하는 빨간 벨벳 휘장 사이로 들어섰다. 농구장 선이 그려져 있고 표면이 광택으로 번들거리는 체육관 바닥이 호박빛 호수처럼 흐릿하게 빛났다. 그는 손전등으로 무대 휘장 앞에 있는 앞무대를 비춰 보았다. 거기에는 누군가가 분필로, 이튿날 갖다 놓을 왕과 여왕의 옥좌 위치를 표시해 놓은 흐릿한 윤곽선이 그려져 있었다. 그 순간이 되면

앞쪽 무대에는 종이꽃이 흩날릴 터였다…… 무엇하러 그런 짓을 하는지는 모르겠지만.

그는 목을 빼고 손전등 불빛을 머리 위 어둠 속에 비춰 보았다. 머리 위에는 대들보가 거뭇하게 교차하고 있었다. 무도장 위쪽 들보들은 종이띠에 싸여 있었으나 앞무대 바로 위 들보는 장식되어 있지 않았다. 짤막한 가로닫이 막이 있어서 그 위에 있는 들보가 보이지 않는데, 체육관 쪽에서도 그쪽은 보이지 않았다. 가로닫이 막은 곤돌라 벽화를 비출 조명등도 감춰 주고 있었다.

빌리는 손전등을 끄고 앞무대 왼쪽 구석으로 걸어가 벽에 고정된 금속 사다리를 타고 올라갔다. 안전하게 셔츠 속에 쑤셔 넣은 갈색 자루에 든 내용물들이 텅 빈 체육관 안에서 이상하리만큼 공허하고도 즐거운 소리를 냈다.

사다리 끝에는 조그만 발판이 있었다. 이제 그 자리에서 앞무대 쪽을 보고 서자 왼쪽에는 무대 장치 설비들이, 오른쪽에는 체육관이 보였다. 무대 장치를 놓는 곳에는 연극반에서 사용하는 소품이 쌓여 있는데, 그 가운데 일부는 1920년대부터 쓰인 것이다. 포의 시 「까마귀」의 무대를 고대로 설정해서 각색한 연극에 쓰였던 팔라스 여신상이 녹슬어 가는 침대 스프링 위에서 허공에 뜬 것 같은 장님 눈으로 빌리를 빤히 응시하고 있었다. 바로 앞에는 강철 들보가 앞무대 위쪽으로 뻗어 있었다. 들보 밑에는 벽화를 비출 조명등이 볼트로 고정되어 있었다.

그는 들보 위로 걸음을 내디딘 후 쉽사리 두려워하지도 않고 배경막 위쪽으로 걸어 나갔다. 나지막하게 좋아하는 곡조를 콧노래로 부르면서. 들보는 2.5센티미터 두께로 먼지에 덮여 있어서 질질 끄는 그의 발자국이 길게 남았다. 그는 도중에서 걸음을 멈추고 무릎을 꿇은 자세로 아래를 내려다보았다.

됐어. 손전등을 비춰 바로 밑, 앞무대에 그려 놓은 분필 선을 알아볼 수 있었다. 그는 소리 없이 휘파람을 불었다.

(폭탄을 투하하는 거야)

그는 먼지 속에다 정확한 지점을 ×자로 표시한 후 들보 위를 걸어 받침대로 돌아왔다. 지금부터 무도회가 열릴 때까지 이곳에 올라올 사람은 없을 터였다. 벽화와, 왕과 여왕의 대관식이 치러질

(아무튼 머리에 뭔가를 뒤집어쓰게 되긴 할 거야)

앞무대를 비추는 조명은 무대 뒤편에서 조종하게 되어 있었다. 바로 밑에서 위를 올려다보는 사람이 있다 해도 조명등 때문에 아무것도 보지 못할 터였다. 그가 해 놓은 장치는, 누군가 뭔가를 찾으러 이곳까지 올라와야만 발각될 것이다. 하지만 그럴 사람은 없을 것이다. 그 정도의 위험은 그런대로 받아들일 만했다.

그는 갈색 자루를 열고 플레이텍스* 고무 장갑을 꺼내 낀 다음 어제 사 두었던 두 개의 작은 도르래 가운데 하나를 꺼냈다. 안전을 위해 일부러 루이스턴 철물점에서 구입했던 것이다. 그러고는 못 한 다발을 담배처럼 입에 물고 망치를 집어 들었다. 입에 못을 잔뜩 문 채 여전히 콧노래를 부르면서 그는 받침대 위쪽으로 30센티미터 떨어진 구석에 도르래를 깔끔하게 고정시켰다. 그리고 그 옆에다 구멍 뚫린 조그만 스크루를 박았다.

---

* 미국 생활 용품 전문 상표명.

그러고는 사다리를 내려가 무대 뒤편을 가로지른 다음 자신이 들어온 곳에서 그렇게 멀지 않은 곳에 있는 또 다른 사다리를 올라갔다. 그러자 잡동사니를 넣어 두는 다락방 비슷한 더그매가 나왔다. 이곳에는 오래된 연감, 좀먹은 운동복, 쥐가 쏠아 먹은 옛날 교과서 따위가 무더기로 쌓여 있었다.

왼쪽으로 손전등을 비추자 무대 장치 설비와 방금 자신이 설치한 도르래가 보였다. 오른쪽으로 몸을 돌리자 벽에 난 환기구를 통해 들어온 서늘한 밤바람이 얼굴에 와 닿았다. 그는 여전히 콧노래를 부르며 두 번째 도르래를 꺼내 고정시켰다.

그는 아래로 내려가 억지로 열었던 창 밖으로 기어 나온 다음 돼지 피가 담긴 들통 두 개를 집어 들었다. 그동안 작업하느라 반시간쯤 지났는데도 녹을 기미는 보이지 않았다. 그는 들통을 들고 창가로 돌아갔다. 그의 모습은 어둠 속에서 흡사 첫새벽에 우유를 짜서 돌아오는 농부처럼 보였다. 그는 들통들을 먼저 안에 들여놓고 나서 자신도 안으로 들어갔다.

통을 한 손에 하나씩 드니까 균형이 잡혀서 들보 위를 걷는 일이 한결 수월했다. 먼지 속에다 ×표를 해 놓은 곳에 이르자 통들을 내려놓고 앞무대의 분필 자국을 다시 한번 확인한 후 고개를 끄덕이고서 받침대 쪽으로 돌아갔다. 그는 조금 전 들통을 가지러 갔을 때 그것을 닦을까 했으나(거기에는 케니의 지문, 돈과 스티브의 지문도 남을 터였다.) 그러지 않기로 했다. 토요일 아침에 좀 놀라게 하지 뭐. 그렇게 생각하자 그의 입술이 기묘하게 구부러졌다.

자루 속에 남아 있는 물건은 황마를 꼬아 만든 끈타래였다. 그는 다시 들통 쪽으로 돌아가 잡아당기면 저절로 풀리는 풀매듭으로 손잡이를 묶었다. 그러고는 끈을 스크루와 드르래에 연결시켰다. 끈을 풀어 더그매 저쪽으로 던진 다음 그쪽 도르래에도 꿰었다. 그는 자신이 수십 년 묵은 먼지로 덮인 강당의 어둠 속에서 잿빛 고양이들이 헝클어진 머리 언저리를 돌아다니는 가운데 등을 잔뜩 웅크린 채 좀 더 나은 쥐덫을 발명하려는 루브 골드버그*처럼 보였다는 사실을 알았더라면 별로 유쾌하지는 않았을 것이다.

그는 환기구에서 가까운 나무상자 더미 위에다 늘어진 끈을 겹쳐 놓았다. 그러고는 마지막으로 내려와서 손에 묻은 먼지를 털었다. 이제 다 끝났다.

그는 창밖을 내다본 다음 꿈틀거리며 그곳을 빠져나와 쿵 소리를 내며 뛰어내렸다. 창을 닫고 자신이 만든 짧은 쇠지레를 들이밀고 최대한 걸쇠를 잠갔다. 그러고는 세워 놓은 차로 돌아갔다.

크리스는 토미 로스와 화이트 계집애가 그 들통 밑에 설 확률이 높다고 했다. 크리스는 친구들을 동원하여 소리 없이 그 일을 추진하고 있었다. 그렇게 된다면 좋을 것이다. 하지만 빌리에게는 다른 누구라도 마찬가지였다.

문득 그것이 크리스라도 상관없다는 생각이 들기 시작했다.

그는 차를 몰고 그 자리를 떠났다.

---

* 미국의 괴팍한 발명가.

『내 이름은 수전 스넬』, 48쪽에서 인용:

캐리는 무도회가 열리기 전날 토미를 만나러 갔다. 그녀는 토미가 수업을 듣는 교실 밖에서 기다리고 있었는데, 토미의 말에 따르면 마치 그가 그녀를 보면 귀찮게 따라다니며 괴롭히지 말라고 소리를 지르리라고 생각한 사람처럼 잔뜩 주눅 든 얼굴을 하고 있었다고 했다.

캐리는 아무리 늦어도 11시 30분까지는 집에 들어가야 하며, 그러지 않으면 엄마가 걱정할 것이라고 말했다. 그러고는 그의 시간이나 다른 어떤 것이나 망치고 싶지는 않지만, 엄마를 걱정시키는 것도 옳지 않다고 했다.

토미는 파티가 끝나면 켈리 프루트에 가서 루트 비어와 햄버거를 먹자고 제의했다. 아이들은 모두 웨스트오버나 루이스턴에 갈 테니 그곳은 조용할 것이라고도 했다. 그 말에 캐리의 얼굴이 밝아졌다고 했다. 자기도 그건 좋다고 말했다. 마음에 든다고.

바로 이것이 사람들이 괴물이라고 부르는 소녀의 진면목이다. 여러분은 그 점을 잊지 말기 바란다. 그녀는 자기 엄마가 걱정할까 봐 단 한 번뿐인 무도회가 끝나고 나서 햄버거와 10센트짜리 루트 비어 한 잔으로 만족할 수도 있던 소녀였던 것이다……

그들이 안에 들어갔을 때 캐리의 머리에 맨 먼저 떠오른 것은 '황홀하다'는 말이었다. 그저 멋진 것이 아니라 황홀했다. 아름다운 소녀들이 시폰과 레이스, 명주, 공단 천으로 된 드레스를 입고 사방에서 와삭와삭 옷 스치는 소리를 내며 돌아다니고 있었다. 공기 중에는 꽃향기로 된 향수 냄새가 감돌았으며, 새로운 향기가 끊임없이 코를 자극했다. 여자애들은 등이 깊게 패고 가슴골이 훤히 들여다보이도록 깊게 팬 보디스에 엠파이어 웨이스트* 드레스 차림을 하고 있었다. 모두들 자락이 긴 치마에 펌프스를 신었다. 남학생들은 눈부시도록 하얀 야회복에 넓은 허리띠 장식, 침으로 광택을 낸 까만 구두 차림이었다.

무도장에는 아직 아이들이 많지 않았으며, 부드럽게 감도는 어둠 속에 선 그들의 모습은 흡사 실체 없는 유령들처럼 보였다. 캐리는 그 애들을 자신의 급우라고 여기고 싶지 않았다. 차라리 아름다운 이방인들이었으면 좋았으리라고 생각했다.

그때 토미가 그녀의 팔꿈치를 잡고 말했다. "벽화가 멋있는데."

"응." 그녀가 들릴락 말락 한 소리로 대꾸했다.

적황색 스포트라이트를 받아 부드럽고 어둑한 빛에 싸인 벽화에는 영원한 나태에 잠긴 채 노 자루에 몸을 기대고 있는 사공과, 그의 주위에서 이글거리는 황혼, 도시를 가로지르는 운하 위로 음모를 꾸미듯 몰려 있는 빌딩들이 그려져 있었다. 그녀는 갑작스러운 안도감과 함께, 지금 이 순간이 언제까지나 그녀와 함께하리라는 것, 언제든 손쉽게 기억 속에서 꺼낼 수 있게 되리라는 사실을 깨달았다.

다른 아이들도 그것을 느꼈을지 의심스러웠다. 그들은 온갖 것

---

* 허리가 위로 올라붙은 스타일.

을 다 경험한 애들이었으니까. 그러나 조지조차도 벽화를 보고는 한순간 말을 잃었다. 그 장면, 그곳에서 풍기는 냄새, 심지어 어렴풋이 기억에 있는 영화 주제가를 연주하는 밴드의 연주 소리까지 영원토록 그녀의 기억에 아로새겨졌다. 그녀는 마음이 편했다. 그녀의 영혼은 마치 다림질로 구겨진 부분이 매끄럽게 펴지는 것처럼 한순간 평온을 느꼈다.

"바이이입스." 조지가 갑자기 소리를 지르더니 프리다를 무도장 위로 끌고 나갔다. 그가 저 옛날 빅밴드 음악**을 흉내 내며 춤추기 시작하자 누군가가 야유를 보냈다. 조지는 야유를 흉내 내고 그쪽을 짓궂게 노려보고는 팔짱을 낀 채 코사크 스텝을 밟으려다 하마터면 엉덩방아를 찧을 뻔했다.

캐리가 미소 지었다. "조지는 재미있어."

"그래. 좋은 친구지. 좋은 애들이 많아. 자리에 앉을래?"

"응." 그녀가 기분 좋게 대답했다.

토미가 문으로 가더니 노마 왓슨을 데리고 돌아왔다. 그녀는 파티에 참석하느라 잔뜩 부풀린 머리를 하고 있었다.

"자리는 저쪽에 있어." 그녀는 겉으로 드러난 끈이라든가 새로 나온 여드름처럼 볼일이 끝나고 입구로 돌아갔을 때 가져갈 만한 뉴스 거리를 찾기라도 하듯 밝은 쥐색 눈으로 캐리를 샅샅이 훑어보았다. "정말 멋진 드레스구나, 캐리. 대체 어디서 산 거니?"

캐리는 노마가 무도장을 돌아 두 사람을 탁자로 안내하는 동안 그녀에게 말해 주었다. 그녀에게서는 에이번 비누와 울워스 향수,

---

** 1940년대 전후의 댄스 음악.

주시 프루트 껌 냄새가 풍겼다.

탁자에는 접의자 두 개가 있었고(어쩔 수 없이 탁자 역시 종이띠로 만든 고리 장식과 리본으로 덮여 있었다.), 탁자 자체는 학교의 상징 색을 띤 종이띠로 장식되어 있었다. 탁자 위에는 술병에 꽂은 양초와 댄스 프로그램, 금박을 입힌 작은 연필 한 자루, 그리고 파티 선물로 '플랜터스 믹스드 너트'를 가득 넣은 곤돌라 모양의 사탕 그릇 두 개가 놓여 있었다.

"도저히 이해가 안 돼." 노마가 말했다. "넌 정말 달라 보이는걸." 노마는 캐리의 얼굴에 엿보는 것 같은 이상한 눈길을 던졌다. 캐리는 그 시선이 불안했다. "넌 정말로 '불타는' 것처럼 보여. 대체 비결이 뭐니?"

"난 돈 매클린*의 숨겨 둔 애인이거든." 캐리가 말했다. 그 말에 토미가 킬킬거리다가 얼른 웃음을 지웠다. 한순간 노마의 얼굴에서 미소가 사라졌다. 캐리는 자신의 재치와 대담성에 놀랐다. 놀람받을 때 짓는 표정이 바로 저것이구나. 마치 엉덩이에 벌침을 맞은 것 같은 표정 말이야. 캐리는 자신도 모르게 노마의 그런 표정이 마음에 들었다. 그것은 분명 기독교 정신에 어긋나는 일이었다.

"난 이제 가 봐야 해. 파티가 정말 재미있지 않겠어, 토미?" 노마의 미소는 공감을 구하는 것이었다. '정말 짜릿하지 않겠니, 만약 어떤 재미있는 장난이 벌어진다면……?'이라고 하듯이.

"난 다리 사이로 식은땀이 흐르는걸." 토미가 정색을 하고 대꾸했다.

---

* 1970년 데뷔한 작곡·작사가 겸 가수.

노마는 좀 어리둥절한 미소를 지으며 자리를 떴다. 사태가 예정했던 대로 돌아가지 않은 것이다. 캐리의 경우 어떤 사태가 당연히 벌어질 것인지에 대해서는 모르는 사람이 없었다. 토미가 다시 킬킬거리며 웃었다. "춤출래?" 그가 물었다.

캐리는 춤을 추는 법도 몰랐지만 아직은 그 사실을 실토할 마음의 준비가 돼 있지 않았다. "우선 자리에 좀 앉자."

그가 의자를 끌어내고 있을 때 초를 본 캐리가 토미에게 불을 붙여 달라고 했다. 그는 그녀가 해 달라는 대로 했다. 두 사람의 시선이 촛불 너머에서 마주쳤다. 그가 손을 뻗어 그녀의 손을 잡았다. 밴드는 연주를 계속했다.

『폭발한 그림자』, 133~134쪽에서 인용:

아마 캐리 자신에 대한 주제가 좀 더 학문적으로 다루어질 경우 언젠가 캐리의 어머니에 대한 철저한 연구가 수행될 것이다. 브리검 가계에 접근할 방법만 있다면 필자라도 그 연구를 시도해 볼 수 있다. 두세 세대를 거슬러 올라가면 혹시라도 어떤 이상한 사건과 마주칠지 모른다는 것은 실로 흥미진진한 일이 아닐 수 없다……

그리고 물론, 무도회가 열린 그날 밤 캐리가 집에 갔다는 보도가 있다. 어째서 그랬을까? 그 시점에서는 캐리의 동기가 얼마만큼 분별 있는 것인지 확인할 길이 없다. 사죄와 용서를 빌기 위해서였

을 수도 있고, 아니면 모친 살해라는 분명한 목적 때문에 그랬을
지도 모를 일이다. 어쨌든 확인할 수 있는 증거들을 볼 때, 마거릿
화이트는 그 일을 기다리고 있었던 것 같다…….

집 안은 쥐 죽은 듯이 고요했다.

그 애는 갔다.

밤중에.

가 버린 것이다.

마거릿 화이트는 딸의 침실에서 거실로 천천히 걸음을 옮겼다.
먼저 피가 흘렀고 악마가 피와 함께 보낸 더러운 환상이 엄습했다.
그다음에 악마가 그 애한테 부여한 저 소름 끼치는 능력. 그 능력은
피가 났을 때, 그리고 물론 몸에 털이 생겼을 때에도 나타났다. 그
녀는 그 악마의 능력이 어떤 것인지 잘 알고 있었다. 자신의 할머니
에게도 그런 능력이 있었다. 할머니는 창가에 놓인 흔들의자에 앉
은 채 벽난로에 불을 지필 수 있었다. 그럴 때면 할머니의 눈은

(결코 마녀를 살려 둬서는 안 되느니라)

마녀의 눈빛으로 이글거렸다. 그리고 저녁을 먹을 때면 식탁에
놓인 설탕 단지가 흡사 예배드리는 이슬람 수도자처럼 미친 듯이
빙글빙글 돌기도 했다. 그럴 때마다 할머니는 미친 듯이 깔깔거리
고 입가로 침을 흘리며 사방에 온통 '사악한 눈'의 표지를 남겼다.
어떤 때는 복날 강아지처럼 헐떡거리기도 했다. 할머니가 고작 예
순두 살에 벌써 백치나 다름없이 노쇠해져서 심장마비로 세상을

떠났을 때 캐리는 아직 한 살도 채 되지 않았다. 마거릿이 할머니의 장례식을 마친 후 넉 주가 안 되어 침실에 가 보았더니 캐리가 아기 침대에 누운 채 머리 위 허공에 떠서 흔들리고 있는 병을 바라보며 깔깔거리고 있었다.

그때 마거릿은 하마터면 아이를 죽일 뻔했다. 랠프가 그녀를 말렸다.

그때 랠프가 말리도록 놔두지 말았어야 했다.

이제 마거릿 화이트는 거실 한복판에 서 있었다. 십자가상에 못 박힌 예수가 상처 입고 고통스럽고 책망하는 눈길로 그녀를 내려다보았다. 블랙 포리스트제 뻐꾸기시계가 똑딱거렸다. 8시 10분이었다.

그녀는 캐리의 몸속에서 작용하는 '악마의 힘'을 느낄 수 있었다. 실제로 만지는 것처럼 뚜렷하게 느낄 수 있었다. 조그만 손가락으로 간질거리면서 악마처럼 들어 올렸다가 잡아당기는 느낌이 몸 위를 스멀스멀 기어 다녔다. 그녀는 세 살 된 캐리가 이웃집 마당에서 악마의 매춘부로부터 죄악을 보고 있던 장면을 목격했을 때 자신의 의무를 이행하려고 했다. 그때 돌멩이들이 쏟아지는 바람에 굴복할 수밖에 없었다. 그리고 13년이 지난 이제 그 힘이 다시 살아난 것이다. 하느님은 조롱받을 대상이 아니다.

처음엔 피가, 그다음엔 마력이,

(그 이름이 드러난 거야 핏속에 그 이름이 드러난 거야)

그리고 이제 남자애와 춤이 찾아온 것이다. 그 애는 파티가 끝나면 캐리를 술집으로 데려갈 것이다. 주차장으로 데려가 뒷좌석에

밀어 넣고, 그러고는······

피, 생혈을 쏟게 만들겠지. 언제나 그 근원에는 피가 있었으니, 오로지 피만이 그 죄를 보상할 수 있을 터였다.

그녀는 육중한 팔뚝 때문에 팔꿈치에서 팔목까지가 짧아 보이는 몸집이 큰 여자였지만, 단단하고 힘줄이 불거진 목에 얹힌 머리는 놀랄 만큼 작았다. 한때는 아름다운 얼굴이었다. 섬뜩하고 광적인 의미에서는 여전히 아름답다고 할 수 있었다. 그러나 시선은 이상하고 어딘지 배회하는 듯했고, 상대방을 거부하면서도 이상하리만큼 나약해 보이는 입 주변에는 참혹할 정도로 깊은 주름이 패었다. 1년 전까지만 해도 거의 흑발이던 머리카락도 이제는 백발에 가까웠다.

죄악을, 사악하기 짝이 없는 죄악을 없애는 유일한 길은

(그 애는 희생되어야 해)

회개의 심장이 내뿜는 피로 적시는 수밖에 없었다. 하느님께서도 그것을 아시고 그 해답을 정확히 지적해 주셨다. 하느님께서는 아브라함에게 그의 아들 이삭을 산상으로 데려가라고 명령하시지 않았던가?

그녀는 낡고 볼품없는 슬리퍼를 끌며 부엌으로 가서 주방 용품을 넣어 두는 서랍을 열었다. 고기를 써는 데 쓰는 칼은 길고 날카롭고, 끝없이 숫돌에 갈아 대서 가운데가 무지개처럼 휘었다. 그녀는 개수대 곁 높은 걸상에 올라앉아 작은 알루미늄 칸에서 숫돌 조각을 찾아내어 저주받은 자의 저 냉담하고 확고한 집중력으로 번쩍이는 칼날을 숫돌에 문질렀다.

재깍거리던 뻐꾸기시계에서 뻐꾸기가 튀어나오더니 한 번 울었다. 8시 30분이었다.

그녀는 입속에 감도는 올리브 맛을 느꼈다.

79년도 졸업반 무도회
1979년 5월 27일

음악: 빌리 보스넌 밴드 / 조시와 월광(月光)

여흥

「카바레 쇼」─샌드라 스텐치필드의 배턴 돌리기

「500마일」 「레몬 트리」 「미스터 탬버린 맨」

존 스위든과 모린 코완의 포크송, 「더 스트리스 웨어 유 리브」

「레인드롭스 킵 폴링 온 마이 헤드」 「브리지 오버 트러블드 워터스」

유언 합창부

후원자

스티븐스 선생, 지어 선생, 러블린 선생 부부, 데스자딘 선생

대관식: 밤 10시

바로 '여러분'의 무도회입니다.

영원히 기억에 남을 파티로 만들어 주세요!

그가 세 번째로 춤을 청했을 때 캐리는 춤을 출 줄 모른다는 사실을 털어놓을 수밖에 없었다. 그녀는 록 밴드가 반시간짜리 연주를 이어받은 지금 마룻바닥에서 빙글빙글 도는 일이 어딘지 자신과 어울리지 않았고

(죄 받을 짓이야)

그렇다, 죄 받을 짓이라는 말을 덧붙이지는 않았다.

토미는 고개를 끄덕이고 미소를 지었다. 그는 몸을 앞으로 기울이더니 사실은 자기도 춤을 싫어한다고 말했다. 그저 여기저기 다니며 다른 탁자에 앉은 애들과 얘기 좀 해 볼까? 그 말에 불안감이 목구멍을 가득 메우며 올라왔지만 캐리는 고개를 끄덕였다. 그래, 좋을 것 같아. 그는 그녀를 배려하고 있었다. 그녀도 그를 배려해야만 한다.(그가 실제로 그것을 기대하지 않는다 해도.) 그것이 약속이었다. 그녀는 매혹적인 밤이 자신에게 엄습하는 것을 느꼈다. 그녀는 문득 아무도 자기 발을 걸거나 자신의 등에 '날 때려 줘'라는 비열한 쪽지를 붙이거나 신종 카네이션으로 얼굴에 물을 뿌리고는 깔깔거리며 달아나서 웃고 손가락질하며 야유를 퍼붓지 않을지도 모른다는 희망을 품었다.

그리고 만일 마법이 있다 해도 그것은 성스러운 것이 아니라 이교적인 것일 테고

(엄마가 하라는 대로 하지 않을 거야 나도 이제 컸다고)

그녀는 어쨌든 그 방식을 원했다.

"저것 좀 봐." 자리에서 일어나며 그가 말했다.

무대 담당을 맡은 두세 명의 아이들이 무대 옆에서 왕과 여왕의

옥좌를 끌어내고 있었고, 수위장인 라부아 씨가 그들에게 앞무대에 미리 표시해 놓은 자리를 손짓으로 가리켰다. 온통 눈부신 흰색 천에 싸이고 큼직한 종이 깃발만큼이나 보기 좋게 생화로 덮여 있어 흡사 아서 왕의 옥좌 같다고 생각했다.

"아름다워."

"아름다운 건 너야." 토미가 말했다. 그녀는 오늘 밤에는 나쁜 일이 일어날 수 없으리라는 확신이 들었으며, 어쩌면 두 사람은 무도회의 왕과 여왕으로 뽑힐지도 몰랐다. 그녀는 자신의 바보 같은 생각에 미소를 지었다.

9시였다.

"캐리?" 누군가 머뭇거리는 어조로 불렀다.

밴드와 무도장과 다른 탁자를 보느라 열중했던 그녀는 다가오는 사람을 보지 못했다. 토미는 과일 펀치를 가지러 간 뒤였다.

고개를 돌리자 데스자딘 선생이 있었다.

한순간 두 사람은 그저 상대방을 멀거니 쳐다보았으며, 그 일의 기억이 아무 말이나 생각 없이, 대화라도 하듯

(선생님은 나를 봤어 벌거벗은 채 비명을 지르며 온통 피투성이가 된 나를 봤어)

두 사람 사이를 오갔다. 그 기억은 눈 속에 들어 있었다.

이윽고 캐리가 수줍은 어조로 말했다. "아주 예뻐 보여요, 데스자딘 선생님."

정말 그랬다. 그녀는 어렴풋이 반짝이는 은색 드레스 차림을 하고 있어서 틀어 올린 금발과 완벽한 조화를 이루었다. 목에는 단순

한 모양의 펜던트를 늘어뜨렸다. 그녀는 이곳에 보호자가 아니라 참가자로 참석한 것처럼 보일 만큼 아주 젊어 보였다.

"고맙다." 그녀는 잠시 머뭇대다 장갑 낀 손을 캐리의 팔에 얹었다. "넌 아름다워." 한마디한마디 힘주어 말하듯이 독특한 어조였다.

다시 얼굴이 빨개진 캐리는 시선을 탁자로 떨구었다. "그런 말씀을 해 주시다니 정말 고마워요. 제가…… 그렇지 않다는 건 알고 있지만…… 아무튼 고맙습니다."

"정말이란다. 캐리, 이전에 있었던 일은…… 이제 모두 잊혔어. 네게 그 말을 해 주고 싶었단다."

"전 그 일을 못 잊겠어요." 캐리는 이렇게 말하며 시선을 들었다. '이제 아무도 탓하지 않아요.'라는 말이 입가에 맴돌았다. 캐리는 그 말을 삼켰다. 그것은 거짓말이었다. 그녀는 그들 모두를 비난했으며 앞으로도 언제까지나 그럴 것이다. 그녀는 무엇보다 정직하고 싶었다. "하지만 끝난 일이에요. 이젠 끝난 일이죠."

데스자던은 미소 지었다. 그녀의 눈에 흔들리는 불티에 섞인 부드러운 빛들이 비친 듯이 보였다. 그녀는 무도장 쪽을 바라보고 있었다. 캐리도 그녀의 시선이 향한 곳으로 눈길을 돌렸다.

"내가 졸업 무도회에 참석했던 일이 기억나." 데스자던이 나지막한 소리로 말했다. "난 내 상대였던 아이보다 5센티미터나 키가 더 컸어. 난 그때 하이힐을 신고 있었어. 그 애는 내게, 내 드레스와는 어울리지 않는 꽃 장식을 주었지. 그 애가 모는 차의 배기관이 고장 나서 엔진에서…… 정말이지 끔찍한 소음이 났단다. 하지만 그 밤은 매혹적이었어. 이유는 모르겠지만 말이야. 그 후로는 그때와 같은 데이트를 해 본 적이 없었어." 그녀는 캐리를 쳐다보았다. "아마 너도 그렇지 않을까?"

"전 아주 좋아요." 캐리가 말했다.

"그게 다야?"

"아뇨. 그것 말고도 있어요. 그걸 모두 말할 수는 없어요. 누구한테든요."

데스자딘이 미소를 지으며 캐리의 팔을 꼭 잡아 주었다. "넌 이밤을 결코 잊지 못할 거야. 결코."

"그 말씀이 맞을 것 같아요."

"즐거운 시간을 보내렴, 캐리."

"고맙습니다."

데스자딘이 그 자리를 떠나 무도장을 돌아 보호자석으로 가고있을 때 토미가 펀치를 담은 종이컵 두 개를 들고 나타났다.

"저 선생님이 무슨 볼일이 있었어?" 그가 종이컵을 조심스럽게 내려놓으며 물었다.

캐리가 그녀의 모습을 눈으로 좇으면서 말했다. "아마 미안하다는 말을 하고 싶었던 것 같아."

수 스넬은 자기 집 거실에 조용히 앉아 드레스 자락을 감치며 제퍼슨 에어플레인의 「롱 존 실버」 앨범을 듣고 있었다. 낡고 몹시 긁힌 판이었지만 마음은 진정되었다.

엄마와 아빠는 저녁에 외출했다. 두 분은 사태가 어떻게 돌아가

느지 알고 있었을 테지만, 당신들의 딸이 아주 자랑스럽다거나 딸이 마침내 어른이 된 사실이 무척 기쁘다는 식의 의례적인 말을 하지 않았다. 그녀는 부모님이 자신을 혼자 남겨 두기로 한 일을 다행으로 여겼다. 왜냐하면 그녀는 아직 자신이 한 일의 동기를 거북하게 여기고 있었고 너무 깊이 생각하지 않으려 했기 때문이다. 잠재의식의 까만 벨벳 천에서 보석처럼 반짝이는 이기심을 보게 되면 안 되니까.

그녀는 그 일을 했다. 그것으로 충분하다고 생각하고 만족하기로 했다.

(어쩌면 그가 그녀와 사랑에 빠질지도 몰라)

그녀는 복도에서 누군가 말을 하기라도 한 것처럼 입가에 놀란 미소를 지은 채 고개를 들었다. 요정 같은 결말이 되겠지. 왕자님이 '잠자는 숲속의 미녀' 위로 몸을 굽히고 입술을 갖다 대는 것이다.

'수, 어떻게 말해야 좋을지 모르겠지만…….'

그녀의 입가에서 미소가 사라졌다.

월경이 늦었다. 거의 일주일째 늦었다. 그녀는 지금까지 언제나 달력만큼이나 규칙적으로 생리를 했다.

자동 레코드 체인저에서 딸깍 소리가 나면서 다른 레코드가 내려왔다. 갑작스레 찾아온 짧은 정적 속에 그녀는 자신의 마음속에서 뭔가가 위치를 바꾸는 소리를 들었다. 아마 생각에 지나지 않을 것이다.

9시 15분이었다.

빌리는 주차장 끝으로 차를 몰고 가서 고속도로로 통하는 아스팔트 경사로와 마주 보는 자리에 차를 집어넣었다. 그는 막 차에서 내리려는 크리스의 등을 홱 당겼다. 그의 눈은 어둠 속에서 무섭게 이글댔다.

"뭐야?" 그녀가 짜증이 섞인 성난 어조로 말했다.

"확성기로 왕과 여왕을 발표할 거야. 그런 다음 밴드가 교가를 연주할 테지. 그것은 그들이 바로 그 자리에 앉는다는 뜻이고."

"그건 나도 알아. 나를 놔줘. 아프단 말이야."

그가 그녀의 팔목을 좀 더 세게 쥐자 작은 뼈들이 서로 맞닿는 느낌이 들었다. 그것이 잔인한 쾌감을 주었다. 그래도 그녀는 소리를 지르지 않았다. 쓸 만한 애였다.

"내 말 잘 들어. 지금 네가 하려는 일을 제대로 알려 주고 싶으니까. 교가가 연주되면 끈을 잡아당겨. 아주 힘껏 당겨야 해. 도르래 사이가 약간 느슨할지 모르지만 그렇게 대단하지는 않아. 끈을 당기고 들통들이 움직이는 게 느껴지면 '뛰라고'. 비명이 터지든 무슨 일이 벌어지든 공연히 거기서 얼쩡대려고 하지 마. 이 일은 단순한 장난이 아냐. 폭행죄에 해당한다고, 알겠어? 그저 벌금형으로 끝나지 않아. 감옥에 들어갈 거야. 그것도 아주 오래 말이지."

여느 때의 그답지 않은 연설이었다.

그녀는 반항기와 노기가 섞인 눈으로 그를 노려보기만 했다.

"알아들었어?"

"그래."

"좋아. 들통이 엎어지면 난 튈 거야. 차에 올라타자마자 뜰 거라고. 그때 너도 있으면 같이 갈 수 있어. 그때까지 오지 않으면 널 놔두고 갈 거야. 네가 만일 여기 남아서 모든 얘기를 불면 난 널 죽일 거야. 내 말 알겠어?"

"그래. 빌어먹을 손이나 치워."

그가 그 말대로 했다. 그의 얼굴에 마지못해 짓는 희미한 미소가 잠시 떠올랐다. "좋아. 잘될 거야."

두 사람은 차에서 내렸다. 이제 거의 9시 30분이었다.

상급반 반장 빅 무니가 쾌활한 어조로 마이크에 대고 말하고 있었다. "자, 신사 숙녀 여러분. 자리에 앉아 주십시오. 투표할 시간입니다. 지금부터 왕과 여왕을 뽑겠습니다."

"이 콘테스트는 여자를 모욕하는 거야!" 마이라 크루위스가 언짢은 어조로 소리쳤다.

"남자도 모욕하는 거라고!" 조지 도슨도 외쳤다. 그러자 사방에서 웃음이 터져 나왔다. 마이라는 입을 다물었다. 일단 항의는 한 셈이었다.

"제발 자리에 앉으세요!" 빅이 얼굴을 잔뜩 붉히고는 턱에 난 여드름을 매만지면서 마이크에 대고 미소를 지었다. 뒤에서는 몸집 큰 베네치아 사공이 몽롱한 눈길로 빅의 어깨 너머에 시선을 던지고 있었다. "투표 시간입니다."

캐리와 토미는 자리에 앉았다. 티나 블레이크와 노마 왓슨이 등사기로 인쇄한 투표지를 돌렸다. 노마는 그들의 탁자에 투표지를 떨구면서 "행운을 빌어!"라고 나직하게 말했다. 캐리가 그것을 집어 들고 들여다보았다. 그녀의 입이 딱 벌어졌다.

"토미, 여기에 우리 이름도 올라 있어!"

"그래, 나도 봤어. 단일 후보를 놓고 투표한다는 것은 일종의 강요나 다름없거든. 후보가 된 것을 환영해. 여기서 사퇴할까?"

캐리는 입술을 깨물고 그를 쳐다보았다. "넌 사퇴하고 싶니?"

"천만에." 그가 즐거운 어조로 말했다. "선발되면 교가를 연주하고 춤을 한 번 추는 동안 저기 앉아서 백치처럼 홀(笏)을 흔들어 주기만 하면 돼. 졸업 앨범에 실을 사진도 찍지. 백치 같은 얼굴을 모두가 볼 수 있게 말이야."

"우린 누구에게 투표하지?" 그녀는 투표지와 배 모양의 사탕 그릇 옆에 놓인 조그만 연필을 미심쩍은 눈으로 쳐다보았다. "이 애들은 내 패거리라기보다는 네 패거리들에 가까운걸." 그녀는 짤막하게 킬킬거렸다. "사실 내겐 패거리도 없지만 말이야."

그가 어깨를 으쓱여 보였다. "우리한테 투표하지 뭐. 거짓 겸손 같은 것은 집어치우고 말이야."

그녀는 큰 소리로 웃음을 터뜨리다가 얼른 한 손으로 입을 틀어막았다. 그 웃음소리는 정말 자신에게도 낯선 것이었다. 그녀는 생각할 사이도 없이 맨 위에서 세 번째에 나와 있는 자신들의 이름에 동그라미를 쳤다. 그때 조그만 연필이 부러지자 그녀는 기겁했다. 부러진 연필 조각이 손가락 안쪽을 스치면서 작은 핏방울이 맺혔다.

"다쳤니?"

"아니." 그녀는 미소를 지으려 했지만 갑자기 그러기가 힘들었다. 피를 보자 언짢은 기분이 들었던 것이다. 그녀는 냅킨으로 피를 닦았다. "하지만 연필을 부러뜨렸어. 이건 기념품인데. 바보같이."

"여기 배도 있잖아." 그가 사탕 그릇을 그녀 쪽으로 밀었다. "뚜우뚜우우." 그녀는 목이 잠겼다. 문득 자신이 울 것 같다는 확신이 들었다. 그러면 부끄러워질 터였다. 그녀는 울지 않았지만 눈앞이 뿌옇게 어른거려서 토미가 보지 못하도록 고개를 숙였다.

밴드가 시간을 때우기 위한 가벼운 곡을 연주하는 가운데 명예 협회 안내원들이 접은 투표지를 수거했다. 그들은 수거한 투표지를 문가의 보호자석으로 가져갔으며, 그곳에서 빅과 스티븐스 선생과 러블린 선생 부부가 검표를 했다. 지어 선생이 송곳 같은 눈으로 그 모든 일을 감시했다.

문득 캐리는 원치 않는 긴장감이 스멀거리며 기어들어 복부와 등의 근육이 당기는 느낌을 받았다. 그녀는 토미의 손을 꽉 잡았다. 물론 그것은 터무니없는 생각이었다. 그들에게 투표할 사람은 아무도 없었다. 토미는 아마 우량마에 속할 테지만, 암소와 나란히 묶어 놓으면 볼품이 없어질 것이다. 프랭크와 제시카이거나, 돈 판햄과 헬렌 샤이레스가 될 것이다. 아니면…… 젠장!

두 더미가 다른 것들보다 더 높게 쌓여 가고 있었다. 스티븐스 선생이 투표지 분류를 끝마치고 나서 이번에는 네 사람이 비슷해 보이는 두 더미를 헤아리기 시작했다. 그들은 머리를 맞대고 뭔가를 의논하더니 다시 한번 수를 헤아렸다. 스티븐스 선생이 고개를 끄덕이고는 마치 포커에서 카드를 돌릴 사람처럼 다시 한번 투표지를 넘겨보고는 빅에게 건네주었다. 빅이 무대로 돌아와 마이크로 다가갔다. 빌리 보스넌 밴드가 취주악을 연주했다. 빅은 신경이 곤두선 듯 마이크에 대고 헛기침을 했다가 날카로운 반향음에 놀라 눈을 껌벅였다. 그는 하마터면 전선이 어지럽게 널린 무대 바닥에 투표지를 떨어뜨릴 뻔했다. 누군가 킥킥대며 웃었다.

"뜻하지 않은 장애에 부딪혔습니다." 빅이 어설픈 어조로 말했다. "러블린 선생님 말씀에 따르면, 이것은 봄 무도회 역사상 처음 있는 일로서……."

"대체 어디까지 거슬러 갈까? 1800년도까지?" 토미 뒤편에서 누군가가 투덜거렸다.

"동수 득표자가 나왔습니다."

그러자 여기저기서 웅성거리는 소리가 터져 나왔다. "물방울무늬야, 줄무늬야?" 조지 도슨이 소리치자 몇몇이 웃음을 터뜨렸다. 빅은 초조한 미소를 던지다가 다시 한번 투표지를 떨어뜨릴 뻔했다.

"프랭크 그리어와 제시카 매클린이 예순세 표, 토미 로스와 캐리 화이트가 예순세 표를 얻었습니다."

한순간 침묵이 찾아왔다. 다음 순간 갑작스레 박수갈채가 터져 나왔다. 토미는 자신의 데이트 상대를 바라보았다. 그녀는 부끄러운 듯이 고개를 숙이고 있었지만, 그는 문득

(캐리 캐리 캐리)

자신이 처음 무도회에 같이 가자고 했을 때 받았던 것과 비슷한 느낌을 받았다. 마치 뭔가 낯선 것이 그들 사이에 끼어 들어와서 캐리의 이름을 연거푸 부르는 듯한 느낌에 사로잡혔다. 그것은 흡사……

"주목하세요!" 빅이 외쳤다. "제발 주목하세요." 박수 소리가 멎었다. "이제부터 결승 투표를 하겠습니다. 여러분 손에 투표지가 들어오면 마음에 드는 쌍을 적어 주세요."

그는 한숨 돌린 얼굴로 마이크 앞을 떠났다.

투표지가 돌았다. 이번 투표지는 남아 있던 프로그램을 찢어서 서둘러 마련한 것이었다. 밴드의 연주에 귀를 기울이는 사람은 아무도 없었다. 아이들은 저마다 잔뜩 흥분해서 떠들어 댔다.

"아이들은 좀 전에 우리 때문에 박수를 친 게 아니었어." 캐리가 고개를 들고 말했다. 자신이 방금 느꼈던(또는 느꼈다고 생각한) 느낌은 이미 사라지고 없었다. "우리들을 위해서 박수를 쳤을 리가 없어."

"아마 그건 너 때문에 친 박수였을 거야."

그녀는 아무 말 없이 그를 쳐다보았다.

"뭐가 이렇게 오래 걸리지?" 그녀가 억눌린 목소리로 그에게 말했다. "아이들 박수 소리가 들렸어. 아마 그걸 거야. 만약 일을 망치면……." 그들 곁에는 빌리가 환기구 구멍 속으로 드라이버를 집어넣어서 끄집어낸 황마끈 한쪽 자락이 길게 늘어져 있었다.

"걱정 마. 교가를 연주할 거야. 늘 그랬으니까." 그가 침착하게 말했다.

"그렇지만……."

"입 좀 다물어. 넌 너무 떠드는군." 어둠 속에서 그의 담뱃불이 한가롭게 깜박였다.

그녀는 입을 다물었다. 그렇지만

(일이 끝나면 그 짓을 할 거야 친구 어쩌면 오늘 밤 아주 끝내주는 경험을
할지도 모르지)

그녀는 성난 기분으로 그가 한 말들을 더듬으며 마음속에 새겨
두었다. 사람들은 그녀에게 이런 식으로 말하지 않았다. 그녀의 아
버지는 변호사였던 것이다.

10시 7분이었다.

그가 부러진 연필을 손에 쥐고 막 쓰려고 할 때 그녀가 머뭇대듯
그의 손목을 살짝 건드렸다.

"하지 마……."

"뭘?"

"우리를 뽑지 말라고." 마침내 그녀가 말했다.

그는 놀리듯이 눈썹을 치켜세웠다. "왜 그래? 일단 시작한 일은
끝을 보는 거야. 그것이 우리 어머니께서 늘 하시는 말씀이지."

(엄마)

그 순간 그림 한 장이 눈앞에 떠올랐다. 엄마가 단조로운 소리
로, 얼굴도 없고 원기둥 모양을 한 저 높은 하느님께 끊임없이 기
도를 올리는 장면이었다. 그 하느님은 한 손에 불의 칼을 들고 간
선 도로변의 너절한 술집 주차장을 배회했다. 공포가 마음속에 어
둡게 자리 잡았다. 캐리는 공포심을 억누르기 위해 온 힘을 다해야

했다. 그녀는 자신의 두려움, 불길한 전조에 대해 말할 수 없었다. 그저 힘없이 미소를 지으며 같은 말만 반복했을 뿐이다. "제발 그러지 마."

명예 협회 안내원들이 접은 투표지를 수거하러 왔다. 토미는 한순간 더 망설이더니 제멋대로 찢은 종이 조각에 '토미와 캐리'라고 휘갈겨 썼다. "이건 너를 위해서야. 오늘 밤 넌 최고가 되어야 해."

그녀는 아무 말도 대답할 수 없었다. 불길한 전조가 나타났던 것이다. 엄마의 얼굴이.

숫돌에서 칼이 미끄러지더니 순식간에 엄지손가락 아래 도톰한 부분을 베었다.

그녀는 상처를 바라보았다. 벌어진 상처에서 뻑뻑한 피가 천천히 흘러나왔다. 손에서 떨어진 피가 부엌의 낡은 리놀륨 바닥을 얼룩지게 했다. 좋아. 잘된 거야. 칼날이 살맛과 피를 본 것이다. 그녀는 상처에 붕대를 감지 않은 채 일부러 칼날 부분에 피를 떨어뜨려서 날카로운 섬광이 흐려지게 내버려 두었다. 그러고 나서 옷에 튀는 핏방울을 무시한 채 다시 칼을 갈기 시작했다.

네 오른쪽 눈이 너를 거역하면 뽑아 버릴지어다.

그것은 가혹한 구절이면서 동시에 감미롭고 유익했다. 러브호텔의 그늘진 현관이나 볼링장 뒤편 잡초 밭으로 숨어드는 자들에게 꼭 어울리는 구절이었다.

뽑아 버릴지어다.

(그 역겨운 음악이라니)

뽑아

(여자애들은 피에 젖은 속옷을 보여 준다)

버릴지어다.

뻐꾸기시계가 10시를 알리기 시작했다. 그리고

(그 애의 창자를 찢어서 마룻바닥에 널어라)

네 오른쪽 눈이 너를 거역하면 뽑아 버릴지어다.

드레스 손질이 끝났지만 그녀는 텔레비전을 보거나 책을 꺼내 읽거나 낸시에게 전화를 걸 수도 없었다. 그저 소파에 앉아서 부엌 유리창의 어둠을 마주 보는 것 말고 달리 할 일이 없었다. 마치 무서운 말을 들은 어린애처럼 마음속에 형언할 수 없는 두려움이 점점 부풀어 오르는 느낌이 들었다.

그녀는 한숨을 짓고 멍하니 팔을 마사지하기 시작했다. 두 팔이 차갑고 욱신거렸던 것이다. 10시 12분이었다. 문득 특별한 아무 이유도 없이 세상이 끝장나는 듯한 기분이 엄습했다.

이번에는 투표지 무더기가 더 높이 쌓였지만, 이번에도 정확히 똑같아 보였다. 확실히 하기 위해 투표용지를 세 번이나 확인했다. 이윽고 빅 무니가 마이크 앞에 섰다. 그는 공기 중에 감도는 긴장감을 음미하듯 잠시 입을 다물고 있다가 간단하게 결과를 발표했다.

"토미와 캐리가 선출됐습니다. 한 표 차이예요."

한순간 죽은 듯한 침묵이 흘렀다. 다음 순간 다시 박수갈채가 홀을 가득 채웠는데, 그 가운데는 조롱조로 일부러 힘주어 친 박수 소리도 섞여 있었다. 캐리는 너무 놀라 숨이 막혔다. 이번에도 토미는 (아주 잠깐 동안이긴 했지만) 그 기묘한 혼란을 느꼈다.

(캐리 캐리 캐리 캐리)

그것은 지금 자기와 함께 앉아 있는 이 이상한 소녀의 이름과 영상 이외의 다른 모든 생각을 머릿속에서 지우는 것처럼 보였다. 아주 짧은 그 한순간 토미는 문자 그대로 겁에 질렸다.

뭔가 땡그랑 하는 소리와 함께 바닥에 떨어지고, 바로 그 순간 두 사람 사이에 있던 촛불이 꺼졌다.

다음 순간 '조시와 월광'이 「폼프 앤드 서커스턴스」의 록 버전을 연주하고, 안내원들이 두 사람의 탁자에 나타나더니(거의 마술 같았는데, 이 모든 일은 지어 선생이 꼼꼼하게 연습시킨 결과였으며, 소문에 따르면 그 선생은 느려 터지고 서투른 안내원을 간식으로 먹는다고 했다.) 알루미늄 포일에 싼 홀을 토미의 손에 쥐여 주고, 풍성한 개털 옷깃이 달린 예복을 캐리의 어깨에 둘러 주었다. 두 사람은 하얀 블레이저 차림을 한 소년소녀의 안내를 받아 중앙 통로를 따라 걸어갔다. 밴드가 팡파르를 울렸다. 청중은 박수갈채를 보냈다. 지어 선생은 사람들의 인정을 받은 것이 자못 흡족한 얼굴이었다. 토미 로스는 멍한 얼굴로 싱글거리며 웃고 있었다.

두 사람은 안내를 받아 앞무대로 통한 계단을 올라 옥좌까지 가서 앉았다. 박수갈채는 아직도 계속되고 있었다. 이제 박수 소리에

는 더 이상 빈정거리는 기미가 없었으며, 정직하고 진심에서 우러
나온 그 소리는 어느 정도 놀란 듯이 여겨지기도 했다. 캐리는 자
리에 앉게 된 것이 무엇보다 다행스러웠다. 일이 너무 일사천리로
진행되고 있었다. 다리가 후들거렸으며, 드레스 목 부분이 비교적
높이 올라왔음에도 갑자기 자신의 가슴이

(더러운 베개가)

너무 많이 드러난 듯이 보였다. 귀를 울리는 박수 소리에 머리가
멍해져서 주먹으로 얻어맞기라도 한 듯 얼떨떨했다. 마음 한구석
에서는 이 모든 일이 사실은 꿈이며 자신은 이제 곧 상실감과 안
도감 속에서 깨어나리라고 확신했다.

빅이 마이크에 대고 큰 소리를 질렀다. "1979년도 봄 무도회의
왕과 여왕······ 토미 로스와 캐리 화이트!"

박수 소리는 여전히, 점점 크고 우렁차고 요란스럽게 이어지고
있었다. 이제 잠시 후면 인생을 마감하게 될 토미 로스는 캐리의
손을 잡고, 수의 직관이 정확하게 들어맞았다고 생각하면서 씩 웃
어 보였다. 아무튼 캐리도 마주 미소를 지어 보였다. 토미와

(그녀 말이 맞았어 난 수를 사랑해 이 여자애도 사랑해 이 캐리란 아이를
정말정말 아름다워 맞았어 난 그들 모두를 사랑해 저 눈빛이 마음에 들어)

캐리,

(그들이 보이지 않아 조명이 너무 밝아 소리는 들리지만 보이지는 않아 샤
워 샤워실 일이 기억나 아 엄마 너무 높아 아무래도 내려가야 할까 봐 아 애들
이 웃고 있어 애들은 이제 곧 물건을 던지고 손가락질하고 깔깔거리면서 소
리 지를 거야 아이들이 보이지 않아 아이들을 볼 수 없어 조명이 너무 밝아)

그리고 머리 위에 있는 들보.

록과 금관악기로 운 좋게 연합을 구성한 두 밴드가 교가를 연주하기 시작했다. 청중들은 일제히 자리에서 일어나 박수를 치며 교가를 부르기 시작했다.

10시 7분이었다.

빌리는 무릎이 튀어 올라오도록 다리를 구부리고 앉았다. 크리스 하겐슨은 그의 곁에 서서 점점 더 불안한 기색을 드러냈다. 그녀는 양손으로 뚜렷한 이유도 없이 자신이 입고 있던 청바지 솔기를 쓸어내렸고, 입을 꽉 다문 채 부드러운 아랫입술을 잘근잘근 씹어서 입술 거죽이 깔쭉해졌을 정도였다.

"아이들이 '그 애들'을 뽑을 거라는 거야?" 빌리가 나직하게 물었다.

"그럴 거야. 내가 다 짜맞춰 놨어. 비슷한 표차도 아닐 거야. 그런데 어째서 저렇게 계속 박수를 치고 있는 거지? 대체 안에서 무슨 일이 벌어지고 있는 거야?"

"나한테 묻지 마. 난……."

그 순간 갑자기 교가가 5월의 부드러운 대기를 가득 채우며 강렬하게 울려 퍼지자 크리스는 벌에 쏘인 듯 화들짝 놀랐다. 그녀의 입에서 놀라움에 몰아쉬는 나직한 숨소리가 새어 나왔다.

우리 모두 드높이 일어서자, 유언 고등학교…….

"자, 어서. 그들이 왔어." 어둠 속에서 빌리의 두 눈이 희미하게 빛났다. 그의 얼굴에 저 기묘하고 어설픈 미소가 스쳤다.

그녀는 입술을 핥았다. 두 사람은 동시에 늘어진 끈 자락을 응시했다.

그대의 깃발 하늘 높이 들어 올리리…….

"닥쳐." 그녀가 속삭이듯 말했다. 크리스는 떨고 있었다. 그는 그녀의 몸이 이처럼 관능적이고 자극적으로 보인 적도 없었다고 생각했다. 이 일이 끝나면 그녀를 가질 것이다. 그리고 그녀가 지금껏 겪었던 그 모든 성행위가 시시하게 여겨질 정도로 만들어 줄 것이다. 옥수수 속대로 버터를 저미듯이 해 줄 것이다.

"용기가 안 나니?"

그가 몸을 앞으로 기울였다. "그렇다고 네 대신 그 일을 해 주진 않을 거야. 이대로 그냥 영원히 놔둘 수도 있어."

우리가 입는 것은 적색과 백색의 자랑스러운 제복…….

그때 갑자기 비명에 가까운 억누른 소리를 내면서 그녀가 몸을 앞으로 숙이더니 두 손으로 끈을 힘껏 잡아당겼다. 한순간 끈이 느슨해져서 그녀는 빌리가 지금까지 내내 자기를 속여 온 것이라고, 끈이 그냥 아무것도 아닌 허공에 매달린 것이라고 여겼다. 다음 순간 끈이 팽팽해지면서 잠시 뭔가에 걸린 듯 멈추었다가 타는 듯한 느낌을 남기며 손바닥을 거칠게 쓸고 지나갔다.

"내가……." 그녀는 입을 열어서 무슨 말인가를 하려고 했다.

안에서 들려오던 음악이 귀에 거슬리는 불협화음을 내면서 멎었다. 한순간 여기저기서 무슨 일인지 알아차리지 못한 듯한 목소리가 나더니 그 소리도 멎었다. 한 박자를 건너뛴 침묵, 그러고 나서 누군가가 비명을 질렀다. 다시 침묵.

두 사람은 미처 생각할 사이도 없이 저지른 행동에 마비된 채 어둠 속에서 서로의 얼굴을 빤히 쳐다보았다. 그녀의 숨결은 목구멍 속에서 유리처럼 굳어 버렸다.

다음 순간 목구멍 안쪽에서 웃음이 터져 나왔다.

10시 25분이었다. 점점 더 불길한 느낌이 들었다. 수는 가스레인지 앞에 한 발로 선 채 네슬레 가루에 부어 마실 우유에서 김이 오르기를 기다리고 있었다. 그사이에 그녀는 두 번이나 위층에 올라가 잠옷으로 갈아입으려다가 두 번 다 그만두고, 아무 이유도 없이 뭔가에 이끌린 사람처럼 브릭야드 힐과, 시내로 통하는 구불구불한 6번 도로가 내려다보이는 부엌 창가로 다가갔다.

그 순간 중심가에 위치한 시청 경적이 밤하늘에 날카로운 소리를 뿜어냈다. 그 소리는 공포의 원주를 그리며 오르내렸다. 수는 그 소리를 듣고도 창가로 바로 가는 대신 먼저 우유가 타지 않도록 불을 껐다.

시청에서는 매일 정오가 되면 경적을 울렸으며, 그 이외에 초원에 화재가 자주 발생하는 8월과 9월에 자원 소방대를 호출할 때가 아니면 경적을 울리는 일이 없었다. 그 경적 소리는 엄격히 말해 엄청난 재난을 알리는 것이었으며, 텅 빈 집 안에 비현실적이고도 위협적으로 울려 퍼졌다.

그녀는 창가로, 그것도 느린 걸음으로 다가갔다. 날카로운 경적음은 오르내림을 반복했다. 어디선가 결혼식을 할 때처럼 자동차 경적들도 울리기 시작했다. 그녀는 어두운 유리창에 비친, 입을 벌리고 눈을 동그랗게 뜬 자신의 모습을 볼 수 있었지만, 그 영상은 곧 그녀의 입김으로 흐려졌다.

그 순간 반쯤 잊고 있던 기억이 떠올랐다. 중학교 시절 방공 훈련을 했을 때 일이었다. 선생님이 손뼉을 치면서 "시청 경보가 울린다."라고 말하면, 책상 밑으로 기어 들어가 두 손으로 머리를 가린 채 해제 경보가 울리거나 적의 미사일이 자신을 산산조각 낼 때까지 기다리고 있어야 했다. 그런데 이제 마음속에서 비닐에 눌러 둔 나뭇잎만큼이나 선명하게,

(시청 경보가 울린다)

그 말이 들려왔던 것이다.

저 아래, 고등학교 주차장이 있는 왼편이었다. 둥근 원을 그린 아크등 덕분에 어둠 속에서 건물 자체는 보이지 않아도 학교의 위치를 확실히 알 수 있었다. 그곳에서 마치 하느님이 부싯돌을 치기라도 한 듯 섬광이 번쩍였다.

(저곳엔 기름 탱크가 있는데)

섬광은 잠시 머뭇대는 듯하더니 다음 순간 적황색으로 피어올랐다. 이제 학교가 똑똑히 보였다. 학교에 불이 난 것이다.

최초의 둔탁한 폭음이 나면서 발밑이 진동하고 찬장 속에 있던 엄마의 도자기 찻잔들이 딸그락거렸을 때 그녀는 이미 상의를 가지러 벽장을 향해 가고 있었다.

노마 왓슨의 「우리는 불길한 무도회에서 살아남았다」
(《리더스 다이제스트》 1980년 8월 호에 '드라마 같은 실화'로 게재됨)에서 인용:

그 일은 너무나 순식간에 벌어져서 무슨 일이 벌어지고 있는지 안 사람은 아무도 없었다. 우리는 모두 일어서서 박수를 치며 교가를 부르고 있었다. 다음 순간(그때 나는 주 출입문 바로 안쪽 안내원 석에서 무대를 바라보고 있었다.), 앞무대 바로 위의 큰 조명등이 뭔가 금속성 물체를 비춘 듯 번쩍였다. 나는 티나 블레이크와 에스텔 호란과 함께 서 있었는데, 그들 역시 그것을 보았을 것이다.

그 순간 갑자기 허공에서 엄청난 양의 붉은 물이 쏟아졌다. 그 가운데 일부가 벽화에 부딪히며 길게 흘러내렸다. 나는 즉각, 그 붉은 물이 벽화에 채 닿기도 전에 피라는 사실을 알았다. 에스텔 호란은 그것이 페인트인 줄 알았지만, 내게는 동생이 건초 트럭에 치였을 때처럼 어떤 예감이 있었던 것이다.

아이들이 그 피를 뒤집어썼다. 캐리가 제일 심했다. 마치 빨간 페인트 통 속에 들어갔다 나온 사람처럼 보였다. 그 애는 그저 그 자리에 앉아 있었다. 손끝 하나 움직이지 않았다. 무대 바로 곁에 있던 '조시와 월광' 밴드에게도 피가 튀었다. 리드 기타 연주자가 들고 있던 하얀 기타에도 온통 피가 튀었다.

내가 말했다. "맙소사, 저건 피야!"

내 말에 티나가 비명을 질렀다. 그 소리는 아주 커서 강당 안에 또렷이 울려 퍼졌다.

사람들은 노래를 그쳤다. 모든 것이 일순간에 조용해졌다. 나는 움직일 수 없었다. 못 박힌 듯 그 자리에서 꼼짝도 할 수 없었다. 고개를 들어 보니 옥좌 바로 위에서 들통 두 개가 흔들거리며 부딪치는 것이 보였다. 들통에서는 여전히 피가 뚝뚝 떨어지고 있었다. 다음 순간 갑자기 통들이 느슨하게 풀어진 끈을 뒤에 달고 떨어져 내렸다. 들통 하나가 토미 로스의 머리를 때렸다. 마치 징을 치는 것처럼 아주 큰 소리가 났다.

그것을 보고 누군가가 웃음을 터뜨렸다. 누구였는지는 모르지만, 재미있는 광경을 본 사람이 낸 웃음소리는 아니었다. 그것은 거칠고 히스테리에 사로잡힌, 공포심을 자아내는 웃음소리였다.

바로 그 순간 캐리가 눈을 크게 떴다.

사람들이 일제히 웃음을 터뜨리기 시작한 것은 바로 그때였다. 맙소사, 나 역시 다른 사람들처럼 웃었다. 정말이지…… 이상한 일이었다.

어렸을 때 나는 『남쪽 노래』라는 월트 디즈니의 동화책을 갖고 있었는데, 거기에는 '까만 아기'에 관한 리머스 아저씨의 얘기가 나왔다. 동화책에는 길 복판에 앉아 있는 '까만 아기' 그림이 있었다. 그 아기는 까만 얼굴에 크고 하얀 눈을 한 저 옛날 흑인 음유시인처럼 보였다. 눈을 뜬 캐리가 바로 그 모습이었다. 두 눈만이 빨갛지 않은 유일한 부분이었던 것이다. 그 위에 쏟아진 조명 때문에 빨간색이 번들거려 보였다. 가엾게도 눈알이 튀어나오는 연기를 하는 에디 캔터*와 영락없이 닮은꼴을 하고 있었다.

그 장면 때문에 사람들은 웃음을 터뜨렸다. 도저히 웃음을 억

* 흑인 코미디언.

누를 도리가 없었다. 웃지 않으면 미칠 것 같은, 바로 그런 상황이었다. 캐리는 그처럼 오랫동안 모두의 놀림감이었기 때문에 우리는 모두 그날 밤 뭔가 특별한 장난을 하는 것이라고 여겼다. 그것은 마치 누군가가 인류를 하나로 결속시키는 광경을 보고 있기라도 한 것 같았으며, 적어도 나 자신은 그 점에 대해 주님께 감사했다. 그러고 나서 '그 일'이 벌어졌다. 그 무시무시한 일이.

달리 할 일도 없었다. 웃거나 울거나, 둘 가운데 하나밖에 없었다. 설혹 오랜 세월이 지난다 해도 캐리 때문에 울 사람이 있을지는 모르지만.

그 애는 그저 자리에 가만히 앉아 아이들을 빤히 바라보았다. 웃음소리는 점점 더 커져 가기만 했다. 사람들은 배를 잡고 허리를 구부리며 그 애를 손가락질했다. 그 애를 보지 않고 있는 사람은 토미밖에 없었다. 토미는 잠든 사람처럼 의자 위에 구부정한 자세로 앉아 있었다. 하지만 토미가 어디를 다쳤는지는 알 수 없었다. 피를 잔뜩 뒤집어쓰고 있었기 때문이다.

다음 순간, 캐리의 얼굴이…… 망가졌다. 어떻게 달리 표현할 방법을 모르겠다. 그 애는 두 손으로 얼굴을 가린 채 약간 비틀거리며 일어섰다. 발이 얽히면서 하마터면 넘어질 뻔했으며 그 광경에 사람들은 한층 더 큰 소리로 웃어 댔다. 그 애는 무대에서…… 팔짝 뛰어내렸다. 흡사 연꽃잎에서 팔짝 뛰어내리는 크고 빨간 개구리를 보는 것 같았다. 그 애는 다시 한번 넘어질 뻔했지만 넘어지지는 않았다.

데스자딘 선생님이 캐리에게 달려갔는데, 선생님은 더 이상 웃고 있지 않았다. 선생님이 캐리 쪽으로 두 팔을 뻗었다. 그러나 다음 순간 선생님의 몸이 빙글 돌더니 무대의 측면에 부딪혔다. 정말 이상한 일이었다. 선생님은 전혀 비틀거리지도 않았다. 마치 누군가가 떠민 것처럼 보였지만 주위에는 아무도 없었다.

캐리는 양손으로 얼굴을 감싼 채 사람들 사이로 뛰어갔는데, 누군가가 그 애 쪽으로 한 발을 내밀었다. 그것이 누구였는지는 모르지만 캐리는 바닥에 빨간 줄을 길게 그리며 앞으로 엎어졌다. "어쿠!" 하는 소리를 내면서 나는 그 소리를 똑똑히 기억하고 있다. 캐리가 낸 "어쿠!" 하는 소리에 내가 한층 더 심하게 웃어 댔기 때문이다. 캐리는 바닥을 따라 기어가다가 벌떡 일어나서 뛰쳐나갔다. 내 곁을 지나쳐 달려 나갔다. 피 냄새가 훅 끼쳐 왔다. 속을 느글거리게 하는 썩은 냄새였다.

그 애는 한 번에 두 단씩 계단을 뛰어내려 문밖으로 나간 다음 그대로 사라져 버렸다.

웃음소리는 조금씩 잦아들었다. 아직도 몇몇은 딸꾹질을 하며 씩씩거렸다. 레니 브록은 크고 하얀 손수건을 꺼내 눈물을 닦았다. 샐리 맥매너스는 금방이라도 토할 사람처럼 창백한 얼굴을 하고서도 여전히 킬킬대고 있었다. 웃음을 도저히 멈출 수 없는 듯이 보였다. 빌리 보스넌은 지휘봉을 든 채 그 자리에 서서 고개를 저어 댔다. 러블린 선생님은 데스자딘 선생님 곁에 앉아서 휴지를 갖다 달라고 했다. 데스자딘 선생님의 코에서는 피가 났다.

이 모든 일이 겨우 2분 사이에 벌어졌다는 사실을 알아야 한다. 그 사건을 종합해서 설명할 수 있는 사람은 없었다. 우리는 어리벙

벙했다. 몇몇은 주변을 돌아다니며 아이들과 얘기를 했지만 그렇게 긴 얘기는 아니었다. 헬렌 샤이레스는 울음을 터뜨렸으며, 그 소리를 신호로 다른 아이들도 울음을 터뜨리기 시작했다.

그때 누군가 소리쳤다. "의사를 불러! 어이, 어서 의사를 부르라고!"

조시 브렉이었다. 그는 무대 위 토미 로스 곁에 무릎을 꿇고 있었는데, 얼굴이 백지장처럼 허옜다. 그가 토미를 안아서 일으키려고 했지만 옥좌가 넘어지면서 토미가 바닥으로 굴렀다.

아무도 움직이지 않았다. 모두들 그저 빤히 그 광경을 바라보기만 했다. 나는 그대로 얼어붙어 버린 것 같은 기분이었다. 맙소사. 그것이 내가 생각할 수 있는 모든 말이었다. 맙소사, 맙소사, 맙소사. 다음 순간 또 다른 생각이 떠올랐지만 그것은 내가 한 생각처럼 보이지 않았다. 나는 캐리 생각을 했다. 그리고 하느님에 대해서도 생각했다. 그 두 가지 생각이 한데 얽히자 무시무시한 느낌이 들었다.

스텔라가 내 쪽을 보고 말했다. "캐리가 돌아와."

나는 이렇게 대꾸했다. "그래, 정말이네."

그 순간 로비의 문들이 일제히 닫혔다. 손뼉을 칠 때 나는 소리와 비슷했다. 뒤쪽에서 누군가 비명을 지르자, 그것을 신호로 아이들이 한쪽으로 우르르 몰리기 시작했다. 아이들은 문 쪽으로 쇄도했다. 나는 도저히 믿어지지 않는 광경에 멍하니 자리에 서 있었다. 그 순간 나는 맨 처음 달려온 아이가 문을 채 밀기도 전에 안을 들여다보고 있는 캐리를 보았다. 얼굴이 흡사 출전하려고 물감을 칠한 인디언처럼 온통 피로 얼룩져 있었다.

그 애는 웃고 있었다.

아이들이 문을 밀고 주먹으로 두드렸지만 문은 꼼짝도 하지 않았다. 더 많은 아이들이 밀려들면서 먼저 온 아이들은 문짝과 아이들 사이에 낀 채 끙끙대고 헐떡였다. 문은 열릴 생각도 하지 않았다. 한 번도 잠긴 적이 없는 문들이었다. 주법(州法)에 그렇게 하도록 정해져 있다.

스티븐스 선생님과 러블린 선생님이 힘겹게 다가와 재킷이든 치마든 닥치는 대로 잡아서 아이들을 밀쳐 내기 시작했다. 아이들은 모두 비명을 지르며 가축처럼 한쪽으로 몰렸다. 스티븐스 선생님은 몇몇 여자애의 빰을 때리고 빅 무니의 눈에 주먹질을 했다. 두 선생님이 아이들에게 비상구로 나가라고 고함쳤다. 몇몇 아이가 그 말에 따랐다. 바로 살아남은 애들이었다.

비가 오기 시작한 것은 바로 그때였다……. 적어도 처음에는 그것이 비인 줄로만 알았다. 사방으로 물줄기가 쏟아졌다. 고개를 들어보니 체육관 안의 모든 스프링클러가 작동되고 있었다. 물줄기가 농구 코트에 맞고 튀어 올랐다. 조시 브렉이 부원들에게 전기 앰프와 마이크를 당장 끄라고 소리쳤지만 부원들의 모습은 보이지 않았다. 그는 무대에서 뛰어내렸다.

문 앞의 혼란이 멎었다. 아이들은 천장을 보면서 뒤로 물러섰다. 누군가가(아마 돈 판햄이었을 것이다.) 말하는 소리가 들렸다. "물 때문에 농구 코트가 망가지겠어."

다른 몇몇 아이들이 토미 로스에게 다가가 살펴보았다. 그 순간 난 이곳을 빠져나가야겠다는 생각이 들었다. 나는 티나 블레이크의 손을 잡고 "어서 여기서 달아나자."라고 말했다.

비상구로 가려면 무대 왼편으로 난 짤막한 복도를 따라가야 했다. 거기에도 스프링클러가 있었지만, 그쪽 스프링클러들은 켜져 있지 않았다. 문은 열려 있었고 몇몇 아이들이 뛰어나가는 모습이 보였다. 그러나 아이들 대부분은 여기저기 모여 서로 얼굴을 멍하니 쳐다보며 서 있었다. 몇몇은 캐리가 쓰러지면서 남긴 핏자국을 바라보았다. 물줄기가 핏자국을 씻어 내고 있었다.

나는 티나의 팔을 잡고 비상구 표시등 쪽으로 끌어당겼다. 바로 그 순간 엄청난 섬광이 터지면서 비명과 마이크의 날카로운 반향음이 들렸다. 고개를 돌려 보니 마이크를 잡고 있는 조시 브렉이 보였다. 그 애는 마이크를 손에서 떼어 놓지 못했다. 그 애의 눈은 튀어나오고 머리카락은 곤두선 채였으며 춤이라도 추는 사람처럼 보였다. 발은 물속에서 미끄러지고 셔츠에서는 연기가 피어올랐다.

그 애는 앰프들 중 하나 위로 쓰러졌는데, 그것들은 하나의 높이가 1, 2미터나 되는 대형 앰프였다. 조시가 쓰러진 앰프가 물속으로 넘어졌다. 반향음은 머리가 빠개질 것 같은 찢어지는 소리로 높아졌으며, 다음 순간 또 한 차례 지글거리는 섬광이 피어오르면서 소리가 뚝 그쳤다. 조시의 셔츠에는 불이 붙었다.

"뛰어!" 티나가 내게 고함쳤다. "어서, 노마. 빨리!"

우리는 복도로 뛰어나갔으며 무대 뒤편에서 뭔가가 폭발했는데, 아마 주동력 스위치였을 것이다. 한순간 나는 뒤를 돌아보았다. 휘장이 올라간 상태라, 그곳에서는 토미가 쓰러져 있던 무대 위가 잘 보였다. 묵직한 전선들이 흡사 인도 탁발승의 바구니에서 올라오는 뱀들처럼 일제히 죽죽 뻗고 꿈틀거리고 몸부림치며 허공으로 떠올랐다. 다음 순간 그 가운데 한 가닥이 둘로 끊어졌다. 그 전선이 물에 닿으면서 보라색 섬광이 일었고, 모든 사람이 일시에 비명을 질렀다.

이윽고 우리는 문을 빠져나와 주차장을 가로질러 달려갔다. 난 계속 비명을 지르고 있었던 것 같지만, 잘 기억나지 않는다. 아이들이 비명을 지르기 시작한 뒤부터 모든 일을 선명히 기억할 수 없다. 그 고압선들이 물로 덮인 바닥에 떨어진 뒤부터……

열여덟 살인 토미 로스에게 마지막 순간은 빠르고도 자비롭게, 거의 아무런 고통 없이 찾아왔다.

그는 무슨 중대한 사태가 벌어지고 있는지도 알지 못했다. 그는 쨍그랑거리며 부딪치는 소리를 어린 시절 게일런 삼촌의 농장에 대한 기억과

(우유통이 부딪치는군)

발밑에 있던 밴드에서 나는 소리와 관련 지었다.

(누군가 뭘 떨어뜨린 모양이군)

다음 순간 자신을 굽어보는 조시 브렉의 모습이 언뜻 보였다.

(나한테 후광 같은 것이라도 있는 모양이지)

그다음으로 4분의 1쯤 피가 들어 있는 들통이 그를 때렸다. 들통 테두리 아래쪽으로 튀어 올라온 뚜껑 부분이 정수리를 후려치자

(이봐, 아프……)

순식간에 정신을 잃고 말았다. 그는 '조시와 월광' 밴드의 전기 장치에서 시작된 불이 베네치아 사공을 그린 벽화로, 이어서 무대 뒤편과 머리 위에 쌓인 낡은 교복과 책과 종이 더미의 쥐 소굴로 옮겨붙을 때까지도 사지를 뻗은 채 무대 위에 널브러져 있었다.

반시간 후 기름 탱크가 폭발했을 때 그는 이미 죽어 있었다.

뉴잉글랜드 AP통신 10:46 P.M. 수신 전문에서 인용:

메인주 챔벌레인(AP통신)

이 시각 현재 유언 연합 고등학교에서 걷잡을 수 없는 화재가 발생함. 전기 합선이 원인으로 추정되는 화재 발생시 교내에서는 무도회가 진행 중이었음. 목격자들의 말에 따르면 스프링클러가 예고 없이 작동하면서 록 밴드 장비에 누전을 발생시켰음. 몇몇 목격자에 따르면 주 동력선이 끊어졌다고도 함. 불붙은 교내 체육관에 갇힌 인원이 무려 110명에 이르는 것으로 추정됨. 들리는 바에 의하면 이웃 웨스트오버와 모턴과 루이스턴의 소방서에서 원조 요청을 받았으며, 현재 또는 머지않아서 현장으로 출동할 예정이라고 함. 현재까지 사상자는 보고된 바 없음. 이상.

—5월 27일 오후 10시 46분 6904D AP

긴급

메인주 챔벌레인(AP통신)

가공할 폭발이 메인주의 조그만 마을 챔벌레인에 위치한 유언 연합 고등학교를 진동시킴. 교내 무도회가 개최되던 체육관의 화재 진압을 위해 챔벌레인의 소방차 세 대가 조기에 출동했지만 소용없음. 해당 지역의 모든 소화전은 파손된 상태였으며, 스프링가에서 그래스 플라자에 이르는 본선의 수압은 제로 상태로 보고됨. 한 소방관의 말: "노즐이 모두 망가졌어요. 아이들이 모두 타죽기 전에 물을 콸콸 뿜어야 하는데 말이죠." 현재까지 시신 세 구가 회수됨. 그 가운데 하나는 챔벌레인 소방관 토머스 B. 미어스로 확인됐음. 나머지 두 사람은 파티 참석자로 보였음. 다른 세 명의 챔벌레인 소방관이 경미한 화상과 연기 흡입으로 모턴 구급 병원으로 수송되었음. 불길이 체육관 부근에 있던 교내 연료 탱크에 이르면서 폭발이 일어난 것으로 추정됨. 화재 자체는 스프링클러 시스템이 오작동된 데 이어 절연 상태가 좋지 않은 전기 설비에서 시작된 것으로 짐작됨. 이상.

—5월 27일 오후 11시 22분 70119 E AP

수는 운전 면허증만 따 놓았을 뿐이지만 냉장고 옆 열쇠 걸이에서 엄마의 자동차 열쇠를 뽑아 들고 차고로 달려갔다. 부엌 시계는 정각 11시를 가리켰다.

처음 시동을 걸면서 연료를 지나치게 주입한 나머지 두 번째 시동을 걸기 위해 얼마간 기다려야 했다. 이번에는 덜컥 하면서 시동이 걸려 요란한 소리를 내며 차고에서 나오다가 부주의하게도 한쪽 범퍼를 우그러뜨렸다. 그녀는 뒷바퀴로 자갈을 튀기면서 차를 돌렸다. 엄마의 77년형 플리머스 뒷부분이 갓길에 얹혀 요동치면서 가까스로 차도로 들어설 수 있었다. 그녀는 토할 것 같았다. 자신이 덫에 걸린 짐승처럼 목구멍 깊숙이에서 끙끙거리는 소리를 내고 있다는 사실을 깨달은 것은 이때였다.

그녀는 6번 도로와 백 챔벌레인로의 교차점에서 정지 신호를 받고도 차를 멈추지 않았다. 챔벌레인과 웨스트오버가 접한 동쪽 밤하늘과, 그녀의 뒤편으로 모턴이 있는 남쪽에서도 소방차 사이렌 소리가 울려 퍼졌다.

학교가 폭발한 것은 언덕 기슭에 거의 이르렀을 때였다.

두 발을 모두 써서 동력 브레이크를 콱 밟는 바람에 그녀는 봉제 인형처럼 핸들 쪽으로 몸이 왈칵 쏠렸다. 타이어가 포장도로 위에서 울부짖었다. 그녀는 가까스로 더듬어 문을 열고, 눈부신 섬광 때문에 손으로 눈을 가린 채 밖으로 나왔다.

응혈 같은 화염이 하늘을 찢어 놓고, 펄럭이는 양철 지붕과 나무 토막과 종이 조각들이 비구름처럼 떠올라 있었다. 역한 기름 냄새가 확 풍겨 왔다. 중심가는 카메라 플래시를 터뜨리기라도 한 것처럼 환했다. 그 무서운 몇 초 사이에 움푹 꺼진 채 불길에 덮인 유언 고등학교의 체육관을 통째로 볼 수 있었다.

다음 순간 거센 충격 때문에 그녀는 뒤로 밀렸다. 갑작스럽고도 엄청난 힘으로 도로의 쓰레기가 스치듯 날리면서 후끈한 공기가 돌풍처럼 불어 닥쳤다. 그것은 한순간

(지하철 냄새)

지난해 가 보았던 보스턴을 연상시켰다. 빌 약국과 켈리 프루트의 유리창들이 쨍그랑거리며 안쪽으로 무너져 내렸다.

그녀는 옆으로 쓰러졌다. 화염이 섬뜩한 대낮처럼 거리를 환히 비추었다. 그다음에 일어난 일들은 마치 그녀의 마음이 주변과는 별개로 움직이고 있기라도 한 것처럼

(죽었어 그들 모두 캐리도 죽었어 그런데 어째서 캐리 생각이 나는 거지)

느린 동작으로 벌어졌다. 차량들이 현장을 향해 달려가고 몇몇 사람들도 실내복과 긴 셔츠, 파자마 바람으로 달리고 있었다. 한 남자가 챔벌레인 경찰서 겸 법원으로 쓰이는 건물 현관에서 나오는 것이 보였다. 그 남자는 천천히 움직이고 있었다. 자동차들도 천천히 움직였다. 뛰어가는 사람들도 천천히 움직였다.

그자는 경찰서 계단에서 손을 나팔처럼 만들어 입에 대고 뭐라고 소리쳤다. 날카로운 시청 경적음과 소방차 사이렌 소리, 괴물의 입처럼 타오르는 불길 때문에 그 소리는 잘 안 들렸다. 그것은,

"이봐, 조심해! 안 돼!"

하는 소리처럼 들렸다. 그 아래 거리는 흠뻑 젖어 있었다. 물위로 불빛이 일렁거렸다. 그 아래쪽에 테디 주유소가 있었다.

"이봐, 휘발……"

다음 순간 온 세상이 폭발했다.

토머스 K. 퀼런이 메인주 챔벌레인에서 5월 27일에서 28일에 발생한 사건과 관련하여
메인주 조사위에서 행한 선서 증언에서 인용(다음 요약본은 뉴욕 소재 시그넷 북스에서
1980년에 간행한 『불길한 무도회: 화이트 위원회 보고서』에 수록된 것임):

질문 퀼런 씨. 선생은 챔벌레인 주민입니까?

응답 그렇습니다.

질문 주소가 어디죠?

응답 난 당구장 위에 방을 하나 얻어서 삽니다. 당구장이 내 직장
이죠. 바닥을 걸레질하고 청소기로 당구대를 청소하고 기계
도 이것저곳 손봅니다. 핀볼 기계 같은 것 말입니다.

질문 5월 27일 밤 10시 30분에 어디 있었습니까, 퀼런 씨?

응답 어…… 사실은 경찰서 유치장에 있었어요. 아시겠지만 매주
목요일이 내 봉급날이죠. 전 늘 외출해서 술을 잔뜩 마시곤
합니다. 카발리에에 가서 슐리츠 맥주를 마시며 안쪽에서
포커를 좀 하곤 하죠. 하지만 내가 술버릇이 좀 나쁩니다. 머
릿속에서 롤러스케이트를 타는 기분이 든다니까요. 깡패같
이 말입니다. 한번은 의자로 어떤 자식의 머리통을 후려쳤는
데…….

질문 그렇게 고약한 성질이 나면 경찰서를 찾아가는 게 선생의 습
관이었습니까?

응답 네. '덩치' 오티스가 내 친구죠.

질문 본 카운티의 오티스 도일 보안관을 말씀하시는 건가요?

응답 네. 내가 기분이 더러워지려고 하면 언제든 들르라고 했거든

요. 그 무도회가 있던 전날 밤에도 친구들 몇몇이 카발리에 뒷방에서 스터드 포커를 했는데, '손 빠른' 마르셀 듀베이가 속임수를 쓰는 것 같았죠. 취하지 않았다면 좀 더 분별 있게 행동했을 거예요. 프랑스 사람들은 남을 속이려면 자기 패를 보라고 하잖아요. 아무튼 그것 때문에 화가 치밀었어요. 아시다시피 맥주도 몇 병 마신 끝이라 난 판을 접고 경찰서로 찾아갔습니다. 사무실을 지키고 있던 플레시가 나를 곧장 1번 감방에 수감시켜 주었죠. 플레시는 좋은 아이죠. 난 그 애의 엄마와도 알고 지내는 사이였지만 그건 오래전 일입니다.

질문 퀼런 씨, 27일 밤에 대해 얘기해 주시겠습니까? 오후 10시 30분 말입니다.

응답 지금 그 얘기를 하고 있지 않은가요?

질문 그랬으면 좋겠군요. 계속하세요.

응답 아무튼 플레시가 나를 수감시킨 것은 금요일 새벽 2시 15분경이었고 난 금방 잠에 곯아떨어졌습니다. 뭐, 인사불성 상태로 말이죠. 다음 날 오후 4시경 잠이 깨어 알카셀처숙*를 세 알 먹고는 다시 잠들었습니다. 괜찮은 방법이죠. 숙취가 완전히 가실 때까지 자는 겁니다. '덩치' 오티스 말이, 내가 쓰는 방식을 잘 알아보고 특허를 내라더군요. 그러면 세상 사람들을 고통에서 구해 줄 수 있다면서 말이죠.

질문 그러실 수도 있겠군요, 퀼런 씨. 그런데 다시 잠에서 깬 것은

---

* 숙취에 복용하는 발포제.

언제였나요?

응답 금요일 밤 10시경이었어요. 몹시 배가 고팠기 때문에 식당에서 뭘 좀 먹기로 했죠.

질문 경찰서에서 감방문을 열어 둔 채 놔두었다는 말씀인가요?

응답 그럼요. 난 정신이 말짱할 땐 정말 얌전하답니다. 실제로 한번은……

질문 본 위원회에서는 감방을 나왔을 때 무슨 일이 있었는지만 말씀하세요.

응답 무슨 일이 있었느냐 하면 화재 경보가 울렸더랬죠. 무지하게 놀랐습니다. 베트남 전쟁이 끝난 뒤로 밤중에 그렇게 울리는 경보 소리는 들어 본 적이 없었거든요. 그래서 위층으로 올라갔는데, 빌어먹게도 사무실에는 아무도 없었습니다. 그래서 난 속으로 '젠장, 이 일 때문에 플레시가 나간 모양이군.' 하고 말했어요. 경찰서에서는 누가 부르는 일이 생길 수 있기 때문에 항상 누군가 대기하고 있어야 하거든요. 난 창가로 가서 밖을 내다보았죠.

질문 그 창에서 학교가 보입니까?

응답 그럼요. 학교는 맞은편 한 블록 반쯤 떨어진 곳에 있으니까요. 사람들이 사방을 뛰어다니며 소리 지르고 있었죠. 내가 캐리 화이트를 본 것은 그때였어요.

질문 선생은 전에 캐리 화이트를 본 적이 있습니까?

응답 아뇨.

질문 그러면 어떻게 캐리였다는 사실을 알았나요?

응답 그건 설명하기 힘든데요.

질문 얼굴을 똑똑히 보았습니까?

응답 그 애는 중심가와 스프링가 모퉁이의 소화전 곁 가로등 아래 서 있었어요.

질문 그때 무슨 일이 있었나요?

응답 있고말고요. 소화전 윗부분이 통째로 터지면서 세 방향으로 날아갔어요. 왼쪽과 오른쪽, 그리고 곧장 하늘로요.

질문 그…… 오작동이 발생한 것이 몇 시였습니까?

응답 10시 40분쯤이에요. 그보다 늦지는 않았을 겁니다.

질문 그런 다음에 무슨 일이 있었나요?

응답 그 애가 중심지 쪽으로 걷기 시작했어요. 선생님, 그 애는 정말 무시무시해 보였어요. 옷이 성하지는 않았지만 파티 드레스 같은 차림을 했고 소화전에서 나온 물에 흠뻑 젖고 피를 뒤집어쓴 채였습니다. 이제 막 자동차 사고라도 당한 사람 같았죠. 하지만 '싱글싱글' 웃고 있었어요. 난 그런 웃음을 본 적이 없었어요. 마치 죽은 사람의 얼굴 같았어요. 그러고는 계속 자기 두 손을 보면서 거기에 묻은 피를 닦으려 하지만 닦아 낼 수 없다는 듯이 드레스에 대고 문지르곤 했습니다. 그러면서 마을 전체에 피를 뿌리고 사람들이 대가를 치르게 하겠다는 생각을 하고 있었죠. 정말 무서운 일이었습니다.

질문 선생은 어떻게 캐리가 하고 있던 생각을 알았습니까?

응답 모르겠어요. 설명할 수가 없네요.

질문 지금부터 증언을 하실 때는 눈으로 직접 본 것만을 말씀해 주셨으면 좋겠습니다, 퀼런 씨.

응답 알겠습니다. 그래스 플라자 모퉁이에도 소화전이 있는데, 그
것도 터져 버렸어요. 그쪽 것은 좀 더 잘 볼 수 있었죠. 소화
전 옆구리에 붙어 있던 큰 너트들이 저절로 풀렸습니다. 그
걸 '내 눈으로 똑똑히' 보았어요. 그러고는 앞의 소화전처럼
터졌어요. 그 애는 즐거워했습니다. 그러고는 '이러면 한바
탕 소나기를 퍼붓겠지.' 하고 혼잣말을 했습니다……. 이런,
죄송합니다. 다음 순간 소방차들이 지나가는 바람에 그 애
를 시야에서 놓쳤어요. 사람들이 신형 펌프 소방차를 학교
에 대 놓고 소화전을 작동시켰지만 물이 나오지 않았습니다.
화가 잔뜩 난 버튼 대장이 뭐라고 고함 치는데 그 순간 학교
가 폭발했죠. 맙소사.

질문 선생은 경찰서 밖으로 나왔습니까?

응답 네. 플레시를 찾아서 그 미친 여자애와 소화전 얘기를 하려
고 했습니다. 그러다 무심코 테디 주유소 쪽으로 눈을 돌
리다가 그만 피가 얼어붙는 장면을 목격했어요. 주유기 여
섯 대의 펌프가 모두 걸쇠에서 풀려 있었어요. 테디 뒤샹은
1968년도에 죽었지만(하느님, 그 양반을 굽어 살피소서), 그 친
구의 아들도 자기 아버지가 그래 왔던 것처럼 매일 밤 펌프
를 꼭꼭 잠가 놓았죠. 펌프에 붙어 있던 예일 자물쇠* 하나
하나가 고리가 부서진 채 대롱거리고 있었어요. 펌프 주둥이
는 아스팔트에 늘어져 있고 펌프마다 자동 주입이 설정되어

---

* 미국인 예일이 발명한 원통형 자물쇠.

있었습니다. 휘발유가 보도와 차도로 쏟아져 나오고 있었죠. 맙소사, 그 광경을 본 나는 불알이 오그라들었답니다. 그러다 다음 순간 불붙은 담배를 물고 달려오는 친구를 발견한 겁니다.

질문 그래서 선생은 어떻게 하셨습니까?

응답 그 작자에게 소리를 질렀죠. '이봐! 담뱃불을 조심해! 이봐, 안 돼. 휘발유란 말이야!' 그 친구는 내가 지르는 소리를 듣지 못했어요. 소방차 사이렌과 시청 경적 소리와 거리엔 온통 차들이 위아래로 질주하고 있었거든요. 이상할 것도 없는 일이지만요. 난 그자가 담뱃불을 버리는 것을 보고 숨기 위해 건물 안으로 뛰어들었어요.

질문 그다음엔 무슨 일이 있었나요?

응답 그다음이라고요? 맙소사, 그다음엔 챔벌레인에 악마가 재림하셨죠…….

들통이 떨어졌을 때 그녀가 맨 처음 의식한 것은 음악 사이로 들린 쨍그랑 하는 요란한 금속성 소리였고, 다음 순간 미적지근하고 축축한 것을 뒤집어썼다. 그녀는 본능적으로 눈을 감았다. 곁에서 끙 하는 신음 소리가 들렸는데, 그녀가 정신을 겨우 차렸을 때 처음 느낀 것은 짤막한 통증이었다.

(토미)

음악 소리는 요란한 불협화음과 함께 멎었으며, 그것에 이어서

줄이 끊어지기라도 한 것처럼 멍한 가운데 몇몇의 목소리가 들려왔다. 갑자기 아무것도 내다볼 수 없게 된 순간, 사건과 자각 사이의 빈자리를 채우기라도 하듯 누군가의 목소리가 또렷하게 들렸다.

"맙소사, 저건 피야."

한순간 뒤, 마치 그 말의 진실을 거듭해서 전적으로 정확하게 알리려는 듯 누군가 비명을 질렀다.

눈을 감은 채 앉아 있던 캐리는 가슴속에서 솟구치는 공포의 시커먼 덩어리를 감지했다. 엄마의 말이 들어맞은 것이다. 그들은 또다시 그녀를 덮치고 속이고 놀림감으로 삼았다. 그 일에 대한 혐오감은 지루할 정도로 반복된 것일 테지만 이번은 달랐다. 그들은 이 위에서, 전교생이 지켜보는 바로 이곳에서 그녀를 덮쳤으며, 샤워실 소동을 재연했다…… 단지

(맙소사 저건 피야)

그 목소리만이 이 일이 생각할 여지도 없을 만큼 끔찍한 것임을 말해 주었다. 감았던 눈을 뜨고 그것이 사실이라면……. 아, 그럼 어쩌지? 그럼 어떻게 한담?

누군가 웃기 시작했다. 겁에 질린 외톨이 하이에나의 웃음소리였다. 그녀는 눈을 '떴다'. 웃은 사람을 보려고. 그러고는 최후의 악몽이 사실임을 알았다. 자신이 온통 붉은 것을 뒤집어쓴 채 뚝뚝 흘리고 있었다. 그들이 모두가 보는 앞에서, 숨겨야만 하는 바로 그 피를 그녀에게 뒤집어씌운 것이다. 그녀의 생각은

(아…… 내가…… 그걸…… **뒤집어썼어**)

극도의 불쾌감과 수치심 때문에 해쓱한 자줏빛으로 물들었다.

그녀는 자신이 풍기는 냄새를 맡을 수 있었다. 그것은 피의 악취, 축축한 구리 냄새였다. 한순간 스쳐 가는 온갖 상들 속에서 벌거벗은 허벅지 사이로 뚝뚝 떨어지는 피가 보이고 끊임없이 타일에 부딪히는 샤워 물줄기 소리가 들리고 '틀어막아.' 하는 훈계의 목소리와 함께 부드러운 탐폰과 생리대가 후드득거리며 자신의 살을 때리는 것을 느끼고 저 노골적이고 더할 나위 없이 모질었던 공포를 다시금 맛보았다. 그들은 마침내 그녀에게 해 주고 싶어 했던 샤워를 시켜 준 셈이었다.

두 번째 목소리가 뒤를 이었고, 다시 세 번째 목소리(여자애의 높은 킬킬거림), 이어서 네 번째, 다섯 번째, 여섯 번째, 열두 명, 아니 이제 그들 모두가 웃고 있었다. 빅 무니도 웃고 있었다. 그녀의 눈에 그의 얼굴이 보였다. 충격을 받아 완전히 굳어 버린 얼굴이었지만 그런데도 소리 내어 웃고 있었다.

그녀는 소음이 밀려드는 파도처럼 자신을 덮치도록 내버려 둔 채 꼼짝 않고 앉아 있었다. 그들은 여전히 모두 아름다웠고 매혹과 경탄도 그대로였지만, 경계선을 넘은 그녀에게 이제 동화는 타락과 사악함의 질시를 받아 해쓱해졌다. 이 새로운 동화 속에서 그녀는 독 묻은 사과를 깨물고 도깨비들의 습격을 받고 호랑이에게 먹힐 터였다.

아이들은 다시 그녀를 비웃어 대고 있었다.

다음 순간 갑자기 웃음소리가 그쳤다. 그녀는 자신이 얼마나 기만당했는지 섬뜩하게 깨달았다. 무섭고 소리 없는 울음이·

(그들은 지금 나를 **보고** 있어)

터져 나오려고 했다. 그녀는 울음을 감추기 위해 두 손으로 얼굴을 가린 채 비틀거리며 의자에서 빠져나왔다. 머릿속에 떠오른 유일한 생각은, 달아나는 것, 빛을 피하는 것, 암흑이 자신을 덮어 가리도록 하자는 것뿐이었다.

하지만 그 일은 당밀 속을 뚫고 지나가려는 시도와 비슷했다. 그녀를 배신한 마음이 시간을 거의 기어가다시피 늦추었다. 흡사 하느님이 그 모든 장면의 분당 회전 속도를 78rpm에서 33.3rpm으로 전환시키기라도 한 것 같았다. 웃음소리마저 나지막하게 울리는 불길한 굉음처럼 깊고 느려진 듯이 들렸다.

두 발이 서로 얽히는 바람에 하마터면 무대 가장자리로 떨어질 뻔했다. 그녀는 균형을 잡은 뒤 허리를 낮추고 바닥으로 팔짝 뛰어내렸다. 맷돌을 가는 듯한 웃음소리가 한층 더 커졌다. 마치 바윗돌이 서로 부딪치는 소리처럼 들렸다.

그녀는 보고 싶지 않았지만 '보고' 말았다. 조명이 너무 환해서 모두의 얼굴이 똑똑히 보였던 것이다. 그들의 입과 이빨과 눈을. 바로 눈앞에 있는, 핏덩이가 엉겨 붙은 자신의 손도 보였다.

데스자딘 선생이 그녀를 향해 뛰어오는 것이 보였다. 데스자딘 선생의 얼굴은 거짓된 동정심으로 가득했다. 캐리는 그 얼굴의 안쪽에 있는 진짜 데스자딘 선생의 모습을, 고약하고 상스러운 노처녀가 킬킬대는 모습을 볼 수 있었다. 데스자딘 선생이 입을 벌리고 그녀의 음성이 들려왔다. 끔찍하고 느리고 깊게 울리는 음성이.

"도와줄게, 애야. 오, 정말 이런 일이……."

캐리가 그녀를 향해 주먹을 뻗었다.

(구부려)

다음 순간 데스자딘 선생은 무대 측면으로 날아가 부딪히면서 쓰러졌다.

캐리는 뛰어갔다. 그녀는 그들 사이 한복판을 뛰어갔다. 두 손으로 얼굴을 가렸지만 그래도 창살 같은 손가락 사이로 아름답고, 빛에 싸이고, 천사처럼 눈부신 '수락'의 의상을 입은 그들을 볼 수 있었다. 광택을 낸 구두, 깨끗한 얼굴, 미장원에서 신중하게 손질한 머리, 화려한 야회용 드레스들. 그들은 역병이라도 되듯 그녀에게서 물러섰지만 계속해서 웃어 댔다. 다음 순간 누군가 아무도 몰래 발을 슬쩍 내밀었다.

(오 그래 그다음에 올 일이지 맞아)

양손으로 바닥을 짚고 엎어진 그녀는 피로 떡칠한 머리를 앞으로 늘어뜨린 채, 광선 때문에 장님이 되어 다마스커스 거리를 기어가던 성 베드로처럼 엉금엉금 기어갔다. 이제 누군가 그녀의 엉덩이를 걸어차기만 하면 될 터였다.

그러나 엉덩이를 걸어찬 사람은 없었다. 그녀는 비틀거리며 다시 일어섰다. 이제는 일들이 빠르게 진행되기 시작했다. 그녀는 문을 통해 로비로 나온 다음, 바로 두 시간 전 자신과 토미가 그처럼 당당하게 옷자락을 끌며 올랐던 계단을 날듯이 뛰어 내려갔다.

(토미가 죽은 건 대가를 톡톡히 치른 거야 빛의 세계에 역병을 끌어들인 대가를 말이야)

그녀는 어설픈 큰 걸음으로 계단을 뛰어 내려갔다. 웃음소리가 검은 새들처럼 그녀의 주위에서 파닥거렸다.

그런 다음, 암흑이 찾아왔다.

그녀는 파티용 실내화 두 짝을 모두 잃어버린 채 맨발로 학교 앞 넓은 잔디밭을 달아나듯 뛰어갔다. 바짝 깎은 데다 이슬로 살짝 덮인 교정 잔디밭은 감촉이 벨벳 같았다. 등 뒤에서는 여전히 웃음소리가 들려왔다. 그녀는 이제 좀 진정되기 시작했다.

다음 순간 이번에는 두 발이 제대로 얽히면서 그녀는 깃대 옆에 엎어지고 말았다. 그녀는 거칠게 숨을 쉬며 꼼짝 않고 엎드린 채 달아오른 얼굴을 서늘한 풀밭에 묻었다. 부끄러움에서 나오는 눈물이 초경 때의 피처럼 뜨겁고 탁하게 흘러나왔다. 그들은 결정적으로 그녀를 이기고 앞질렀다. 게임은 끝났다.

그녀는 이제 곧 일어나 누군가 자기를 볼 경우를 대비해서 뒷골목 그늘만 골라 집으로 돌아간 다음 엄마를 보고 자신이 틀렸다는 것을 인정할 것이다…….

(그건 싫어!)

그녀의 내부에서 단호함이 불쑥 솟아나더니 강한 어조로 그렇게 내뱉었다. 벽장? 그 두서없는 기도를 끝도 없이 올리라고? 종교 책자와 십자가, 그리고 앞으로 수십 년 남은 여생 동안 매년 매일 매시간을 구획하는 뻐꾸기시계 속의 기계 새하고만 같이 지낸다고?

문득, 머릿속에 비디오를 틀어 놓기라도 한 것처럼 자신을 향해 달려오는 데스자딘 선생이, 그리고 특별히 의식해서 생각한 것도 아닌데 자신의 마음을 이용하자마자 그녀가 헝겊 인형처럼 나동그라지는 것이 보였다.

그녀는 벌렁 누워서 피로 얼룩진 얼굴에 상기된 눈으로 별을 바라보았다. 그녀는 잊고 있었던 것이다.

(그 힘을!)

이제 그들에게 교훈을 줄 때였다. 뭔가 한두 가지를 보여 줄 시간이 된 것이다. 그녀는 히스테리에 잠긴 목소리로 킬킬대고 웃었다. 그것은 엄마가 즐겨 쓰는 표현이었다.

(엄마는 집에 오면 지갑을 내려놓고 안경을 빛내며 말하곤 했어 내가 오늘 점포에서 그 녀석한테 한두 가지 보여 줬지 하고)

스프링클러 시스템. 그녀는 그것을 아주 간단히 작동시킬 수 있었다. 캐리는 다시 한번 킬킬대고는 일어나 맨발로 로비 문을 향해 걸어가기 시작했다. 스프링클러를 틀고 모든 문을 닫자. 그러고는 자기가 안을 들여다보고 있다는 걸 그 애들한테 '보여 주는' 것이다. 물줄기가 그들이 입은 드레스와 머리를 망치고 구두의 광택을 지우는 동안 지켜보면서 웃고 있는 자기 모습을. 단 한 가지 안타까운 점은 그것이 피가 아니라는 사실일 것이다.

로비는 비어 있었다. 그녀는 층계 중간쯤에서 걸음을 멈추고 '구부리기'를 했다. 그러자 모든 문이 그녀의 집중력 아래 일제히 닫히고 기압식 폐쇄기가 찰칵 하고 걸렸다. 아이들 가운데 몇몇이 지르는 비명이 들렸다. 그것은 음악, 그것도 감미로운 영가였다.

한순간 아무 일도 일어나지 않았다. 다음 순간 그녀는 아이들이 문을 열려고 밀어 대는 것을 느꼈다. 그 압력은 하찮았다. 그들은 갇힌 것이다.

(갇혔다)

그 단어는 매혹적인 울림을 풍겼다. 그들은 이제 자신의 지배 아래, 자신의 힘 아래 놓인 것이다. 힘! 정말 굉장한 말이었다!

그녀는 남은 계단을 마저 올라가 안을 들여다보았다. 조지 도슨이 유리에 눌려 버둥거리며, 힘을 쓰느라 얼굴을 잔뜩 일그러뜨린 채 문을 밀고 있었다. 그의 뒤에도 다른 아이들이 있었다. 그들은 마치 수족관 안에 든 물고기처럼 보였다.

눈을 들어 보니, 그렇다, 거기에 스프링클러 파이프와 금속 데이지 꽃처럼 생긴 조그만 노즐들이 보였다. 파이프는 녹색 콘크리트 블록의 작은 구멍 속으로 나 있었다. 그 안에 적지 않은 스프링클러가 있었다는 것이 기억났다. 화재 방지법인지 뭔지 하는 것 때문에 설치한 것들이었다.

화재 방지법. 그 순간 그녀의 머릿속에

(뱀처럼 까맣고 굵은 전선들)

무대 위에 잔뜩 깔려 있던 동력선이 떠올랐다. 그것들은 각광에 가려져 청중의 눈에는 보이지 않았지만, 그녀는 옥좌로 가기 위해 그 위를 조심스레 넘어야 했다. 토미가 그녀의 팔을 붙잡아 주었더랬다.

(불과 물이라……)

그녀는 마음속으로 손을 뻗어 파이프를 더듬어 갔다. 물이 가득 찬 차가운 파이프. 입속에서는 차고 축축한 쇠붙이 맛이 느껴졌다. 정원 호스 끝으로 마셔 보았던 물맛이었다.

'구부려.'

잠깐 동안은 아무 일도 일어나지 않았다. 다음 순간 아이들이 두리번거리며 문짝에서 물러나기 시작했다. 그녀는 중앙 문의 작은 직사각형 유리 쪽으로 다가가 안을 들여다보았다.

체육관 안에 비가 쏟아지고 있었다.

캐리는 미소를 짓기 시작했다.

그녀는 스프링클러를 모두 다 틀지 않고 일부만 작동시켰다. 그러나 이제 눈으로 스프링클러를 바라보기만 해도 마음속으로 아주 간단하게 파이프의 진로를 더듬을 수 있다는 사실을 알았다. 그녀는 더 많은 노즐을 틀기 시작했다. 아직 충분치 않았다. 아이들이 아직 울부짖지 않고 있었다. 그러니 아직 충분치 않았다.

(아이들에게 고통을 줘야 해 고통을)

무대 위 토미 곁에서 한 남자애가 격렬하게 손짓하며 뭐라고 소리치고 있었다. 그녀가 보고 있는 동안 그 애가 무대를 내려오더니 록 밴드 장비 쪽으로 뛰어갔다. 마이크 스탠드를 잡는 순간 그 애는 그 자리에서 꼼짝달싹하지 못했다. 캐리는 놀란 눈으로, 그 애가 몸을 거의 움직이지 않은 채 추는 전기 댄스를 바라보았다. 물속에서 두 발을 허우적거리고 머리카락은 뾰족하게 곤두서고 물고기 주둥이처럼 입을 벙긋거렸다. 정말 우스꽝스러운 몰골이었다. 캐리는 웃음을 터뜨렸다.

(좋아 이번에는 다른 애들도 모두 우스꽝스럽게 만들어 주자)

다음 순간 갑자기 그녀는 맹목적인 힘으로 자신이 감지할 수 있는 모든 힘을 홱 잡아당겼다.

전등 몇 개가 꺼졌다. 전기가 흐르는 동력선이 물웅덩이에 닿으면서 어딘가에서 눈부신 섬광이 일었다. 회로 차단기가 기능을 상실하는 순간 그녀의 마음속에 둔탁한 충격이 가해졌다. 마이크를 잡고 있던 아이는 앰프 쪽으로 넘어지고 보라색 불꽃이 터지고 무대 가두리에 두른 오글오글한 장식 종이에 불이 붙었다.

옥좌 바로 아래 있던 220볼트짜리 전선이 바닥에서 파닥거렸고, 그 곁에 있던 론다 시마드는 튈로 만든 녹색 야회복을 입은 채 미친 듯이 퍼핏 댄스*를 추었다. 드레스의 풍성한 치마가 삽시간에 화염에 휩싸이면서 앞으로 엎어진 그녀는 여전히 경련을 일으키고 있었다.

캐리가 한계선을 넘어선 것은 그 무렵부터였을 것이다. 그녀는 문짝에 몸을 기댔다. 심장이 격렬하게 뛰고 있었지만, 몸뚱이는 얼음 덩어리만큼이나 차가웠다. 얼굴은 납빛이었지만 뺨에는 열기를 띤 흐릿한 붉은 반점이 나타났다. 머리가 둔탁하게 맥박치고 더 이상 의식적인 생각을 할 수 없었다.

그녀는 별다른 생각이나 뚜렷한 계획 없이 문들을 단단히 닫아놓은 상태로 비틀거리며 문에서 떨어졌다. 안에서는 불꽃이 환하게 비추었다. 머릿속에 희미하게, 벽화에도 불이 붙었을 것이라는 생각이 들었다.

그녀는 층계 맨 위에 털썩 주저앉아 무릎 사이에 고개를 묻고 숨을 고르려고 애썼다. 아이들이 다시 문을 빠져나오려 했지만 안 열리게 버티는 일은 간단했다. 그 일만은 특별히 노력을 기울이지 않아도 할 수 있었다. 흐릿한 의식 속에서 몇몇 아이들이 비상구로 빠져나가는 것을 느낄 수 있었지만 내버려 두었다. 나중에 손을 보면 될 일이었다. 그녀는 그들 모두를 잡을 것이다. 한 사람도 남김

---

* 브레이크 댄스의 일종. 한 사람이 파트너를 따라서 추는 춤.

없이.

캐리는 계단을 천천히 내려가 주 출입문을 나섰다. 체육관 문은 여전히 봉쇄한 채였다. 그 일은 아주 간단했다. 그저 마음의 문으로 그쪽을 보고 있기만 하면 됐다.

시청에서 갑자기 경적이 울리는 바람에 캐리는 비명을 지르며 한순간 손으로 얼굴을 가렸다.

(저건 그냥 화재 경보일 뿐이야)

그 바람에 마음의 눈이 체육관 문들을 보지 못해서 하마터면 문짝 몇 개가 열릴 뻔했다. 아냐, 아냐. 그건 안 될 일이지. 그녀는 다시 문을 쾅 닫았으며, 그 바람에 누군가의 손이(데일 노버트의 손이라는 느낌이 들었다.) 문틈에 끼어 손가락 하나가 잘려 나갔다.

그녀는 눈알이 튀어나온 허수아비 같은 몰골을 한 채 다시 비틀대며 잔디밭을 가로질러 중심가를 향했다. 오른쪽에는 상가가 있었다. 백화점, 켈리 프루트, 미장원 겸 이발소, 주유소, 경찰서, 소방서…….

(소방서에서 내 불을 끄려고 들 테지)

하지만 어림도 없지. 그녀는 킬킬거렸다. 의기양양하고 어찌할 바를 모르고 승리의 기쁨에 찬 동시에 겁에 질린 소리는 미친 사람의 웃음소리나 다름없었다. 첫 번째 소화전이 보이자 캐리는 그 옆구리에 달린 큼직한 너트를 돌려 보았다.

(오?)

뻑뻑했다. 아주 뻑뻑했다. 단단하게 조인 금속이 장애물이었다. 상관없어.

좀 더 힘을 주자 너트가 풀리는 느낌이 들었다. 이번엔 다른 쪽에 달린 너트. 그리고 꼭대기에 있는 것도. 그런 다음 멀찍이 떨어진 채 세 개의 너트를 동시에 돌렸다. 너트들은 순식간에 풀렸다. 물줄기가 폭발하듯 사방으로 뻗어 나갔다. 너트 하나는 바로 눈앞에서 파괴적인 속도로 1.5미터나 솟구쳤다. 그 너트는 길바닥에 떨어졌다가 허공으로 튕겨 나간 다음 사라졌다. 물줄기는 순전히 수압만으로 십자 모양을 그리며 솟구쳤다.

미소 짓고 비틀거리며, 심장이 분당 200회 이상 뛰는 상태에서 그녀는 그래스 플라자를 향해 걷기 시작했다. 그녀는 자기가 맥베스 부인처럼 피 묻은 손을 연신 드레스에 대고 문지르고 있다는 사실을, 웃으면서도 울고 있다는 사실을, 마음속 어딘가에서는 자신이 저지른 최후의 완전한 파멸을 슬퍼하고 있다는 사실을 의식하지 못했다.

그녀는 그 애들을 모두 덮칠 것이고 대지가 악취로 가득 찰 때까지 엄청난 화재를 일으킬 터였다.

캐리는 그래스 플라자에 있던 소화전도 열어 놓고, 이번에는 테디 주유소 쪽으로 향했다. 그 주유소는 그녀가 우연히 마주친 첫 번째 주유소였을 뿐이다. 그러나 그것이 그녀가 손을 본 마지막 주유소는 아니었다.

오티스 도일 보안관이 메인주 조사위에서 행한 선서 증언
(「화이트 위원회 보고서」, 29~31쪽에서 인용):

질문 보안관, 5월 27일 밤 어디 있었습니까?

응답 보통 올드 벤타운로라고 하는 179번 도로상에서 자동차 사고를 조사 중이었습니다. 그곳은 사실상 챔벌레인 관할이 아니라 더햄 관할이지만, 더햄 경찰인 멜 크레이거를 돕고 있었죠.

질문 유언 고등학교에서 사고가 발생했다는 통보를 받은 것은 언제였습니까?

응답 10시 21분에 제이컵 플레시 경관의 무선 연락을 받았습니다.

질문 무선으로 연락받은 내용은 무엇이었습니까?

응답 플레시 경관이, 학교에 문제가 생겼지만 심각한 상황인지 아닌지는 모르겠다고 했습니다. 고함이 꽤 많이 들리고 누군가 화재 경보기를 두어 번 작동시켰다고 했습니다. 플레시 경관은 자신이 직접 가서 어떤 문제인지 알아보겠다고 말했습니다.

질문 플레시 경관이, 학교에 불이 났다는 얘기를 하던가요?

응답 아뇨.

질문 보안관은 경관에게 계속 그 일을 보고하라고 했습니까?

응답 네.

질문 플레시 경관이 후속 보고를 했습니까?

응답 아뇨. 그는 메인가와 서머가 모퉁이의 테디 주유소에서 발생한 후속 폭발로 사망했습니다.

질문 그다음으로 챔벌레인과 관련된 무선 통신을 받은 것이 언제였습니까?

응답 10시 42분이었습니다. 그때 저는 사고 용의자를 뒤에 태운 채 챔벌레인으로 돌아가던 중이었습니다. 용의자는 만취 상태의 운전자였습니다. 아까도 말씀드렸듯이 그 사고는 실제로 멜 크레이거 관할에서 일어났지만 더햄에는 유치장이 없거든요. 챔벌레인으로 데려가더라도 대단한 유치장이라곤 할 수 없지만요.

질문 10시 42분에 받은 무선 통신의 내용은 무엇이었습니까?

응답 저는 모턴 소방서에서 중계 연락을 받은 주 경찰서에서 연락을 받았습니다. 주 경찰의 통신 지령원이, 유언 연합 고등학교에서 화재와 폭동처럼 보이는 사건이 발생했고, 어쩌면 폭발 사고도 있을지 모른다고 했습니다. 그 시점에서는 아무도 확실한 것을 몰랐죠. 그 모든 일이 겨우 40분 사이에 벌어진 일이라는 것을 알아주십시오.

질문 그건 우리도 압니다, 보안관. 그다음엔 어떤 일이 일어났습니까?

응답 저는 경광등을 켜고 사이렌을 울리며 챔벌레인으로 돌아갔습니다. 그사이에도 제이컵 플레시와 연락을 하려고 했지만 불가능했습니다. 그때 톰 퀼런이 무전을 받더니 마을 전체가 불길에 휩싸였는데 물이 없다는 등의 이야기를 늘어놓기 시작했습니다.

질문 그때가 언제인지 아십니까?

응답 네. 그때 일을 기록해 놓았죠. 10시 58분이었습니다.

질문 퀼런은 주유소가 11시에 폭발했다고 주장했는데요.

응답 아마 그 사이가 될 것 같습니다. 10시 59분이라고 해 두지요.

질문 챔벌레인에 도착한 시간이 언제였습니까?

응답 11시 10분이었습니다.

질문 처음 도착했을 때 받은 소감이 어땠습니까, 도일 보안관?

응답 몹시 놀랐습니다. 눈앞에 펼쳐진 광경을 믿을 수 없었어요.

질문 정확히 어떤 것을 보았습니까?

응답 마을의 상업 지구 위쪽 절반 전체가 불타고 있었습니다. 주유소는 날아가 버리고 보이지 않았죠. 울워스는 온통 화염에 휩싸여 있었습니다. 불길은 그 옆에 붙은 목조 점포 세 곳으로 번진 상태였습니다. 더피 주점과 켈리 프루트와 당구장으로요. 열기가 지독했습니다. 불티가 메이틀랜드 부동산과 더그 브랜 자동차 판매점 지붕 위로 날아들고 있었죠. 소방차가 속속 도착했지만 할 수 있는 일이 별로 없었습니다. 그쪽 거리에 있는 소화전은 모조리 열린 상태였죠. 뭔가를 조금이라도 할 수 있었던 것은 웨스트오버에서 파견된 낡은 자원 소방 펌프차 두 대뿐이었는데, 그것으로는 화재 현장 주변의 건물 지붕을 적시는 게 고작이었습니다. 그리고 물론 유언 고등학교도 있었어요. 그건…… 완전히 사라졌더군요. 물론 학교 건물은 뚝 떨어져 있었죠. 불이 옮겨붙을 만큼 가까운 건물은 없었습니다. 하지만 맙소사, 그 안에 있던…… 그 애들은 모두…….

질문 마을로 들어오는 길에 수 스넬 양을 만났나요?

응답 네. 그 애가 손을 흔들어 저를 멈춰 세웠습니다.

질문 그게 언제 일이었습니까?

응답 마을에 막 들어섰을 때니까…… 11시 12분 이상은 되지 않았을 겁니다.

질문 스넬 양이 뭐라고 말했습니까?

응답 그 애는 몹시 혼란한 상태였죠. 사소한 자동차 사고를 낸 상태였는데(그저 미끄러진 것일 뿐이었어요.) 말도 안 되는 소리를 늘어놓더군요. 제게 토미가 죽었는지 물었습니다. 제가 토미가 누구냐고 묻자 대답하지 않았습니다. 그리고 아직 캐리를 잡지 못했느냐고도 물었습니다.

질문 본 위원회는 당신의 증언 가운데 이 부분에 특히 관심을 갖고 있습니다, 도일 보안관.

응답 네, 그건 저도 알고 있습니다.

질문 그 질문에 뭐라고 대답했습니까?

응답 제가 아는 한 마을에 캐리라는 아이는 하나뿐이었죠. 마거릿 화이트의 딸입니다. 제가 그 애에게, 캐리가 이 화재와 관련 있느냐고 물었습니다. 스넬은 제게 캐리가 화재를 일으킨 것이라고 말했습니다. "캐리가 했어요. 캐리가 했어요."라고 했죠. 같은 말을 두 번 반복했습니다.

질문 그 밖에 또 무슨 말을 했습니까?

응답 네, "그들이 마지막으로 캐리에게 상처를 입혔어요."라고 했습니다.

질문 보안관, 스넬 양이 "'우리'가 마지막으로 캐리에게 상처를 입혔다."고 하지 않았다고 확신합니까?

응답 확신합니다.

질문 정말 그래요? 완벽하게 확신하나요?

응답 선생님, 머리 위에선 마을이 불타고 있었어요. 저는……

질문 스넬 양이 술을 마신 상태였나요?

응답 뭐라고 하셨죠?

질문 술을 마셨느냐고 물었습니다. 충돌 사고를 냈다고 했잖습니까.

응답 사소한 미끄럼 사고라고 말씀드렸던 것 같은데요.

질문 스넬 양이 '그들'이 아니라 '우리'라고 말하지 않았다고 확신할 수는 없지요?

응답 그랬을지도 모르지만…….

질문 그다음에 스넬 양은 어떻게 했습니까?

응답 울음을 터뜨렸습니다. 그래서 그 애의 뺨을 때렸죠.

질문 왜 그런 짓을 했습니까?

응답 그 애가 너무 흥분한 것 같아서 그랬습니다.

질문 그래서 조용해졌습니까?

응답 그랬습니다. 진정하고 정신을 차렸습니다. 아무튼 남자 친구가 죽었을지 모른다고 여기는 사람치고는 말이죠.

질문 스넬 양을 심문했나요?

응답 말씀하신 의미가 그거라면 말인데, 범인을 심문하듯 한 것은 아닙니다. 전 사건에 대해 아는 것이 있느냐고 물었죠. 그 애는 좀 전에 한 말을 되풀이했습니다. 훨씬 차분한 어조이

긴 했지만요. 전 그 애에게 사건이 발생했을 때 어디 있었느냐고 물었습니다. 집에 있었다고 대답하더군요.

질문 심문을 계속했나요?

응답 아뇨.

질문 그 밖에 스넬 양이 한 얘기가 있습니까?

응답 네. 내게 캐리 화이트를 찾아 달라고 했어요. 아니, 거의 애원하다시피 했습니다.

질문 그 말에 어떻게 대답했습니까?

응답 집으로 돌아가라고 했습니다.

질문 고맙습니다, 도일 보안관.

빅 무니는 싱글거리며 뱅커스 트러스트의, 차에 탄 채 이용할 수 있는 접수처 언저리 그늘에서 비틀거리며 나왔다. 그것은 흡사 광기의 기억처럼 불길이 번진 어둠 속에 몽롱하게 떠오른 큼직하고도 섬뜩하며 능글맞은 미소였다. 사회자 역할을 제대로 수행하기 위해 신중하게 매만졌던 머리는 이제 새둥지처럼 제멋대로 뻗쳐 있었다. 이마에는 봄 무도장에서 미친 듯이 달아나며 기억에도 없는 어딘가에서 넘어졌을 때 생긴 가느다란 핏자국이 나 있었다. 자줏빛으로 멍들고 일그러진 한쪽 눈은 감긴 채였다. 그는 도일 보안관의 순찰차와 부딪친 다음 당구공이 튀듯 물러나더니 뒷좌석에서 졸고 있는 술 취한 운전자를 들여다보고 이를 드러내며 웃었다. 그러고는 이제 막 수 스넬과 만나고 온 도일 쪽으로 고개를 돌렸다. 불길이 사방에 일렁이는 빛을 던지며 온 세상을 피딱지 같은 밤색으로 물들여 놓았다.

빅 무니는 돌아서는 도일을 붙잡았다. 마치 호색한이 파트너를 품에 안고 춤을 출 때처럼 껴안는 자세였다. 두 팔로 상대를 꽉 끌어안은 그는 여전히 미치광이 같은 미소를 지은 채 눈을 희번덕거리며 도일의 얼굴을 바라보았다.

"빅……." 도일이 입을 열었다.

"그 애가 소화전을 모조리 열었어." 빅이 싱글대며 가벼운 어조로 말했다. "소화전을 모조리 열어 물을 튼 거야. 애앵, 애앵, 애앵, 애앵."

"빅……."

"그냥 두면 안 돼. 오, 안 되지, 안 돼. 그럴 수 없어. 캐리가 소화전을 모조리 열었어. 론다 시마드는 불에 타 버렸지. 오오오, 마압소사아아아아……."

도일이 그의 뺨을 두 차례 때렸다. 못이 박인 손바닥으로 아이의 얼굴을 호되게 갈긴 것이다. 갑작스러운 충격에 비명은 잦아들었지만, 이를 드러낸 예의 미소는 악의 흔적처럼 얼굴에 그대로 남아 있었다. 그것은 느물거리면서도 보기에 무서웠다.

"무슨 일이 있었지?" 도일이 거친 어조로 물었다. "학교에서 대체 무슨 일이 있었느냐고?"

"캐리……." 빅이 중얼거리듯 말했다. "캐리가 학교에 나타났죠. 그 애는……." 그는 말꼬리를 흐리면서 땅바닥을 향해 싱글거렸다.

도일이 그 아이를 세 차례 힘껏 흔들었다. 빅의 위아랫니는 캐스

터네츠처럼 단단히 물려 있었다.

"캐리가 어쨌다는 거야?"

"무도회의 여왕이 됐어요. 아이들이 캐리와 토미한테 피를 뒤집어씌웠어요."

"대체 무슨……."

11시 15분이었다. 그때 갑자기 서머가에 있던 토니의 시트고 주유소가 뭔가 목에 걸린 것 같은 요란한 굉음과 함께 폭발했다. 거리가 대낮처럼 환해지면서 두 사람은 일시에 손으로 눈을 가린 채 경찰차 쪽으로 뒷걸음쳤다. 기름기를 띤 거대한 불기둥이 코트하우스파크의 느릅나무들 위로 솟아오르면서 공원의 연못과 리틀 야구 구장을 진홍색으로 물들였다. 그 뒤를 이은 타닥거리는 메마른 소리 속에서 도일은 유리와 목재와 주유소의 시멘트 블록 덩어리들이 와르르 지면으로 떨어지는 소리를 들었다. 두 번째 폭발이 그 뒤를 이었다. 두 사람은 다시 한번 움찔했다. 그는 여전히 사태를 제대로 파악할 수 없었다.

(우리 마을에서 지금 이런 일이 벌어지고 있는 건가)

이런 일이 챔벌레인에서, 맙소사, 자신이 어머니의 집 일광욕실에서 아이스티를 마시기도 하고 동아리 농구 심판을 보거나 매일 새벽 2시 30분에 카발리에 주점 앞을 지나는 6번 도로를 마지막으로 순찰하곤 했던 챔벌레인에서 정말 이런 일이 일어났다는 것이 믿어지지 않았다. 그의 마을이 불타오르고 있었다.

경찰서에서 나온 톰 퀼런이 보도를 따라 도일의 순찰차가 있는 곳으로 뛰어왔다. 머리는 사방으로 곤두섰고 지저분한 녹색 작업복에 내의 차림에 신발도 바꿔 신었지만, 도일은 지금껏 살아오면서 이렇게 반가운 사람을 만난 적이 없었던 것 같았다. 챔벌레인 그 자체나 다름없는 인물인 톰 퀼런이 바로 눈앞에, 그것도 온전한 모습으로 나타난 것이다.

"맙소사. 자네도 보았나?" 그가 헐떡이며 말했다.

"대체 여기서 무슨 일이 벌어지고 있는 거지?" 도일이 짤막하게 물었다.

"나는 무전 통신을 받고 있었네. 모턴과 웨스트오버에서 구급차를 보내야 하는지 알고 싶어서 내가 뭐든 닥치는 대로 보내라고 했네. 영구차도 보내라고 했지. 내가 제대로 한 거지?"

"그래." 오티스 도일은 손가락으로 머리를 훑었다. "해리 블록을 보았나?" 블록은 공공 사업국장이었는데, 수도도 그의 관할이었다.

"아니. 하지만 디건 대장 말이 마을 저편 레닛 블록에서 물을 끌어 왔다고 하던데. 이젠 호스를 설치하고 있네. 애들 몇 명을 잡고 얘기해 보았어. 경찰서에 병원을 마련 중이거든. 좋은 애들이지만 그 애들이 지금 자네 사무실 바닥을 피투성이로 만들고 있네, 오티스."

오티스 도일은 문득 비현실감에 빠졌다. 챔벌레인에서 이런 대화를 할 리가 만무했던 것이다. 결코.

"그건 괜찮아, 퀼런. 잘했네. 자넨 경찰서로 돌아가서 전화번호부에 나와 있는 의사란 의사를 모조리 찾아서 전화하게. 난 서머가로 가 볼 테니까."

"알았어, 오티스. 자네도 그 미친 여자애를 보면 조심하라고."

"누구 말인가?" 도일은 보통 때는 딱딱거리는 타입이 아니었지만 이번만은 그랬다.

톰 퀼런이 움찔했다. "캐리 말이야. 캐리 화이트."

"누구? 자네가 그걸 어떻게 알고 있지?"

퀼런이 천천히 눈을 껌벅였다. "몰라. 그냥…… 머릿속에 그 생각이 떠올랐어."

AP통신 전국망 11:46 P.M. 수신 전문에서 인용:

메인주 챔벌레인(AP통신)

오늘 밤 메인주 챔벌레인 마을에 대규모 재앙이 엄습했음. 유언 고등학교의 교내 무도회 때 시작된 것으로 추정되는 화재가 도심지로 번지면서 몇 차례의 폭발을 야기하여 상가 지구 대부분을 초토화시켰음. 상가 지구의 서편에 위치한 주거 지구 역시 이 시간 현재 불타고 있는 것으로 보도됨. 그러나 이 시각 현재 가장 우려되고 있는 것은 졸업반 파티가 열리고 있던 고등학교임. 무도회 참석자 대부분이 현재 파티장에 갇힌 것으로 추정됨. 화재 현장에 소집된 웨스트오버의 한 소방 관리의 말에 따르면, 현재까지 밝혀진 사망자 수는 67명이며, 대부분은 고등학교 학생들이라고 함. 총 사망자 수가 어느 정도에 이를 것이냐는 질문에 "모릅니다. 짐작이 가지 않는군요. 이번 사태는 코코넛 그로브 때보다 더 심각할 것 같습니다."라고 대답했음. 마지막 보고에서 현재 그 마을 세 곳에서 걷잡을 수 없이 화재가 번지고 있다고 함. 방화 가능성은 확인되지 않았음. 이상.

—5월 27일 l1시 46분 8943F AP

챔벌레인발 AP통신 보도는 그것이 전부였다. 오전 12시 6분, 잭슨 대로의 가스 공급관 연결 부분이 풀렸다. 12시 17분, 모턴의 구급차 조수가 구조 차량이 서머가로 질주하고 있을 때 담배꽁초를 던졌다.

그 폭발로 챔벌레인 클라리온 지사를 포함한 블록 절반이 단숨에 날아갔다. 오전 12시 18분이 되면서 챔벌레인은, 그 사태를 알 길이 없는 다른 지역과 완전히 절연되고 말았다.

12시 10분, 아직 가스관 폭발이 일어나기 8분 전, 전화 교환국에는 이보다 약간 부드러운 폭발이 발생했는데, 그로 인해 아직 살아 있던 마을의 모든 전화선이 완전 불통되고 말았다. 곤경에 처한 세 명의 당직 교환수들은 자리를 지키고 있긴 했지만 이런 사태에 어떻게 대처해야 좋을지 몰랐다. 그들은 부자연스러운 공포가 서린 표정을 지은 채 불통된 선들을 연결해 보려고 애썼다.

이렇게 해서 챔벌레인은 거리로 표류하게 된 셈이다.

흡사 벨스퀴즈로와 6번 도로의 교차점으로 만들어진 오목한 구역에 위치한 묘지가 그대로 침공하기라도 한 것 같았다. 그들은 수의라도 되듯 하얀 드레스와 자락이 긴 예복 차림으로 들어왔다. 파자마와 퍼머 클립을 단 사람들도 있었다.(도슨 부인이 그랬는데, 이제 막 고인이 된 부인의 아들은 아주 유쾌한 아이였다. 그녀는 흑인 분장 쇼에라도 나온 사람처럼 머드 팩을 한 상태로 나타났다.) 자신들의 마을에서 무슨 일이 일어난 것인지, 정말 화상을 입고 피를 흘리는 사람들이 누워 있거나 한 것인지 보려고 온 사람들도 있었다. 그리고 대부분은 그곳에 도착하자마자 죽었다.

칼린가는 사람들로 북적댔다. 사람들은 무슨 역조(逆潮)처럼 하늘 가득 홍조를 띤 빛을 받고 도심을 돌아다녔다. 바로 그 시각 캐리는 조금 전까지 기도를 드리던 칼린가 조합 교회에서 막 나온 참이었다.

가스관 연결 부위를 열고 나서(그 일은 쉬웠다. 머릿속으로 길 아래 묻혀 있는 가스관을 상상하기만 하면 되었다.) 겨우 5분 동안 교회 안에 있었지만 몇 시간이 지난 것 같았다. 그녀는 길고도 깊이 있게, 때로는 소리 내서, 때로는 입속으로 기도를 드렸다. 심장이 쿵쿵거리며 힘겹게 뛰고 있었다. 얼굴과 목덜미에는 혈관이 불거져 나왔다. 그녀의 머릿속은 온통 '하늘의 힘'과 '천지 창조 이전의 혼돈'에 관련한 정보로 가득했다. 그녀는 축축하고 찢어지고 피로 얼룩진 드레스 차림으로 제단 앞에 무릎 꿇고 기도를 올렸다. 더러운 맨발은 걸을 때 깨진 병을 밟아서 피가 났다. 목구멍을 드나드는 숨에서는 쉭쉭 소리가 났고, 그녀로부터 솟아난 영적 에너지 때문에 교회 안은 온통 신음 소리로 가득 차고 온갖 물건들이 흔들거리며 부서졌다. 신도석 의자는 넘어지고 찬송가집들이 날아다녔으며 은제 성찬대는 본당 회중석 위쪽 둥근 천장의 어둠 속을 소리 없이 떠돌다가 맞은편 벽에 부딪혔다. 그녀는 기도를 드렸지만 응답은 없었다. 거기에는 아무도 없었다. 아니 누군가 또는 뭔가가 있었다 해도 '그' 또는 '그것'은 그녀 앞에서 잔뜩 위축된 상태였다. 하느님은 외면하셨는데, 그럴 수밖에 없었다. 이 공포스러운 일은 그녀가 한 일인 동시에 그가 한 일이기도 했다. 이제 그녀는 교회를 나섰다. 집에 가서 엄마를 찾아 완벽한 파멸을 이룩할 참이었다.

그녀는 충계 아랫단에서 걸음을 멈추고 도심지로 몰려가는 사람들을 바라보았다. 짐승들. 저들을 불태워 버리자. 제물의 악취로 거리를 가득 메우자. 이곳이 라기, 이가봇, 쑥*으로 불리게 하자.

'구부려.'

다음 순간, 전신주에 얹힌 변압기가 진줏빛 광택을 띤 보라색 빛을 뿜으면서 회전하는 바퀴 모양의 섬광을 토해 냈다. 고압선이 서로 엉키면서 거리로 떨어졌다. 사람들 몇몇이 뛰어갔지만, 사방에 전선이 깔려 있는 지금으로선 좋은 행동이 아니었다. 여기저기서 고약한 냄새가 풍기며 불길이 일기 시작했다. 사람들은 비명을 지르면서 물러섰고, 그 가운데 일부가 고압선을 건드리고는 감전 충격으로 꿈틀거리며 춤을 추기 시작했다. 몇몇은 이미 땅바닥에 쓰러졌고, 그들이 입고 있던 겉옷과 파자마에서는 연기가 피어올랐다.

캐리는 몸을 돌려 방금 자신이 나온 교회를 뚫어지게 바라보았다. 그 순간 묵직한 문짝이 폭풍이 불기라도 한 것처럼 쾅 하고 닫혔다.

캐리는 집 쪽으로 발길을 돌렸다.

---

* 모두 성서에 나오는 말로서 '라기'는 백치를, '이가봇'은 영광이 사라졌음을, '쑥'은 고초와 재난을 뜻한다.

코라 시마드 부인이 주 조사위에서 행한 선서 증언에서 인용

(『화이트 위원회 보고서』, 217~218쪽에 수록됨):

질문 시마드 부인, 본 위원회는 부인께서 무도회 때 따님을 여의었다는 사실을 인지하고 깊은 조의를 표하는 바입니다. 가능하면 짧은 시간 내에 증언을 마치도록 해 드리겠습니다.

응답 고맙습니다. 물론 힘이 닿는 한 저도 돕고 싶어요.

질문 부인께서는 캐리 화이트가 제1 조합 교회에서 그 거리로 나섰던 12시 12분경에 칼린가에 계셨나요?

응답 그렇습니다.

질문 왜 그곳에 계셨죠?

응답 남편은 사업상 주말에 보스턴에 가야 했고 론다는 봄 무도회에 참석 중이었어요. 저는 집에서 혼자 텔레비전을 보며 딸애가 돌아오기를 기다리고 있었죠. 금요 심야 영화를 보고 있는데 시청 경적이 울렸어요. 하지만 그 경적이 무도회 때문에 일어난 것인 줄은 몰랐죠. 그러다 폭발이 일어났고⋯⋯ 전 어떻게 해야 좋을지 몰랐습니다. 경찰에 전화를 해 보았지만 세 자리 이상을 누르기만 하면 통화 중 신호가 나왔어요. 전⋯⋯ 전⋯⋯ 그러다⋯⋯.

질문 천천히 하세요, 시마드 부인. 필요하신 시간은 모두 드릴 테니까요.

응답 전 제정신이 아니었어요. 두 번째 폭발이 일어나자(이제는 그것이 테디 주유소가 폭발한 것임을 알고 있지만) 중심가로 가서

무슨 일인지 알아보기로 했습니다. 하늘엔 무시무시한 붉은 빛이 감돌았어요. 그때 샤이레스 부인이 문을 쾅쾅 두드렸습니다.

질문 조제트 샤이레스 부인 말씀인가요?

응답 네, 그 가족은 모퉁이를 돈 곳에 살고 있습니다. 윌로가 217번지예요. 바로 칼린가와 면한 곳이죠. 부인이 문을 두드리면서 소리쳤어요. "코라, 안에 있니? 집에 있어?" 하고요. 전 문으로 나가 보았어요. 그 부인은 실내복에 슬리퍼 차림이었어요. 발이 추워 보였습니다. 부인 말이, 혹시 이곳에서 벌어진 사태를 알고 있을지 몰라 웨스트오버로 전화를 해 보았더니 학교에 불이 났다는 얘기를 했다는 거예요. 그래서 제가 "맙소사, 론다가 무도회에 갔어." 하고 말했죠.

질문 그래서 그때 부인께서는 샤이레스 부인과 함께 중심가로 갈 생각을 했나요?

응답 뭘 결정하고 그랬던 것은 아녜요. 무작정 간 거예요. 전 슬리퍼를 신고 있었는데, 아마 론다의 슬리퍼였을 거예요. 그 애의 슬리퍼에는 작고 하얀 술이 달렸으니까요. 내 신발을 신었어야 했지만 그런 생각을 할 여유가 없었어요. 지금도 여유가 없기는 마찬가지지만요. 그런데 제 신발에 대해 뭘 알고 싶으신 거죠?

질문 말씀하시고 싶은 대로 하세요, 시마드 부인.

응답 고, 고맙습니다. 전 샤이레스 부인에게 마침 옆에 있던 낡은 재킷을 주고 함께 집을 나왔어요.

질문 많은 사람들이 칼린가를 걸어가고 있었나요?

응답 모르겠어요. 그때 전 너무 혼란스러웠거든요. 아마 서른 명쯤. 어쩌면 그 이상일지도 모르고요.

질문 그때 무슨 일이 있었죠?

응답 조제트와 저는 어두워진 후 풀밭을 가로질러 걸어가는 두 소녀처럼 손을 잡고 중심가 쪽으로 걸어갔어요. 조제트가 이를 떨면서 부딪치는 소리를 냈죠. 그것이 기억나요. 난 조제트에게 제발 이를 부딪치지 말라고 말하고 싶었지만 그런 말은 무례하다고 생각했어요. 조합 교회에서 한 블록 반쯤 갔을 때 교회문이 열리는 것을 보고, 누군가 하느님의 도움을 청하러 교회에 들어갔던 모양이라고 생각했죠. 그러나 다음 순간 그렇지 않다는 것을 알았어요.

질문 어떻게 그걸 아셨나요? 처음 부인께서 생각하신 것이 더 논리적인 생각이 아닐까요?

응답 그냥 그렇다는 걸 알았어요.

질문 교회에서 나온 사람이 누군지 아셨나요?

응답 네. 캐리 화이트였어요.

질문 전에 캐리 화이트를 보신 적이 있었나요?

응답 아뇨. 그 애는 딸애의 친구가 아니었거든요.

질문 캐리 화이트의 사진을 보신 적은요?

응답 없었어요.

질문 게다가 주위는 어두웠고 부인께서는 교회에서 한 블록 반이나 떨어져 있었죠.

응답 그래요.

질문 시마드 부인, 그런데 어떻게 그 사람이 캐리 화이트라는 사실을 알게 된 거죠?

응답 그냥 알았어요.

질문 그 '알았다'는 것이 머릿속에 불이 들어오는 그런 것과 비슷한 일인가요, 시마드 부인?

응답 그건 아녜요.

질문 그럼 어떤 건가요?

응답 그건 말씀드릴 수가 없어요. 마치 꿈이 그럴 때처럼 그것도 흐릿해졌어요. 일어나서 한 시간쯤 지나면 꿈을 꾸었다는 것만 기억나는 것처럼요. 하지만 아무튼 그걸 알았어요.

질문 그것을 알게 되자 어떤 감정도 느꼈나요?

응답 네. 공포였어요.

질문 그런 다음에 뭘 하셨죠?

응답 조제트를 보고 "저기 그 애가 있어."라고 말했어요. 그랬더니 조제트도 "그래, 저 애야." 하고 대답했어요. 조제트가 뭔가 다른 말을 하려는 순간 거리 전체가 밝은 빛으로 환해지면서 타닥거리는 소리와 함께 전선들이 거리로 떨어지기 시작했어요. 그 가운데 어떤 것들은 타는 듯한 섬광을 뿜어내기도 했죠. 전선 하나가 우리 앞에 있던 어떤 남자에게 떨어지자 그 남자는…… 그, 그냥 불덩어리가 돼 버렸어요. 다른 남자 하나는 뛰기 시작하다가 전선을 밟았는데, 그 순간 그 사람의 몸이…… 흡사 고무줄로 등을 만든 사람같이 활처럼 뒤로 구부러지는 거예요. 다음 순간 그 사람도 쓰러졌어요. 다른 사람들은 비명을 지르며 무작정 뛰어다녔고, 점점 더 많은 전선들이 떨어져 내렸죠. 전선들이 마치 뱀처럼 온 사방에 널려 있었어요. 그리고 그녀는 그 일을 즐거워했어요. 즐거워했다고요! 전 그녀가 즐거워하는 것을 '느낄' 수 있었어요. 전 정신을 잃으면 안 된다는 것을 알고 있었죠. 뛰어다니던 사람들이 감전되어 죽어 가고 있었으니까요. 조제트가 이렇게 말했어요. "서둘러, 코라. 맙소사. 난 산 채로 불타고 싶지 않아." 그래서 제가 "그러지 마. 우린 머리를 써야 해, 조제트. 그러지 않으면 다시는 머리를 쓸 일이 없을지 몰라." 하고 대꾸했어요. 아무튼 그 비슷한 소리를 했죠. 하지만 조제트는 내 말을 들으려 하지 않았어요. 내 손을 놓더니 인도 쪽으로 뛰기 시작했어요. 난 조제트에게 멈추라고 소리질렀죠. 바로 우리 앞에 묵직한 고압선 하나가 떨어져 있었거든요. 조제트는 내 말을 듣지 못했어요. 그러고는…… 조제트가……. 오, 아직도 조제트가 불타던 냄새를 맡을 수 있어요. 연기가 옷에서 폭발하듯 피어올랐죠. 문득, 사람을 전기의자로 처형하면 저런 식이겠구나 하는 생각이 들었어요. 돼지고기를 구울 때처럼 고소한 냄새가 났죠. 혹시 여러분 중에 그런 냄새를 맡아 보신 분이 있나요? 전 지금도 이따금 꿈속에서 그 냄새를 맡아요. 전 꼼짝 않고 서서 조제트 샤이레스가 숯처럼 시커멓게 타는 것을 보고 있었어요. 그때 웨스트엔드 쪽에서 큰 폭발이 있었죠. 지금 생각하건대 가스

본관이 터진 것이었을 테지만 그때는 그렇다는 사실조차 몰랐어요. 주위를 둘러보았더니 나 혼자뿐이었어요. 모두 이미 달아났거나 불에 타고 있었죠. 시신을 여섯 구쯤 보았던 것 같아요. 마치 넝마 뭉치 같았죠. 전선 하나가 왼편에 있는 어느 집 현관에 떨어졌는데, 그 집에 불이 붙었어요. 구식 지붕널이 팝콘처럼 튀는 소리까지 들렸죠. 끊임없이 정신을 차리자고 중얼대며 그렇게 서 있던 시간이 꽤 오래된 것 같았어요. 몇 시간은 됐던 것 같았죠. 전 실신해서 전선 위로 쓰러질까 봐, 아니면 공포에 질려 뛰기 시작할까 봐 더럭 겁이 났어요. 마치…… 조제트처럼 말이에요. 그래서 걷기 시작했어요. 한 번에 한 걸음씩 말이에요. 집에 불이 붙는 바람에 거리가 한층 환해졌어요. 꿈틀대는 전선 두 개를 건너고 무슨 진흙 덩어리 같은 시신 한 구도 돌았어요. 저……전…… 제가 가고 있는 길을 보지 않을 도리가 없었어요. 그 시신의 손에 결혼반지가 있었는데, 온통 새까맸어요. 완전히 말이에요. '맙소사.' 하고 전 생각했어요. 오, '맙소사'. 다른 전선을 하나 더 넘어가자 이번에는 한꺼번에 전선 세 가닥이 놓여 있는 거예요. 전 그 자리에 멍하니 서서 그것들을 바라보았어요. 그것들을 넘어가면 무사하리라는 생각이 들었지만…… 엄두가 나지 않았어요. 그때 제가 무슨 생각을 하고 있었는지 아세요? 어렸을 때 하던 놀이였어요. 깡충 뛰기 놀이요. 머릿속에서 이런 소리가 들렸어요. 코라, 길에 놓인 저 전선 위로 깡충 뛰기를 하렴. 난 '과연 그래도 될까? 그래도 될까?' 하고 생각했죠. 전선 하나에서는 여전히 불꽃이 튀고 있었지만 다른 두 가닥은 죽은 것처럼 보였어요. 하지만 그건 알 수 없는 일이죠. 급전용 레일*도 겉으로 보기엔 전기가 흐르지 않는 것 같잖아요. 그래서 누가 오기를 기다리며 서 있었지만 아무도 오지 않았어요. 집은 여전히 불타고 있었고 불길이 잔디밭과 나무와 울타리에도 옮겨붙었어요. 그렇지만 소방차는 한 대도 오지 않았죠. 그럴 수밖에 없었어요. 그 시간쯤에는 마을 서쪽 일대가 모두 불타고 있었으니까요. 금방이라도 기절할 것 같았죠. 마침내, 깡충 뛰기를 하지 않으면 기절하고 말 것임을 깨달았어요. 그래서 할 수 있는 한 있는 힘을 다해 깡충 뛰기를 했어요. 슬리퍼 뒤축이 마지막 전선에서 3센티미터도 채 떨어지지 않았죠. 그런 다음 그것을 넘어가 한 가닥 더 남아 있던 전선 끄트머리 부분을 돌아간 다음 뛰기 시작했어요. 그것이 제가 기억하는 전부예요. 아침이 되자 전 다른 많은 사람들과 함께 경찰서 모포 위에 누워 있었어요. 그 가운데 일부는 무도회 차림을 한 아이들이었죠. 전 그 애들한테 론다를 봤느냐고 물었어요. 그러자…… 그, 그 애들 말이…….

(잠시 휴회)

질문 부인은 개인적으로 캐리 화이트가 이 사건을 일으킨 것이라고 확신합니까?

응답 네.

---

* 송전을 위해 별도로 설치한 레일.

질문 고맙습니다, 시마드 부인.

응답 괜찮으시다면 한 가지 여쭤보고 싶은 게 있어요.

질문 물론 괜찮습니다.

응답 캐리 같은 사람들이 또 있다면 어떻게 될까요? 이 세상이 대체 어떻게 될까요?

『폭발한 그림자』, 151쪽에서 인용:

5월 28일 오전 12시 45분 무렵 챔벌레인이 처한 상황은 위급했다. 학교 자체는 상당히 떨어진 곳에서 타 버렸지만, 도심지 전체가 불타고 있었다. 그 일대의 수도는 거의 모두 끌어다 쓴 상태였으나 디건가의 상수도 본관으로부터(비록 수압이 낮긴 하지만) 메인가와 오크가 교차점 너머의 상용 건물들을 구할 만큼의 물은 쓸 수 있었다.

서머가의 토니 주유소 폭발이 야기한 화재는 너무나 엄청나서 아침 10시가 다 돼서야 겨우 불길을 잡을 수 있을 정도였다. 서머가에 물이 있기는 했지만 그것을 이용할 소방수도 소방 장비도 없었다. 그 시각에 루이스턴과 오번, 리스본, 브런즈윅에서 장비가 오고 있기는 했지만, 그 장비들이 도착한 시각은 오후 1시가 되어서였다.

전선이 끊어져서 야기된 칼린가의 화재는 이제 막 시작된 참이었다. 그 화재는 결국 거리의 북쪽 전체를 폐허로 만들 참이었는데, 거기에는 마거릿 화이트가 딸을 낳았던 단층집도 포함되어 있었다.

흔히 브릭야드 힐이라고 불리는 곳 바로 아래쪽에 위치한 웨스트엔드 일대에 최악의 재앙이 닥쳤다. 그곳에 있던 가스 본관이 폭발하고 그 여파로 야기된 화재는 다음 날 하루 종일 통제되지 못했다.

시 지도(다음 쪽 참조)에서 이들의 발화 지점을 확인해 보면 캐리가 걸어간 경로를 파악할 수 있다. 그 파괴적인 경로는 도시를 관통하여 호를 그리듯이 움직였지만 거의 뚜렷한 목적지 한 곳이 확인되는데, 그것은 바로 그녀의 집이었다…….

거실에서 뭔가가 넘어지는 소리에 마거릿 화이트는 고개를 한쪽으로 곧추세우면서 허리를 폈다. 식칼은 불빛을 받아 둔탁한 빛을 뿜었다. 좀 전부터 정전이었기 때문에 집 안의 유일한 빛은 거리에서 들어오는 불빛이 전부였다.

액자 하나가 쿵 하는 소리와 함께 벽에서 떨어졌다. 잠시 후에는 뻐꾸기시계가 떨어졌다. 그 기계 새는 조그맣게 꽥 하는 목 졸린 소리를 내고는 잠잠해졌다.

마을에서는 끊임없이 사이렌 소리가 울려 왔지만 그 속에서도 집 앞에서 나는 발소리를 들을 수 있었다.

문이 벌컥 열렸다. 현관 복도에서 발소리가 났다.

거실 벽에 붙은 석고 명판들이(보이지 않는 손님 그리스도, 예수님이

하실 일, 그 시간이 가까웠도다. 오늘이 심판의 밤이라면 준비가 되었는가)
마치 사격 연습장에 있는 석고로 만든 새들처럼 하나씩 폭발하는
소리도 들려왔다.

(오 난 거기서 매춘부들이 무대 위에서 추는 춤도 보았지)

그녀는 반에서 수석을 차지한 영리한 학생처럼 등 없는 걸상 위
에 자세를 똑바로 하고 앉아 있었다. 그러나 눈빛은 흐트러져 있
었다.

거실 창들이 밖으로 떨어져 나갔다.

부엌 문이 쾅 소리를 낸 것과 동시에 캐리가 안으로 들어섰다.

그녀의 몸은 쭈그렁 할망구가 된 듯이 일그러지고 오그라들어
보였다. 파티 드레스는 너덜너덜해졌고, 응고가 시작된 돼지 피는
줄무늬를 그렸다. 앞이마에는 기름 얼룩이 묻었고 두 무릎은 긁히
고 까졌다.

"엄마." 그녀가 나지막한 소리로 말했다. 두 눈은 매의 눈처럼 기
이하게 반짝였지만 입은 떨렸다. 누군가 그 자리에 있어서 이 광경
을 보았다면 두 사람이 몹시 닮은꼴이라는 사실을 알았을 것이다.

마거릿 화이트는 식칼을 무릎 사이 치마폭에 감춘 채 주방 걸상
에 올라앉아 있었다.

"그가 그것을 내 몸속에 집어넣었을 때 목숨을 끊었어야 했어."
그녀가 또렷한 어조로 말했다. "결혼 전 처음으로 그 일을 한 뒤에
그가 약속했지. 두 번 다시 하지 않겠다고. 그는 우리가 그저……
실수한 것뿐이라고 했어. 난 그 말을 믿었어. 그때 난 넘어지는 바
람에 아기를 잃었지. 그것은 하느님의 심판이었어. 난 그것으로써

죄가 보상되었다고 여겼지. 피로써 말이야. 그러나 죄는 결코 사라지는 법이 없어. 죄는…… 절대로…… 사라지지 않아." 그녀의 눈이 빛을 뿜었다.

"엄마, 난……."

"처음엔 괜찮았어. 우린 순결하게 살았지. 우린 같은 침대에서 때로는 배를 맞대고 자기도 했어. 그럴 때면 그 '뱀'의 존재를 느낄 수 있었지만, 그래도 우린. 절대로. 하지. 않았다고." 그녀는 이를 드러내고 웃기 시작했다. 그것은 경직되고 섬뜩한 웃음이었다. "그러다 어느 날 밤 그가 '그런 눈길'로 나를 보고 있다는 것을 알게 됐어. 우리는 무릎을 꿇고 힘을 달라고 기도했지. 그런데 그가…… 나를 만진 거야. 바로 그곳을. 여자만의 은밀한 곳을 말이야. 난 그를 집 밖으로 내쫓았어. 그는 몇 시간 동안 나가 있었고 나는 그를 위해 기도했지. 나는 마음의 눈으로 그가 한밤중, 주의 천사와 씨름하는 야곱처럼 마귀와 씨름하며 거리를 돌아다니는 모습을 볼 수 있었어. 그러다 그가 돌아왔을 때 내 마음은 감사로 넘쳤어."

그녀는 움직이는 그림자로 가득한 방 안에서 메마른 미소를 지었다.

"엄마, 그 소리는 듣고 싶지 않아!"

찬장 속에서 접시들이 사격장의 진흙 표적들처럼 터졌다.

"그런데 그가 입에서 술 냄새를 풍기며 들어온 거야. 그러고는 나를 범했지. 나를 범했다고! 너절한 술집에서 파는 더러운 술 냄새를 풍기며 나를 범했어……. 게다가 난 그게 좋았지!" 마지막 몇 마디는 천장에 대고 소리 지르듯 내뱉었다. "그것이 좋았어. 오, 그 더러운 짓이. 그리고 내 몸을 더듬는 손도 좋았어."

"엄마."

(엄마!)

그녀는 따귀를 맞기라도 한 것처럼 말을 뚝 그치고는 눈을 껌벅거리며 딸을 쳐다보았다. "나는 하마터면 자살할 뻔했지." 그녀는 이제 좀 더 평소의 어조를 되찾았다. "랠프는 울면서 속죄하겠다고 했고 난 자살하지 않았어. 다음 순간 난 하느님께서 내게 암을 주셨다고 생각했어. '그분'께서 죄를 범한 내 영혼처럼 내 성기를 시커멓고 썩은 어떤 것으로 바꿔 놓고 계신 것이라고. 그러나 그랬다면 일이 너무 쉬웠을 테지. 주님께서는 신비로운 방식으로 기적을 행하시거든. 이제야 그렇다는 것을 알겠어. 진통이 시작됐을 때 난 칼을 가지러 갔지……. 바로 이 칼이었어……." 그녀는 칼을 들어 보였다. "그리고 네가 나오기만 기다렸어. 너를 제물로 삼을 작정이었거든. 그러나 마음이 약해져서 배교를 했지. 그러다 네가 세 살 때 다시 한번 이 칼을 집어 들었고, 난 다시 한번 배교를 했어. 그러다 이제 악마가 집에 찾아든 거야."

그녀는 칼을 집어 들고 최면술에 걸린 사람처럼 곡선을 이룬 채 번뜩이는 칼날에 두 눈을 고정시켰다.

천천히, 엎어질 듯한 걸음으로 캐리가 앞으로 다가섰다.

"난 엄마를 죽이러 온 거야. 그런데 엄마가 여기서 나를 죽이려고 기다리고 있었네. 엄마, 난…… 이건 아냐, 엄마. 이건……."

"기도하자." 엄마가 나지막하게 말했다. 그녀의 시선은 캐리의 눈에 못 박혀 있었다. 그 눈에는 광기 어린, 깊은 동정심이 서려 있었다. 불빛은 이제 한층 환해져서 흡사 춤추는 인도의 수도승처럼 벽 위에서 일렁거렸다. "우리, 마지막으로 기도를 드리자."

"아, 엄마, 나 좀 도와줘!" 캐리가 울부짖었다.

그녀는 털썩 무릎을 꿇고 고개를 숙인 채 애원하듯 두 손을 치켜들었다.

엄마가 몸을 앞으로 기울였다. 칼이 번쩍이는 호를 그리며 허공을 갈랐다.

눈가로 언뜻 칼이 내려오는 것을 보았는지 캐리는 움찔하며 뒤로 물러났다. 그 바람에 칼날은 그녀의 등이 아니라 어깻죽지에 자루까지 깊숙이 박혔다. 엄마 역시 의자 다리에 발이 얽히면서 바닥에 퍼질러 앉았다.

두 사람은 소리 없는 그림처럼 그 자세로 상대방을 빤히 바라보았다.

칼자루 언저리에서 피가 배어 나와 바닥에 뚝뚝 떨어지기 시작했다.

이윽고 캐리가 나지막한 소리로 말했다. "이제 엄마한테 선물을 줄게."

마거릿은 일어서려다가 비틀거리고는 다시 엉거주춤한 자세로 쓰러졌다. "무슨 짓을 하려는 거야?" 그녀가 쉰 목소리로 말했다.

"난 지금 엄마의 심장을 눈앞에 그리고 있어. 마음의 눈으로 보면 그 일은 아주 간단해. 엄마의 심장은 큼직하고 빨간 근육 덩어리야. 힘을 쓸 때면 내 심장은 점점 빨리 뛰지. 그러나 엄마의 심장은 이제 약간 느려지고 있어. 조금 더 느리게."

마거릿은 다시 한번 일어서려다가 실패하자 손가락으로 '악의 눈'을 시늉하며 자기 딸을 향해 저주를 내렸다.

"좀 더 느리게, 엄마. 그 선물이 뭔지 알아? 그건 엄마가 언제나 원했던 거야. 암흑이지. 그리고 그것이 무엇이든 하느님이 그 암흑 속에 살게 한 것들까지 말이야."

마거릿이 속삭이듯 외었다. "하늘에 계신 우리 아버지……."

"더 느리게, 엄마. 좀 더 느리게."

"그 이름을 거룩하게 하옵시며……."

"심장의 피가 몸속으로 빠져나가는 것이 보여. 이제 좀 더 느리게."

"나라에 임하옵시며……."

"엄마의 발과 손이 대리석 같아. 설화석고처럼 하얘."

"그대의 뜻이……."

"그건 '내' 뜻이야, 엄마. 더 느리게."

"하늘에서 이룬 것같이……."

"더 느리게."

"땅에……서도……."

그녀는 앞으로 고꾸라져 두 손에 경련을 일으켰다.

"이루어지이다."

캐리가 속삭였다. "이제 끝났어."

캐리는 자신을 내려다보고 두 손으로 칼자루를 힘없이 잡았다.

(안 돼 오 이건 아프군 너무나 아파)

그녀는 일어서려다 쓰러지고는 겨우 엄마의 걸상에 몸을 의지했다. 현기증과 구토감이 엄습했다. 목구멍 안쪽으로 맑고 매끈매끈

한 피의 맛이 느껴졌다. 이제 창을 통해 쏘는 것 같고 숨막히는 연기가 흘러들고 있었다. 불길은 이웃집까지 번져 왔다. 지금 이 순간에도, 까마득히 오래전 돌멩이가 무자비하게 꿰뚫었던 지붕 위로 불티들이 사뿐히 내려앉고 있을 터였다.

캐리는 뒷문을 나선 다음 비틀거리며 잔디밭을 가로질렀다가

(엄마는 어디 갔지)

나무에 몸을 기대고 휴식을 취했다. 뭔가 해야 할 일이 있었다. 그것은

(술집 주차장들)

검을 든 천사와 관련된 일이었다. 불붙은 검.

신경 쓸 것 없다. 그것이 그녀에게 올 터이다.

그녀는 뒤뜰을 가로질러 윌로가로 나선 다음 6번 도로로 난 제방을 기어 올라갔다.

오전 1시 15분이었다.

크리스 하겐슨과 빌리 놀런이 카발리에 주점으로 돌아갔을 때는 오후 11시 20분이었다. 그들은 뒷계단을 통해 올라가 복도를 따라갔다. 그녀가 전등을 켜는 순간 그가 그녀의 블라우스를 홱 잡아당겼다.

"맙소사, 단추는 내가……."

"그런 건 잊어버려."

그가 블라우스를 아래로 죽 찢었다. 불시에 날카로운 소리와 함

께 옷이 찢어졌다. 튕겨 나간 단추 하나가 아무것도 깔지 않은 마룻바닥에서 반짝였다. 발밑에서는 희미하게 카바레 음악이 올라왔으며 술집 건물은 농부와 트럭 운전사와 낙농장 일꾼과 여자 종업원과 미용사들, 정비공, 그리고 웨스트오버와 루이스턴 읍내에 사는 그들의 여자 친구들이 추는 어설프고 열광적인 춤으로 희미하게 진동했다.

"이거……."

"입 닥쳐."

그가 후려치는 따귀에 그녀의 고개가 뒤로 홱 젖혀졌다. 그녀의 두 눈에 차가운 증오의 빛이 서렸다.

"이제 끝이야, 빌리." 그녀는 그에게서 떨어졌다. 브래지어 안에서는 가슴이 출렁거리고 매끄러운 복부는 위아래로 오르내렸으며 청바지 속의 다리는 길게 뻗어 있었다. 하지만 그녀는 침대 쪽으로 뒷걸음쳤다. "끝났어."

"물론이지." 그가 허리를 낮추며 그녀에게 달려들었다. 그 순간 그녀가 놀랄 만큼 강한 주먹으로 그의 턱을 후려쳤다.

그는 허리를 펴고 고개를 약간 움직여 보았다. "내 얼굴을 멍들게 했어, 이 망할 년."

"좀 더 멍들게 해 줄 수도 있어."

"어디 얼마든지 해 보지그래."

두 사람은 헐떡이며 상대방을 노려보았다. 이윽고 그가 얼굴에 희미한 미소를 지은 채 셔츠 단추를 풀기 시작했다.

"우린 달아올랐어, 찰리. 화끈하게 달아올랐다고." 그는 그녀에게 만족했을 때마다 그녀를 '찰리'라고 불렀다. 그녀는 한순간의 냉정한 유머로, 그에게는 찰리란 말이 쓸 만한 여자 성기의 총칭인 모양이라고 생각했다.

그녀는 약간 긴장이 풀린 듯 자신도 모르게 희미한 미소를 지었다. 그 순간 그가 자신의 셔츠를 그녀의 얼굴에 휙 집어 던지더니 자세를 낮추고 흡사 염소처럼 그녀의 배를 머리로 들이받아 그녀를 침대 위로 쓰러뜨렸다. 침대 용수철에서 요란한 소리가 났다. 그녀는 맥 풀린 주먹으로 그의 등을 두드렸다.

"내게서 떨어져! 저리 가! 저리 가라니까! 이 더러운 자식, 어서 떨어지란 말이야!"

그는 그녀에게 이를 드러내고 웃어 보이더니 재빠르고도 거칠게 그녀의 바지를 잡아당겼다. 그 서슬에 지퍼가 뜯겨 나가면서 그녀의 엉덩이가 드러났다.

"네 아빠를 부를래?" 그가 으르렁댔다. "이제 그렇게 할 참이지? 응? 응? 그거야, 처키? 대단한 변호사 나리를 부를 거니? 응? 난 네게 그걸 해 주고 싶었어, 알겠어? 그걸 네 더러운 낯짝에다 쏟아붓고 싶었다고. 알겠어? 응? 돼지에겐 돼지 피가 제격이지, 안 그래? 그 빌어먹을 낯짝에다 말이야. 넌……."

갑자기 그녀가 저항을 멈췄다. 그는 동작을 멈추고 그녀를 내려다보았다. 그녀의 얼굴에 기묘한 미소가 떠올라 있었다. "넌 내내 이런 식으로 하고 싶었던 거야, 그렇지? 이 더러운 자식. 안 그래? 불알이 한쪽밖에 없는 꼬맹이야."

그의 얼굴에 싱글거리는 미소가 천천히 번졌다. "그건 아무래도 좋아."

"그래. 상관없지." 삽시간에 그녀의 얼굴에서 미소가 사라졌다. 그녀는 목덜미 힘줄이 튀어나올 정도로 침을 끌어 모았다가 그의 얼굴에 내뱉었다.

그들은 격렬한 몸부림 속으로, 저 무의식적인 행위 속으로 빠져들어갔다.

아래층에서는 음악이 쿵쿵거리며 컨트리 음악을 헐떡였다.("난 하얀 알약을 털어 넣었지 내 눈이 동그래졌네/길 위에서 보낸 엿새 오늘 밤엔 집에 갈 거라네.") 최대한의 빠르기로, 아주 크게, 아주 불량하게. 5인조 밴드는 동전 장식이 붙은 카우보이 셔츠에다 반짝이는 리벳이 박힌 새 청바지 차림으로 이따금 이마에서 파마액이 섞인 땀을 훔쳐 냈다. 리드 기타, 리듬 기타, 스틸 기타, 도브로 기타, 드럼. 시청의 경적이나 첫 번째와 두 번째 폭발음을 들은 사람은 아무도 없었다. 가스관이 터지자 음악이 멈췄고 주차장으로 차를 몰고 들어온 누군가가 고함 소리로 소식을 전해 주었을 때 크리스와 빌리는 잠들어 있었다.

크리스는 문득 잠에서 깨어났다. 침대 곁 탁자에 있는 시계가 1시 5분을 가리켰다. 누군가 문을 두드리고 있었다.

"빌리!" 누군가 고함쳤다. "일어나! 어이, 어서 일어나라고!"

빌리가 꿈틀거리며 몸을 돌리다가 싸구려 손목시계를 바닥에 떨어뜨렸다. "대체 무슨 일이야?" 그가 탁한 목소리로 말하며 일어나

앉았다. 등이 따끔거렸다. 저년이 등짝을 온통 할퀴어 놓았어. 그때는 거의 의식하지 못했으나 이제는 그녀의 다리를 휘청이게 만들어서 들여보내야겠다고 마음먹었다. 단지 그녀에게 뭔가 보여줄……

그 순간 정적이 신경에 걸렸다. 정적. 카발리에는 2시나 돼야 문을 닫았다. 실제로 더러운 다락방 창을 통해 여전히 명멸하고 있는 네온을 볼 수 있었다. 문을 쾅쾅 두드리는 소리만 제외하면

(무슨 일인가 일어난 거야)

그곳은 무덤 속 같았다.

"빌리, 안에 있어? 어이!"

"저게 누구야?" 크리스가 나지막한 소리로 물었다. 단속적으로 명멸하는 네온의 빛을 받아 그녀의 눈이 조심스럽게 반짝였다.

"재키 탤벗이야." 빌리가 멍한 어조로 대꾸한 다음 목청을 높였다. "무슨 일이야?"

"문 좀 열어 봐, 빌리. 할 말이 있어!"

빌리가 일어나 벌거벗은 채 문 쪽으로 어슬렁어슬렁 다가갔다. 그가 구식 고리 걸이를 벗기고 문을 열었다.

재키 탤벗이 뛰어 들어왔다. 흥분한 눈빛에 얼굴에는 검댕이 묻어 있었다. 12시 10분에 소식을 들었을 때 그는 스티브, 헨리와 함께 술을 퍼마시던 중이었다. 헨리의 구식 다지 컨버터블을 타고 마을로 들어갔던 그들은 사방이 잘 보이는 브릭야드 힐에서 잭슨 대로의 가스관이 폭발하는 광경을 보았다. 재키가 12시 30분에 다지를 빌려 돌아올 무렵 마을은 공포의 도가니였다.

"챔벌레인이 불타고 있어." 그가 빌리에게 말했다. "마을이 통째로 불타고 있단 말이야. 학교는 날아갔어. 도심도 날아갔어. 웨스트엔드도…… 가스 때문이야. 칼린가도 불붙었고. 그게 모두 캐리 화이트가 벌인 짓이라는 거야!"

"오, 이런." 크리스는 침대에서 빠져나와 더듬더듬 옷을 집어 들었다. "대체……."

"입 닥치지 않으면 한 대 패 줄 거야." 빌리가 부드러운 어조로 말했다. 그런 다음 다시 재키를 보고 계속하라는 뜻으로 고개를 끄덕였다.

"사람들이 그 애를 봤어. 그 애를 본 사람이 잔뜩 있다고. 빌리, 그 애가 온통 피를 뒤집어썼대. 그 앤 오늘 밤 무도회에 갔잖아……. 스티브와 헨리는 눈치채지 못했지만……. 빌리, 혹시…… 네가 그 돼지 피를……."

"그래." 빌리가 대꾸했다.

"오, 안 돼." 재키가 비틀거리며 문틀에 기대 섰다. 그의 얼굴은 복도에 켜 놓은 전구 불빛 때문에 해쓱한 노란색을 띠었다. "맙소사, 빌리, 마을 전체가……."

"캐리가 마을 전체를 망가뜨렸다고? 캐리 화이트가 말이지? 말도 안 돼." 그가 거의 평온한 어조로 들릴 만큼 침착하게 말했다. 그의 등 뒤에서는 크리스가 황급히 옷을 입고 있었다.

"창 밖을 내다봐." 재키가 말했다.

빌리가 다가가 창을 내다보았다. 동쪽 지평선 전체가 심홍색으로 물들고 하늘에도 환한 불빛이 떠올라 있었다. 창을 내다보고 있

는 사이에도 소방차 세 대가 사이렌을 울리며 지나갔다. 카발리에
주차장 곁 가로등 불빛에 소방차에 적힌 글자가 보였다.

"맙소사. 저건 브런즈윅 소방차잖아."

"브런즈윅이라고? 거긴 65킬로미터나 떨어졌어. 설마……" 크리
스가 말했다.

빌리가 재키 탤벗 쪽으로 돌아섰다. "좋아. 대체 무슨 일이 일어
난 거지?"

재키가 고개를 저으며 말했다. "아직 아무도 몰라. 처음 시작은
학교였어. 캐리와 토미가 왕과 여왕에 뽑히고 나자 누군가 그 애들
한테 피가 든 통을 뒤집어씌웠지. 캐리는 밖으로 뛰쳐나갔어. 그런
다음 학교에 불이 붙은 거야. 사람들 말이 그 안에 있던 사람들은
아무도 밖으로 나오지 못했대. 그다음엔 테디 주유소가 날아갔고,
그다음엔 서머가에 있던 모빌 주유소가……"

"그건 시트고야. 시트고 주유소라고." 빌리가 그의 말을 정정해
주었다.

"그거야 아무려면 어때?" 재키가 버럭 소리를 질렀다. "그 애였
어. 어디서 무슨 일이 벌어지든 그 애가 한 짓이었단 말이야! 그리
고 그 들통 말인데…… 우린 장갑도 끼지 않았잖아……"

"그 문제는 내가 처리할게."

"이해하지 못하는군, 빌리. 캐리는……"

"당장 여기서 나가."

"빌리……"

"당장 여기서 꺼져. 그러지 않으면 네 팔을 부러뜨려서 그걸로

네 입을 틀어막겠어."

재키는 경계하듯 문밖으로 뒷걸음쳤다.

"집으로 가. 아무한테도 말하지 말고. 모든 일은 내가 처리할 테니까."

"알았어. 좋아. 빌리, 난 다만……." 재키가 말했다.

빌리가 문을 쾅 닫았다.

다음 순간 크리스가 달려들었다. "빌리, 그 빌어먹을 캐리를 어떻게 하지? 오, 맙소사. 우린……."

빌리가 크게 팔을 휘둘러 그녀를 호되게 후려쳐 바닥에 쓰러뜨렸다. 크리스는 바닥에 쓰러진 채 한순간 놀란 나머지 아무 말도 못 하다가 이윽고 두 손으로 얼굴을 가리며 흐느껴 울기 시작했다.

빌리는 바지와 티셔츠를 입고 부츠를 신었다. 그런 다음 방구석에 놓인, 잔금이 난 자기 세면대로 가서 전등을 켜고 얼굴을 씻고 머리를 빗질하고는 허리를 구부려 얼룩진 오래된 거울에 얼굴을 비쳐 보았다. 등 뒤에서는 크리스 하겐슨이 잔뜩 혼란한 상태로 얼굴을 일그러뜨린 채 바닥에 앉아 터진 입술에 난 피를 닦고 있었다.

"우리가 할 일을 말해 주지. 우린 마을로 들어가서 불구경을 할 거야. 그런 다음 집으로 갈 거야. 넌 네 아빠에게 사고가 터졌을 때 우리는 카발리에로 맥주를 마시러 갔다고 말해. 나도 엄마한테 그렇게 말할 거니까. 알겠어?"

"빌리, 네 지문은?" 그녀의 목소리는 잔뜩 억제되어 있었고 조심스러웠다.

"'녀석들'의 지문이지. 난 장갑을 꼈거든."

"그 애들이 말할 텐데? 경찰이 그 애들을 잡고 취조하면……."

"그래, 녀석들이 불 테지." 구불거리는 머리 모양은 거의 제대로 되었다. 머리는 파리똥으로 얼룩진 흐릿한 전구 불빛 속에 마치 깊은 물속에서 이는 소용돌이처럼 반짝였다. 얼굴은 침착하고 평온했다. 그가 사용한 빗은 기름이 엉겨 붙은 낡아 빠진 에이스 제품이었다. 아버지가 열한 번째 생일에 준 빗이지만 아직까지 이가 한 개도 빠지지 않았다. 단 한 개도.

"아마 들통을 찾지 못할 거야. 설혹 찾는다고 해도 지문이 모두 불에 타 지워졌을 테고. 그건 모르겠어. 하지만 도일이 녀석들을 잡는다 해도 난 그때쯤 캘리포니아로 가는 중일 거야. 넌 네 맘대로 해."

"나도 데려갈 거니?" 그녀는 바닥에 주저앉은 채 그를 바라보고 있었다. 입술은 흑인처럼 부풀었고 눈에는 애원하는 빛이 담겨 있었다.

그가 미소를 지었다. "아마 그럴 거야." 하지만 그러지 않을 것이다. 이제 그럴 생각이 없었다. "자. 어서 마을에 가 보자."

두 사람은 아래층으로 내려와 텅 빈 무도장을 지났다. 의자들은 탁자 밖으로 당긴 상태였고 탁자에는 여전히 김빠진 맥주잔들이 놓여 있었다.

비상구를 통해 밖으로 나오면서 빌리가 말했다. "어쨌든 이제 여기도 끝장이야."

그들은 빌리의 차에 올라탔다. 빌리가 시동을 걸었다. 그가 헤드라이트를 켠 순간 크리스가 두 주먹을 얼굴에 갖다 대며 비명을 지르기 시작했다.

빌리도 거의 같은 순간에 그것을 느꼈다. 그의 마음속에 뭔가가

(캐리 캐리 캐리 캐리)

있었던 것이다.

캐리가 그들의 전방 20미터쯤 떨어진 곳에 서 있었다.

하이 빔에, 소름 끼치는 흑백 공포 영화의 한 장면처럼 피가 엉겨 붙고 피를 흘리는 그녀의 모습이 잡혔다. 이제 흘리는 피는 대부분 그녀의 것이었다. 식칼 자루가 여전히 어깨 위로 튀어나오고 드레스는 온통 흙과 풀물로 덮여 있었다. 그녀는 어쩌면 자신의 불운한 탄생에 시발점이 되었을 이 술집을 없애 버리기 위해 칼린가에서 여기까지 먼 길을 반쯤 기절하다시피 기어왔던 것이다.

그녀는 무대에 선 최면술사처럼 두 팔을 쭉 뻗은 채 몸을 흔들며 서 있다가 이윽고 비트적거리며 그들을 향해 다가오기 시작했다.

그 일은 순식간에 벌어졌다. 크리스는 첫 번째 지른 비명을 미처 끝내기도 전이었다. 반사 신경이 아주 뛰어난 빌리는 거의 즉각적으로 반응했다. 그는 기어를 저단으로 바꾸고 클러치를 놓았다가 가속 패달을 냅다 밟았다.

쉐보레의 타이어가 아스팔트 위에서 날카로운 소리를 냈다. 차는 마치 저 옛날의 무시무시한 식인귀처럼 앞으로 홱 뛰쳐나갔다. 앞 유리창에 사람의 형체가 확 다가들었으며, 그와 동시에 그 존재가 외치는 소리는

(캐리 캐리 캐리)

흡사 라디오 볼륨을 끝까지 올렸을 때처럼 커지고

(캐리 캐리 캐리)

더 커졌다. 시간이 그들을 틀 속에 넣고 문을 닫기라도 한 듯 한 순간 그들은 움직이고 있으면서도 꼼짝할 수가 없었다. 빌리와

(**캐리** 그 개들처럼 **캐리** 그 빌어먹을 개들처럼 해치우는 거야 **캐리** 브루시 이게 **캐리** 네놈이었으면 캐리 좋겠어)

크리스와

(**캐리** 맙소사 저 애를 죽이지 마 **캐리** 저 애를 죽일 생각이 아니었어 **캐리** 빌리 난 그걸 **캐리** 보고 싶지 **캐리** 않아 **캐**……)

캐리 자신까지도.

(핸들을 봐 가속 페달을 핸들을 핸들이 보인다 오 이런 내 심장 내 심장 내 심장이)

빌리는 갑자기 차가 말을 듣지 않고 제멋대로 움직이는 느낌, 자신의 손을 미끄러져 벗어나는 느낌을 받았다. 쉐보레는 땅을 파듯 연기와 함께 반원을 그리며 돌고 배기관에서 요란한 소리가 터졌다. 그 순간 주점의 판자벽이 눈앞으로 크게 부풀어 오르고

(이……)

그들은 시속 64킬로미터 상태에서 여전히 가속을 계속하며 판자벽과 충돌했다. 나뭇조각이 네온 빛으로 폭발하면서 물보라처럼 튕겨 올랐다. 조향 축이 앞으로 팽개쳐진 빌리의 몸뚱이를 창처럼 꿰었다. 크리스는 계기반에 팽개쳐졌다.

연료 탱크가 찢어지면서 연료가 차체 뒷부분 주변에 고이기 시작했다. 배기관 한쪽이 연료 속에 박히면서 휘발유에서 불길이 치

솟았다.

캐리는 눈을 감은 채 심하게 헐떡이며 옆으로 누워 있었다. 가슴이 타는 듯했다.

그녀는 특별히 가려는 데도 없이 주차장 저편으로 기어가기 시작했다.

(엄마 미안해 일이 아주 틀어졌어 아 엄마 제발 제발 너무 아파 어떻게 해야 하지)

문득 더 이상 아무래도 좋은 것 같았다. 몸을 돌려 땅바닥에 드러누워서 별을 보며 죽을 수만 있다면 다른 일은 아무래도 좋을 것 같았다.

그리하여 수가 새벽 2시에 그녀를 발견하게 된 것이다.

도일 보안관이 가고 난 후 수는 그 거리를 걸어가다 챔벌레인 자가 세차장 층계에 앉았다. 그녀는 멍한 눈길로 불타는 하늘을 올려다보았다. 토미가 죽었다. 그녀는 그것이 사실임을 알았고, 무서울 정도로 쉽게 그 사실을 받아들였다.

그리고 그를 죽인 것은 캐리였다.

어떻게 그 사실을 알았는지 모르지만, 그 확신은 산술만큼이나 명확했다.

시간이 흘렀다. 그것은 아무래도 좋았다. 맥베스는 잠을, 캐리는 시간을 죽였노라. 아주 좋아. 명언인걸. 수는 씁쓸하게 미소 지었다. 이로써 우리의 여자 주인공이자 열여섯 살짜리 귀여운 공주는 끝난 것일까? 이젠 컨트리클럽이며 클린 코너스를 걱정할 일은 없었다. 두 번 다시. 사라졌다. 불타 버렸다. 누군가가 칼린가에 불이 났다고 중얼대며 뛰어갔다. 잘됐군. 토미는 떠났다. 캐리도 엄마를 죽이러 집으로 갔다.

(???????????)

그녀는 똑바로 앉아 어둠 속을 빤히 응시했다.

(???????????)

자신이 그 사실을 어떻게 안 것인지 알 수 없었다. 그것은 그동안 텔레파시에 대해 읽었던 내용과는 아무런 상관도 없었다. 머릿속에 그림이 떠오른 것도 아니고 눈부신 계시가 있었던 것도 아니다. 그저 평범한 앎이 있을 뿐이다. 봄 다음에 여름이 오고, 암에 걸리면 죽을 수 있다는 사실을 아는 것처럼 캐리의 엄마가 이미 죽었다는……

(!!!!!)

심장이 가슴 속에서 둔탁하게 고동쳤다. 죽었다고? 그녀는 난데 없는 앎 때문에 생긴 이 기이한 느낌을 애써 무시한 채 그 사건에 대해 자신이 아는 내용을 꼼꼼하게 검토해 보았다.

그렇다, 마거릿 화이트는 죽었다. 심장에 무슨 일인가가 생겼다. 하지만 그 일은 마거릿이 캐리를 칼로 찌른 뒤였다. 캐리는 중상을 입었다. 그녀는……

그 이상의 정보는 없었다. 그녀는 벌떡 일어나 엄마의 차가 있는 곳으로 뛰어갔다. 10분 후 그녀는 브랜치 가와, 불이 난 칼린가의 모퉁이에 차를 세웠다. 소방차로도 이 맹렬한 화염을 가라앉힐 수 없었다. 거리 양쪽 끝에 버팀목을 설치해 놓았는데, 기름기가 자욱한 연기를 내뿜는 용광로 덕분에 표지판 글자는 읽을 수 있었다.

위험! 전기 통함!

수는 두 집의 뒤뜰을 가로질러 이제 막 싹트기 시작한 울타리를 뚫고 지나가다 짧고 뻣뻣한 강모(剛毛)에 긁혔다. 수는 화이트네 집에서 마당 하나만큼 떨어진 곳으로 나와 그곳을 가로질렀다.

그 집은 불길에 싸여 있었고 지붕은 활활 타올랐다. 집 안을 들여다볼 만큼 접근한다는 것은 생각조차 할 수 없었다. 그러나 강한 불빛 덕분에 뭔가를 볼 수 있었다. 땅에 떨어진 캐리의 핏자국이었다. 그녀는 고개를 숙이고 핏자국을 따라갔다. 캐리가 휴식을 취한, 핏자국이 좀 더 크게 난 자리도 지나 또 하나의 울타리를 뚫고 윗로 가에 있는 어느 집 뒷마당도 가로지른 다음, 손보지 않은 상태로 마구 얽혀 있는 소나무와 떡갈나무 숲을 지났다. 그 너머에는 기껏해야 오솔길 정도밖에 되지 않는 짧막한 비포장 오르막길이 구불거리며 6번 도로와 각을 이루는 오른편 고지대로 나 있었다.

문득 심술궂고도 신랄한 의혹에 사로잡혀 그녀는 걸음을 멈췄다. 캐리를 찾을 수 있다고 가정해 보자. 그다음엔? 심장마비? 아니면 불을 질러? 마음을 다잡고 달려오는 자동차나 소방차 앞을 걸어가? 그녀의 독특한 앎에 의하면, 캐리는 이 모든 일을 할 수 있을 터였다.

(경찰관을 찾아봐)

그녀는 그 생각에 조금 킬킬거리다 이슬이 덮여 반짝이는 풀밭에 주저앉았다. 경찰관은 이미 만났다. 그리고 설혹 오티스 도일이 자신의 말을 믿어 준다 치더라도, 그다음에는 무엇을 어떻게 할 것인가? 머릿속에 100명쯤 되는 필사적인 수색대가 캐리를 에워싸고 무기를 넘기고 포기할 것을 종용하는 장면이 떠올랐다. 캐리는 순순히 두 손을 들고 목에서 머리통을 뽑는다. 그것을 도일 보안관의 손에 넘긴다. 머리를 넘겨받은 도일 보안관은 엄숙하게 그것을 '인간 증거물 A'라고 적힌 바구니 속에 집어넣는다.

(토미가 죽었어)

그래, 그래. 수는 울기 시작했다. 얼굴에 두 손을 갖다 댄 채 흐느껴 울었다. 언덕 꼭대기 노간주나무 수풀을 지나는 산들바람 소리가 들려왔다. 더 많은 소방차들이 6번 도로를 따라 크고 붉은 사냥개처럼 사이렌을 울리며 지나갔다.

(마을이 모두 다 타 버리고 있어 오 그래)

얼마나 오랫동안 선명치 못한 겉잠에 빠져 울면서 그 자리에 앉아 있었는지 몰랐다. 자신이 카발리에로 간 캐리의 뒤를 밟고 있는 중이라는 사실도 의식하지 못했다. 애써 생각하기 전에는 숨 쉬는 과정을 의식하지 못하는 것이나 다름없었다. 중상을 입은 캐리는 지금 이 시점에도 오직 맹목적인 결의 하나만으로 가고 있었다. 캐리가 가고 있는 카발리에는 5킬로미터나 떨어져 있었으며 교외 지역까지 가로질러야 했다. 수는,

(눈으로 보았나? 아니면 생각한 것일까? 그건 중요하지 않아)

캐리가 그랬던 것처럼 시냇물에 빠졌다가 몸을 덜덜 떨며 겨우 기어 나왔다. 캐리가 아직도 걷고 있다는 것은 정말 놀라웠다. 하지만 물론 그것은 엄마 때문이었다. 엄마가 캐리에게 천사의 불검

이 되어 파괴할 것을 원했기 때문이다…….

(그 애는 그 술집마저 파괴할 거야)

수는 자리에서 일어나 어설픈 걸음으로 뛰기 시작했다. 이제 핏
자국에는 더 이상 신경 쓰지 않았다. 이제 더 이상 핏자국을 따라
갈 필요가 없었던 것이다.

『폭발한 그림자』, 164~165쪽에서 인용:

캐리 화이트 사건에 대해 품게 될 생각이 무엇이든 이제 그 일은
끝났다. 이제는 미래를 내다볼 때이다. 맥거핀 학장이 《과학 연감》
에 수록된 탁월한 논문에서 지적했듯이 우리가 응분의 대가를 치
르리라는 것은 거의 확실하다. 그리고 그 대가는 만만치 않은 것일
확률이 높다.

여기서 한 가지 고통스러운 윤리적 문제가 제기된다. 염력 유전
자를 완전히 분리하기 위한 과정은 이미 진행되고 있다. 과학계에
서는(예를 들면 1982년 버클리 대학의 《미생물학 연감》에 수록된 버크와
하네건의 「염력 유전자 분리에 대한 전망과 제어 변수에 대한 특별한 건
의 사항」을 참조할 것) 일단 시험 절차가 설정되면 학령에 달한 모든
아동들은 현재 결핵용 패치를 붙이는 것만큼 일상적으로 염력 시험
을 받게 될 것이라고 상정하고 있다. 그러나 염력은 병원균이 아니
며, 눈 색깔처럼 유전자를 보유한 사람의 일부를 구성하는 것이다.
만일 명백한 염력 능력이 사춘기의 일환으로 발현되는 것이라

면, 그리고 이러한 가상적인 염력 시험이 1학년에 입학하는 아동에게 실시된다면 확실히 사전 경고를 받을 수 있을 것이다. 하지만 이 경우 사전 경고를 받는다고 해서 사전 대비가 되는 것일까? 결핵 시험 결과가 양성일 경우에 해당 아동은 치료나 격리를 받으면 된다. 그러나 염력 시험 결과가 양성일 경우 머리에 총알을 박아 넣는 것 말고는 다른 치료법이 없다. 그리고 결국 담을 무너뜨릴 능력을 소유하게 될 인물을 격리시킨다는 것이 가능하기나 한 일일까?

그리고 설혹 성공적으로 격리시키는 일이 가능하다고 해도, 미국인들이 이제 막 사춘기에 접어든 귀여운 소녀를 부모에게서 강제로 떼어 내 남은 평생 지하 감금실에 유폐시키는 일을 허락할까? 그럴 것 같지 않다. 특히, 화이트 위원회가 챔벌레인에서 벌어진 악몽 같은 사건이 순전히 우연으로 벌어진 것임을 일반인들에게 설득시키기 위해 그토록 많은 노력을 기울인 상황에서는 더욱 그럴 것이다.

사실, 우리는 다시 원점으로 되돌아온 듯이 보인다…….

수 스넬이 메인주 조사위에서 행한 선서 증언에서 인용
(「화이트 위원회 보고서」, 306~472쪽에 수록됨):

질문 자, 스넬 양. 본 위원회는 카발리에 주점 주차장에서 캐리 화이트를 만났다고 주장하는 귀하의 증언을 상세히 되짚어 보고 싶군요…….

응답 어째서 같은 질문을 계속 물으시는 거죠? 벌써 두 번이나 말씀드렸는데요.

질문 기록이 모든 점에서 정확한지 확실히 해 두고 싶어서…….

응답 제가 거짓말하는 것을 잡아내고 싶은 거죠? 그것이 정말 의도하시는 것 아닌가요? 위원장님은 제가 사실을 말하는 것이라고 생각지 않으시죠?

질문 스넬 양은 캐리를…….

응답 제 질문에 대답해 주시겠어요?

질문 5월 28일 오전 2시경 만났다고 했습니다. 맞나요?

응답 위원장님께서 제가 방금 한 질문에 대답하시지 않는다면 저도 더 이상 질문에 대답하지 않겠어요.

질문 스넬 양, 본 위원회는 귀 양이 헌법에 명시되지 않은 이유로 대답을 거부할 경우 모욕죄를 적용할 권한을 갖고 있습니다.

응답 위원회가 무슨 권한이 있든 상관없어요. 전 사랑하는 사람을 잃었어요. 절 감옥에 넣어 봐요. 그런 건 아무래도 좋으니까. 전…… 전…… 오, 그만둬요. 모두 그만두라고요. 당신들은…… 나를 십자가에 못 박고 싶은 것 아니에요? 제발 나를 혼자 놔두라고요!

(잠시 휴회)

질문 스넬 양, 이제 증언을 계속할 준비가 되었나요?

응답 네. 하지만 다그침을 받고 싶진 않아요, 위원장님.

질문 물론 그러지 않을 겁니다, 아가씨. 아무도 다그칠 생각이 없어요. 2시경 이 주점 주차장에서 캐리를 만났다고 주장했는데, 그게 맞나요?

응답 네.

질문 어떻게 시간을 용케 알고 있었군요.

응답 전 지금 보시는 시계를 차고 있었으니까요.

질문 확실히 해 두기 위해서입니다. 카발리에는 귀 양이 어머니의 차에서 내린 지점에서 10킬로미터나 떨어져 있지 않나요?

응답 그건 도로로 갔을 때 얘기죠. 직선 거리로는 훨씬 가까워요.

질문 그 거리를 걸어갔단 말인가요?

응답 네.

질문 그런데 스넬 양은 전에, 본인이 캐리에게 가까워지고 있다는 사실을 '알았다'고 증언했습니다. 그것에 대해 설명하실 수 있나요?

응답 아뇨.

질문 캐리의 냄새를 맡았나요?

응답 뭐라고 하셨죠?

질문 후각에 의지했느냐는 말입니다.

(방청석의 웃음소리)

응답 지금 저를 놀리시는 건가요?

질문 질문에 대답해 주세요.

응답 아뇨. 전 후각에 의지하지 않았어요.

질문 캐리의 모습을 볼 수 있었나요?

응답 아뇨.

질문 목소리를 듣고서?

응답 아뇨.

질문 그렇다면 어떻게 캐리가 그곳에 있다는 사실을 알았죠?

응답 톰 퀼런은 어떻게 알았죠? 코라 시마드는요? 저 가엾은 빅 무니는요? 모두 어떻게 알았을까요?

질문 질문에 대답하세요, 아가씨. 이곳은 귀 양이 무례를 범할 만 한 자리도, 또 지금은 그럴 때도 아닙니다.

응답 그렇지만 그 사람들이 모두 "그냥 알았다고" 말하지 않았나 요? 전 신문에서 시마드 부인의 증언을 읽었어요! 또 저절로 열린 소화전은 어떻고요? 스스로 자물쇠를 부수고 작동된 주유기들은요? 전신주에서 땅 아래로 내려온 전선들은 어 떻게 된 걸까요? 그리고······.

질문 스넬 양, 제발······.

응답 모두 이 위원회의 기록에 나온 내용들이라고요!

질문 지금은 그것이 문제가 아녜요.

응답 그럼 대체 뭐가 문제인가요? 진실을 찾는 건가요, 아니면 그 저 속죄양을 찾는 건가요?

질문 캐리 화이트의 소재를 사전에 알았다는 사실을 부인하는 건 가요?

응답 물론이에요. 그건 말도 안 되는 소리예요.

질문 그래요? 어째서 말도 안 된다는 거죠?

응답 글쎄요, 만일 어떤 공모가 있었다고 생각하시는 거라면 그 건 터무니없는 얘기라는 거죠. 내가 발견했을 때 캐리는 죽어 가고 있었으니까요. 그런 것이 편하게 죽는 방법일 리가 없잖아요.

질문 캐리의 행방을 사전에 알고 있지 않았다면 어떻게 곧장 캐리가 있는 곳으로 갈 수 있었죠?

응답 오, 바보 같은 말씀만 하시는군요! 이 자리에서 나왔던 얘기를 제대로 듣기나 하셨나요? 그 짓을 한 게 캐리였다는 건 모두가 다 알았어요! 그 생각을 하기만 했다면 누구든 그 애를 찾을 수 있었을 거예요.

질문 하지만 모두가 캐리를 찾아냈던 건 아니죠. 귀 양은 찾아냈고 말이에요. 어째서 사람들이 쇳가루가 자석에 끌리듯 사방에서 나타나지 않았던 것인지 설명해 줄 수 있나요?

응답 그 애는 급속하게 약해지고 있었어요. 내 생각에는 아마도…… 그 애의 힘이 미치는 범위가 줄어들고 있었던 것 같아요.

질문 내 생각엔 그것이 별로 타당성 없는 가설이라는 데 귀 양도 동의할 것 같군요.

응답 물론 그래요. 캐리 화이트에 관한 문제에서는 우리 모두 타당성을 찾을 수 없으니까요.

질문 그건 좋을 대로 생각하세요, 스넬 양. 이제 우리는…….

처음에 헨리 드레인네 목초지와 카발리에의 주차장 사이에 있는 제방을 기어올랐을 때 그녀는 캐리가 죽은 줄 알았다. 주차장 중간쯤에 있던 그녀는 이상하리만큼 오그라들고 찌부러진 모습이었다. 수는 95번 도로상에서 본 죽은 동물들, 우드척과 마멋과 스컹크들을 떠올렸다. 고속으로 질주하는 트럭이라든가 스테이션 왜건에 치여 죽은 동물들이었다.

그러나 그 존재는 여전히 그녀의 마음속에서 집요하게 진동하면서 캐리 화이트라는 인물의 호출 신호를 쉬지 않고 보내고 있었다. 캐리의 본질, 게슈탈트*를. 이젠 한풀 꺾여서 그렇게 요란하지도 않고 낭랑한 소리를 내는 것도 아니었지만 일정한 진동수를 그리며 부풀어 올랐다 가라앉았다 했다.

의식 불명 상태였다.

수는 얼굴에 와닿는 불의 열기를 느끼면서 주차장 가드레일을 타넘었다. 카발리에는 목조 건물이어서 거세게 타올랐다. 자동차의 시커먼 잔해가 불꽃 속에 뒷문 오른쪽으로 뚜렷한 윤곽을 보였다. 저것도 캐리가 한 짓이군. 수는 그쪽으로 가서 누가 안에 있는지 확인하려 들지 않았다. 어쨌든 이젠 아무래도 상관없는 문제였다.

수는 캐리가 모로 누운 곳으로 걸어갔다. 타닥거리며 요란하게 타오르는 소리 때문에 자신의 발소리도 들리지 않았다. 잔뜩 웅크린 형체를 내려다본 그녀는 당혹스러울 만큼 가슴 아픈 연민에 사로잡혔다. 어깨에는 칼자루가 섬뜩하게도 불쑥 튀어나와 있었고, 캐리가 누운 자리에는 조그맣게 피가 고여 있었다. 입으로는 여전히 피를 흘렸다. 의식을 잃는 순간 어떻게든 몸을 뒤집으려 애쓴 흔적이 보였다. 불을 지르고 전선을 끌어내리고 생각만으로 사람

---

* 지각의 대상을 형성하는 총체적 구조를 뜻하는 심리학 용어.

을 죽일 수 있었던 그녀가 이제 자기 몸 하나 제대로 뒤집지 못한 채 누워 있는 것이다.

수는 무릎을 꿇고 성한 쪽 팔과 어깨를 잡아서 조심스럽게 그녀를 바로 눕혀 주었다.

캐리는 쉰 목소리로 신음 소리를 내고 눈꺼풀을 파닥였다. 수의 마음속에 있던 캐리의 모습이 마치 머릿속에 그린 영상이 초점이 잡힌 것처럼 선명해졌다.

(거기 누구니)

수 역시 아무 생각 없이, 같은 방식으로 말했다.

(나야 수 스넬이야)

단지 그녀의 이름을 생각할 필요가 없었을 뿐이다. 스스로를 인식하는 일은 언어도 그림도 아니었다. 그러한 자각이 들자 갑자기 모든 것이 가까워지고 현실적이 되었으며, 둔탁한 충격 사이로 캐리에 대한 동정심이 불쑥 솟아났다.

캐리는 멍한, 무언의 비난을 쏟아 냈다.

(넌 날 속였어 너희들 모두 날 속인 거야)

(캐리 난 무슨 일이 있었는지도 몰라 토미가)

(너희들은 날 속인 거야 속임수가 있었지 속임수 아 더러운 속임수 말이야)

영상과 감정이 한데 뒤섞여 형언할 수 없을 만큼 흔들렸다. 피. 슬픔. 두려움. 길게 이어진 더러운 수작들 가운데 최후의 더러운 속임수. 그 일들이 어지러울 정도로 눈앞을 스치면서 수는 스스로도 어떻게 할 수 없을 만큼 동요되었다. 그들은 완벽한 앎 전체를 나누어 가진 것이다.

(캐리 그러지 마 그만해 날 아프게 하지 마)

여자애들이 생리대를 던지고 노래를 부르며 깔깔댄다. 수의 마음속에 자신의 얼굴이 거울처럼 비친다. 추하고 익살맞은, 말만 번드르르한, 가시 돋친 아름다움을 지닌 모습이.

(더러운 수작들을 보라고 내 삶 전체가 하나의 더러운 장난이었단 말이야)

(캐리 나를 좀 봐)

그러자 캐리가 그녀를 보았다.

그 감각은 섬뜩했다. 그녀의 정신과 신경계는 하나의 도서관이 되었다. 누군가 간절한 심정으로 그녀를 훑고 지나갔다. 손가락으로 책이 꽂힌 선반을 가볍게 훑고 책을 꺼내 대강 훑어보고 다시 꽂아 넣고 어떤 책은 떨어뜨리고 기억의 바람 속에 책장이 마구 펄럭거리기도 했다.

(흘끗 스치는 눈길들 저것이 나야 아빠를 미워하는 꼬마 오 엄마의 큰 입술 치아 바비가 나를 밀었어 오 내 무릎 자동차 난 차에 타고 싶어해 우린 시실리 이모를 보러 갈 참이야 엄마가 황급히 돌아왔지 난 오줌을 쌌어)

기억은 계속되었다. 그러다 마침내 '토미'라고 표시된 선반에 이르렀다. 거기에는 '무도회'라는 작은 표제가 붙어 있었다. 책들을 펼치자 섬광처럼 스치는 경험들. 감정의 모든 상형문자와 여백에 적힌 설명문들. 그것은 로제타석*보다 더 복잡했다.

그것을 들여다보니 거기엔 수 자신이 생각했던 것보다 훨씬 많은 내용이 담겨 있었다. 토미에 대한 사랑, 질투, 이기심, 캐리를 데려가는 문제에서 자기 뜻대로 하도록 토미를 강제하려는 욕망, 캐

---

* 이집트에서 발견된 석비로서, 오랫동안 해독이 불가능했다.

리 자신에 대한 혐오감.

(그 애는 자신을 좀 더 나아 보이게 할 수도 있을 텐데 그 앤 정말 '징그러운 두꺼비'처럼 생겼어)

데스자딘 선생에 대한 증오심, 그녀 자신에 대한 증오심.

그러나 캐리 자신에 대한 악의는 없었다. 그녀를 만인 앞에 세우고 파멸시키려는 계획 같은 것은 들어 있지 않았다.

자신의 가장 은밀한 복도가 약탈되고 있다는 격한 감정은 사그라지기 시작했다. 그녀는 캐리가 맥이 풀리고 지친 나머지 물러서는 것을 느꼈다.

(어째서 나를 그냥 내버려 두지 않았지)

(캐리 난……)

(그랬다면 엄마가 살았을 텐데 내가 엄마를 죽였어 난 엄마가 필요해 아 가슴이 아파 어깨가 아파 아아아 난 엄마가 필요해)

(캐리 난……)

그 생각을 끝낼 방도가 없었다. 그것을 마무리 지을 말이 없었던 것이다. 수는 갑자기 공포감에 사로잡혔다. 이름 지을 수 없는 공포였기에 그만큼 더 무서웠다. 기름으로 얼룩진 아스팔트 바닥에서 제자신의 고통 속에 죽어 가면서 피를 흘리고 있는 미치광이가 갑자기 무의미하고 불쾌하게 여겨졌다.

(아 엄마 엄마가 무서워 엄마)

수는 떨어져 나오려고, 자신의 마음을 그녀에게서 풀어 내리고, 이제 캐리가 최소한 혼자 죽음을 맞이할 수 있도록 하려고 해 보았지만 그럴 수 없었다. 수는 자신이 죽어 가는 듯한 느낌에 사로잡혔다. 그녀는 자신의 영원한 종말을 미리 연습할 생각이 없었다.

(캐리 나를 놓아줘)

(엄마 엄마 엄마 오오오오오 오오오오오)

머릿속을 울리는 비명은 확 타오르듯 믿어지지 않을 만한 높이까지 치솟았다가 갑자기 사라졌다. 한순간 수는 길고 시커먼 구멍 속으로 순식간에 사라져 가는 촛불을 보는 기분이 들었다.

(이 애는 죽어 가고 있어 오 맙소사 이 애가 죽어 가는 것이 느껴져)

다음 순간 빛이 완전히 꺼졌다. 그 애의 의식이 한 마지막 생각이

(엄마 미안해)

툭 끊어지면서, 완전히 사그라지기까지 앞으로 몇 시간은 걸릴 듯한 텅 빈 백치 상태 같은 말초신경의 주파수에 맞춰졌다.

수는 비틀거리며 시신으로부터 물러나 눈먼 여자처럼 두 팔을 내민 채 주차장 가장자리로 향했다. 그러고는 무릎 높이의 가드레일에 걸려 제방 아래로 굴러 떨어졌다. 그녀는 일어서서 비틀비틀 들판으로 걸어갔다. 그곳은 신비로울 만큼 하얀 땅안개로 가득했다. 귀뚜라미가 제멋대로 울었고 아침의 깊은 정적 속에서 쏙독새가

(쏙독새가 울면 누군가 죽어 가고 있다는 거야)

울고 있었다.

그녀는 가슴으로 숨을 깊이 들이마시며 달리기 시작했다. 토미로부터, 불과 폭발로부터, 캐리로부터, 그러나 무엇보다도 저 최후의 공포로부터. 마지막 순간 떠오른 생각은 영원의 검은 굴 속으로 순식간에 사라져 갔고, 그 뒤를 이어서 텅 빈, 백치 같은, 단조로운

전기음만 들려올 뿐이다.

그 잔상은 아무것도 모르는 축복받은 서늘한 어둠만 남겨 놓고 마지못한 듯 사라지기 시작했다. 수는 걸음을 늦추다가 이윽고 멈춰 섰다. 뭔가 일어나기 시작했다는 것을 안 것이다. 수는 안개 덮인 넓은 들판 한가운데 서서 깨달음을 기다렸다.

급하던 호흡이 서서히 가라앉았다가 문득 어떤 고통에 사로잡히기라도 한 것처럼…….

그러고는 갑자기 울부짖는, 속았다는 절규로 터져 나왔다. 그 순간 그녀는 허벅지 사이로 느릿느릿 흘러내리는 검은 생리혈을 느꼈다.

3부

잔해

웨스트오버 머시 병원/사망 진단서

이름   캐리에타 N. 화이트   **작성자** RM

주소   02249 메인주 챔벌레인 칼린가 47번지

응급실   해당 없음   **구급차** 16호

치료 내용 해당 없음   **도착시 사망 여부** 예

사망 시간 1979년 5월 28일 오전 2시(추정치)

사망 원인 출혈 과다, 쇼크, 관상동맥 폐색,

관상동맥 혈전(가능성)

사망 확인 02249 메인주 챔벌레인, 백 챔벌레인로 19번지,

수전 D. 스넬

최근친   해당 없음   **시신 양도처**   메인주

담당의   해럴드 쾨블러, 의학 박사

병리 담당 TM

1979년 6월 5일 금요일자, AP통신 전국망 수신 전문에서 인용:

메인주 챔벌레인(AP통신)

주 관리는 챔벌레인의 사망자 수는 409명이며 49명은 실종자 명단에 올라 있다고 말함. 캐리에타 화이트의 검시 결과 대뇌와 소뇌에서 이상한 조직을 발견했다는 소문이 끈질기게 나도는 가운데 캐리에타 화이트와 이른바 'TK' 현상에 관련된 조사가 현재 진행 중임. 메인주 주지사는 비극적인 사건 전모를 밝힐 특급 위원회를 구성했음. 이상.

—6월 5일 마감 0303N AP

9월 7일 일요일자 《루이스턴 데일리 선》 3쪽에서 인용:

대지와 가슴을 불태운 염력의 유산

챔벌레인발: 무도회의 밤은 이제 과거의 일이 되었다. 현자들은 수 세기 동안 시간이 모든 상처를 치유한다고 말해 왔지만, 메인주 서부에 있는 조그만 마을이 입은 상처는 치명적일 수도 있다. 주거 지역은 여전히, 품위 있는 수령 200년짜리 떡갈나무가 입구를 지키고 있는 마을 동편에 자리 잡고 있다. 모린 가와 브릭야드 힐의 말끔한 솔트박스*와 랜치하우스**는 아직도 말쑥하고 온전한 모습이다. 그러나 이런 뉴잉글랜드 지방 특유의 목가적인 풍경은 불

---

* 전면 2층, 후면 단층 형태의 가옥.
** 보통 직사각형 모양의 단층집.

에 그을리고 파괴된 중심가를 에워싸고 있고, 이 말끔한 주택들의 앞마당에는 대부분 매물 표지판이 붙어 있다. 그나마 아직 사람이 살고 있는 집 현관은 조화(弔花)로 장식돼 있다. 요즘 들어 챔벌레인 거리에서는 밝은 노란색의 얼라이드 밴과 오렌지색 유홀***을 갖가지 크기로 매일같이 볼 수 있다.

이 마을의 주요 산업체인 챔벌레인 방적 회사는 5월의 이틀 동안 마을 대부분을 집어삼켰던 화재와 무관하게 여전히 건재하다. 그러나 지난 6월 4일 이후에는 1교대로 운영되어 왔으며, 사장인 윌리엄 A. 챔블리스에 따르면 조업 단축에 따른 추가 휴업 가능성이 매우 높아 보인다. 챔블리스 사장의 말이다. "주문이 떨어진 것은 아니지만 출근부에 도장 찍을 사람들 없이 방적 회사를 운영하기는 어렵다. 직원이 절대적으로 부족하다. 8월 15일 이래 직원 34명이 이직 통지를 보내왔다. 지금 우리가 취할 수 있는 유일한 조처는 염색 공장을 폐쇄하고 하청으로 처리하는 것뿐이다. 우리는 사람들을 해고하고 싶진 않지만 현재로서는 이 문제가 재정적 생존 여부와 직결되어 있다."

로저 페론은 22년 동안 챔벌레인에 살았으며 그 가운데 18년은 그 공장에서 일해 왔다. 그는 자루를 쌓으며 시간당 73센트를 받던 밑바닥 직공에서 염색 공장 감독으로까지 승진했지만, 일자리를 잃을 가능성이 있다는 사실에 별달리 충격을 받지 않은 듯이 보인다. 다음은 페론의 말이다. "꽤 많은 급료를 놓치는 셈이다. 결코 가볍게 볼 문제가 아니다. 아내와 나는 이 문제를 놓고 여러 차

*** 둘 다 이삿짐을 취급하는 운송 회사 차량.

례 의논했다. 집을 판다 해도(원래는 아무리 안 돼도 2만 달러짜리다.) 절반밖에 받지 못할 테지만 그래도 내놓기로 했다. 아무래도 상관 없다. 정말이지 더 이상 챔벌레인에 살고 싶지 않다. 뭐라고 해도 좋지만 챔벌레인은 우리에게 불운을 가져다 주었다."

이런 생각을 하는 사람은 페론만이 아니다. 무도회의 밤 점포를 잃기 전까지 켈리 프루트라는 담배 가게 겸 소다수 판매점을 운영 하던 헨리 켈리 역시 재건할 계획이 없다. 그는 어깨를 으쓱여 보 이며 이렇게 말한다. "아이들이 없어졌다. 내가 설혹 다시 가게 문 을 연다 해도 곳곳에 유령만 북적댈 것이다. 난 보험금을 타는 대 로 은퇴해서 세인트피터스버그에 갈 것이다."

54년도에 토네이도가 워체스터에 죽음과 파괴를 야기한 지 일 주일 후 그곳에는 망치 소리와 새 목재, 낙관론과 새로운 활기가 가득했다. 이번 가을 챔벌레인에서는 그러한 것을 전혀 찾아볼 수 없다. 중심가에서는 깨진 돌조각을 말끔히 치웠는데 그것이 전부 였다. 만나는 사람들마다 둔탁한 절망감으로 가득한 얼굴을 하고 있다. 남자들은 설리번가 모퉁이의 프랭크 주점에서 아무 얘기 없 이 술을 마시고 여자들은 뒤뜰에서 슬픔과 상실을 주고받는다. 챔 벌레인은 재난 지역으로 선포되어, 마을을 복구하고 상업 지구를 재건할 자금을 구하기는 어렵지 않다.

그러나 지난 4개월 동안 챔벌레인에서 가장 주된 사업은 장의업 이었다.

현재까지 파악된 사망자는 440명이고, 그 밖에도 실종자 18명 이 있다. 사망자 가운데 67명은 졸업을 앞둔 유언 고등학교 3학년생이었다. 무엇보다 이 사실이 챔벌레인의 기력을 앗아 간 것 같다.

사망자들은 6월 1일과 2일, 세 차례의 집단 장례를 치르고 매장되었다. 6월 3일에는 마을 광장에서 추도 예배가 거행되었다. 그것은 기자가 목격한 것 가운데 가장 감동적인 의식이었다. 참석자는 수천 명에 달했으며, 56명에서 겨우 40명만 남은 학교 밴드부가 교가와 영결 음악을 연주할 때 전 회중은 침묵했다.

그다음 주 이웃 마을 모턴 아카데미에서 침울한 졸업식이 거행되었지만 졸업반 중에서 남은 학생은 52명밖에 되지 않았다. 고별사를 읽던 헨리 스탬플은 도중에 울음을 터뜨리는 바람에 더 이상 읽지 못했다. 졸업식에 뒤이은 파티는 없었으며, 졸업생들은 졸업장을 받아 들고 귀가했을 뿐이다.

여름이 가는 동안에도 추가 시신이 발견되면서 영구차가 마을 안을 계속 돌아다녔다. 몇몇 주민에게는 매일같이 상처 딱지를 뜯어내는, 그래서 그때마다 상처에서 다시 피가 흐르는 기분이었을 것이다.

지난주 호기심에서 챔벌레인을 방문했던 사람이라면 영적으로 말기 암에 걸린 마을을 보았을 것이다. A&P 슈퍼마켓 통로에는 정신이 딴 데 나간 몇몇 사람들만 배회하고 있을 뿐이다. 칼린가의 조합주의 교회는 화재에 휩쓸려 사라졌지만, 빨간 벽돌로 지은 가톨릭 교회는 여전히 엘름 가에 남아 있고, 중심가 바깥쪽의 감리교회도 불에 좀 그슬리기는 했지만 파손되지는 않았다. 그러나 예배 참석자는 얼마 되지 않았다. 노인들은 여전히 코트하우스파크의 벤치에 앉아 있지만, 장기는 고사하고 대화조차 나누려 들지 않았다.

전체적인 인상은 그것이 사멸하기를 기다리는 마을이라는 것이다. 챔벌레인이 두 번 다시 예전 같아지는 일이 없을 것이라고 말하는 것만으로는 충분치 않다. 어쩌면 챔벌레인이 앞으로 다시는 존재하지 않을 것이라고 말하는 편이 진실에 가까울지 모르겠다.

헨리 그레일 교장이 피터 필포트 교육감에게 6월 9일자로 보낸 편지의 발췌문:

그래서 본인은 현재, 본인이 좀 더 선견지명이 있었다면 이와 같은 비극을 피할 수 있었을지도 모른다는 기분을 느끼는 상황에서 현재의 직무를 계속하기 어려울 것 같습니다. 귀하와 귀하의 직원들이 괜찮으시다면 저의 사임이 7월 1일자로 발효되도록 선처해 주시기 바랍니다.

체육 교사 리타 데스자딘이 헨리 그레일 교장에게 6월 11일자로 보낸 편지 발췌문:

이번 학기로 계약이 만료되었습니다. 지금 제 기분으로는 앞으로 다시는 학생을 가르칠 수 없을 것 같습니다. 저는 밤늦도록 잠을 이루지 못하면서 이런 생각을 합니다. 만일 제가 그 아이에게 손을 뻗기만 했다면, 그랬다면, 그러기만 했다면…….

화이트네 집이 있던 집터 앞마당에는 다음과 같은 내용의 페인트 낙서가 발견되었다.

캐리 화이트는 죗값으로 돼졌다
예수께서는 기대를 저버리지 않으신다

D. L. 맥거핀 학장의 「염력: 분석과 영향」(《과학 연감》, 1981년)에서 인용:

결론적으로, 필자는 당국이 캐리 화이트 사건을 관료의 서류 더미 속에 묻어 버림으로써, 무엇보다도 이른바 '화이트 위원회'를 통해 범하고 있는 중대한 위험을 지적하고자 한다. 정치가들 사이에 염력을 평생에 한 번 겪을까 말까 한 현상으로 치부하려는 성향이 강해 보이는데, 이런 태도는 이해할 수 있는 일이기는 해도 용납돼서는 안 될 일이다. 발생학적으로 말해 이 일이 재연될 가능성은 99퍼센트다. 이제는 우리가 현재 계획한 사항들을……

존 R. 쿰스의 『학부모용 속어 해설집』(뉴욕: 라이트하우스 출판사, 1985년), 73쪽에서 인용:

캐리 속이기—첫째, 폭력이나 파괴, 신체 상해 또는 대혼란을 야기하는 일. 둘째, 방화하기(어원: 캐리 화이트, 1963~1979년)

『폭발한 그림자』, 201쪽에서 인용:

본서의 다른 곳에서 캐리 화이트의 학교 시절 공책 한 쪽에 60년 대의 유명한 록 가수 밥 딜런의 노래 한 구절이, 마치 절망에 빠진 사람이 그런 것처럼 몇 번이고 거듭해서 씌어진 점을 언급한 바 있다.

이 책을 끝내면서 밥 딜런의 또 다른 노래 가사 몇 소절을 인용해서 캐리의 묘비명으로 삼는 것도 그렇게 부당한 일은 아닐 것 같다. '아주 소박한 곡조 한마디 그대에게 써 보낼 수 있었으면 좋겠네/아름다운 아가씨, 그대가 미쳐 버리지 않도록 할/그대의 마음을 편안케 하고 진정시켜 주고 고통을 멈추게 할/저 쓸모없고 무의미한 앎이 주는 고통에서 벗어나도록 해 줄……'*

『내 이름은 수전 스넬』, 98쪽에서 인용:

이제 이 조그만 책을 끝낼 시간이다. 아무도 모르는 곳으로 갈 수 있을 만큼 이 책이 잘 팔렸으면 좋겠다. 나는 이제 일이 모두 끝난 것이었으면 좋겠다. 그리하여 현재와, 내 촛불이 저 긴 터널 안 암흑 속으로 떨어지는 순간, 그사이에 할 일을 정하고 싶다…….

---

* 밥 딜런, 「툼스톤 블루스」에서 인용.

5월 27~28일 메인주 챔벌레인에서 발생한 사건과 관련하여

메인주 조사 위원회가 내린 판정문에서 인용:

그리하여 우리는, 비록 피험자의 검시 결과 초과학적 능력의 존재를 암시할 모종의 세포 변형을 확인하기는 했지만, 그렇다고 해서 이런 일이 재발될 수 있다고 볼 만한 하등의 이유를 찾을 수 없었다······.

테네시주 로열 노브의 아멜리아 젠크스가, 조지아주 메이컨의 샌드라 젠크스에게 보낸

1988년 5월 3일자 편지에서 발췌한 내용:

네 구여운 조카딸은 무렁무렁 자라고 잇지. 이제 겨우 두 살인데도 아주 크단다. 아빠를 달마 눈은 청색이고 나를 달마 머리는 금발이지만 아마 깜정색으로 바뀔 거야. 그래도 정말 구여워. 잠든 모습을 보면 가끔 그 애가 엄마를 달믄 것 같다는 생각이 들어.

한번은 집 근처에서 놀고 있는 그 애를 몰래 훔쳐보다가 정말 이상한 일을 보았단다. 애니가 오빠들하고 공기놀이를 하는데, 공기뚤들이 저절로 움직이는 거야. 애니는 킥킥거리며 우섯지만 난 약간 겁이 났어. 공기뚤 며깨가 저 혼자서 올라가따 떠러져따 했지. 그걸 보고 할머니 생각이 났어. 기억나니? 옛날에 피트를 쪼차온 경찰들 손에서 총이 저절로 날라가떤 일 말야. 그때도 할머니는 그저 웃기만 했지. 할머니는 의자에 안자 있지도 안은 채로 흔들의자를 흔들 수 이써자나. 그 생각이 나자 얼마나 놀라떤지. 하지만

그 애가 할머니처럼 심장발짝을 일으키진 아나씀 조케써. 그때 일 기억하지?

이제 가서 설거지를 해야겠다. 리치한테 맛있는 걸 해 줘야지. 그리고 시간 될 때 사진도 좀 보내렴. 그래도 우리 애니는 정말 구엽고 눈은 단추처럼 반짝거린단다. 언젠가 대단한 인물이 될 꺼야.

—사랑을 보내며, 언니가.

스티븐 킹 작품 연보

장편·경장편

캐리 Carrie (1974)

살렘스 롯 Salem's Lot (1975)

샤이닝 The Shining (1977)

스탠드 The Stand (1978)

데드 존 The Dead Zone (1979)

파이어스타터 Firestarter (1980)

쿠조 Cujo (1981)

다크 타워1: 최후의 총잡이 The Dark Tower: The Gunslinger (1982)

크리스틴 Christine (1983)

늑대인간 Cycle of the Werewolf (1983)

애완동물 공동묘지 Pet Sematary (1983)

용의 눈 The Eyes of the Dragon (1984)

그것 It (1986)

다크 타워2: 세 개의 문 The Dark Tower II: The Drawing of the Three (1987)

미저리 Misery (1987)

토미노커 The Tommyknockers (1987)

다크 하프 The Dark Half (1989)

다크 타워3: 황무지 The Dark Tower III: The Waste Lands (1991)

제럴드의 게임 Gerald's Game (1992)

돌로레스 클레이본 Dolores Claiborne (1992)

불면증 Insomnia (1994)

로즈 매더 Rose Madder (1995)

그린 마일 The Green Mile (1996)

데스퍼레이션 Desperation (1996)

다크 타워4: 마법사와 수정구슬 The Dark Tower IV: Wizard and Glass (1997)

자루 속의 뼈 Bag of Bones (1998)

톰 고든을 사랑한 소녀 The Girl Who Loved Tom Gordon (1999)

센트리 스톰 Storm of the Century (1999)

드림캐처 Dreamcatcher (2001)

프롬 어 뷰익8 From a Buick 8 (2002)

다크 타워5: 칼라의 늑대들 The Dark Tower V: Wolves of the Calla (2003)

다크 타워6: 수재나의 노래 The Dark Tower VI: Song of Susannah (2004)

다크 타워7: 다크 타워 The Dark Tower VII: The Dark Tower (2004)

콜로라도 키드 The Colorado Kid (2005)

셀 Cell (2006)

리시 이야기 Lisey's Story (2006)

듀마 키 Duma Key (2008)

언더 더 돔 Under the Dome (2009)

철벽 빌리 Blockade Billy (2010)

11/22/63 (2011)

다크 타워 외전: 열쇠 구멍에 흐르는 바람 The Dark Tower: The Wind Through the Keyhole (2012)

조이랜드 Joyland (2013)

닥터 슬립 Doctor Sleep (2013)

미스터 메르세데스 Mr. Mercedes (2014)

리바이벌 Revival (2014)

파인더스 키퍼스 Finders Keepers (2015)

엔드 오브 왓치 End of Watch (2016)

아웃사이더 The Outsider (2018)

고도에서 Elevation (2018)

인스티튜트 The Institute (2019)

나중에 Later (2021)

빌리 서머스 Billy Summers (2021)

페어리 테일 Fairy Tale (2022)

홀리 Holly (2023)

중·단편집

스티븐 킹 단편집-옥수수밭의 아이들 외Night Shift (1978)

리타 헤이워드와 쇼생크 탈출·스탠 바이 미Different Sesons (1982)

스켈레톤 크루Skeleton Crew(1985)

자정 4분 뒤Four Past Midnight (1990)

욕망을 파는 집Needful Things (1991)

악몽과 몽상Nightmares&Dreamscapes (1993)

내 영혼의 아틀란티스Hearts in Atlantis (1999)

모든 일은 결국 벌어진다Everything's Eventual (2002)

해가 저문 이후Just After Sunset (2008)

별도 없는 한밤에Full Dark, No Stars (2010)

악몽을 파는 가게The Bazaar of Bad Dreams (2015)

피가 흐르는 곳에If it Bleeds (2020)

You Like It Darker(2024)

'리처드 바크만' 필명의 장편

분노Rage (1977)

롱 워크The Long Walk (1978)

로드워크Roadwork (1981)

런닝맨The Running Man (1982)

시너 Thinner (1984)

통제자들The Regulators (1996)

블레이즈Blaze (2007)

공저

부적The Talisman (1984), 피터 스트라우브 공저

블랙 하우스Black House (2001), 피터 스트라우브 공저

페이스풀Faithful(2004), 스튜어트 오넌 공저

칙칙폭폭 찰리Charlie the Choo-Choo(2016), 베릴 에번스 공저

그웬디의 버튼 박스Gwendy's Button Box (2017), 리처드 치즈마 공저

잠자는 미녀들Sleeping Beauties (2017), 오언 킹 공저

공포의 비행Flight or Fright (2018) 베브 빈센트 공동 편집

그웬디의 마지막 임무Gwendy's Final Task (2022), 리처드 치즈마 공저

논픽션

죽음의 무도Danse Macabre (1981)

유혹하는 글쓰기On Writing: A Memoir of the Craft (2000)

옮긴이 ㅣ 한기찬

연세대 국문과 졸업. 시인으로 등단. 『러시아 형식주의 문학이론』, 『두이노의 비가』, 『캐리』, 『살렘스 롯』, 『톰 고든을 사랑한 소녀』, 『대지의 기둥』, 『끝없는 세상』, 『축복』, 『플레인송』 등, 독일어와 영어로 된 문학 텍스트를 우리말로 옮겼다.

캐리

1판 1쇄 펴냄 2003년 11월 21일
1판 16쇄 펴냄 2021년 12월 29일
2판 1쇄 찍음 2024년 8월 5일
2판 1쇄 펴냄 2024년 8월 16일

지은이 ㅣ 스티븐 킹
옮긴이 ㅣ 한기찬
발행인 ㅣ 박근섭
편집인 ㅣ 김준혁
펴낸곳 ㅣ 황금가지

출판등록 ㅣ 2009. 10. 8 (제2009-000273호)
주소 ㅣ 06027 서울 강남구 도산대로 1길 62 강남출판문화센터 5층
전화 ㅣ 영업부 515-2000 **편집부** 3446-8774 **팩시밀리** 515-2007
홈페이지 ㅣ www.goldenbough.co.kr

도서 파본 등의 이유로 반송이 필요할 경우에는 구매처에서 교환하시고
출판사 교환이 필요할 경우에는 아래 주소로 반송 사유를 적어 도서와 함께 보내주세요.
06027 서울 강남구 도산대로 1길 62 강남출판문화센터 6층 민음인 마케팅부

© ㈜민음인, 2024. Printed in Seoul, Korea
ISBN 979-11-7052-437-3 04840
ISBN 979-11-7052-438-0 04840(세트)

㈜민음인은 민음사 출판 그룹의 자회사입니다.
황금가지는 ㈜민음인의 픽션 전문 출간 브랜드입니다.